100%純血 推理謎 日本推理

推理謎 27

三津田信三
緋華璃 譯

如密室牢籠之物

密室の如き籠るもの

〈導讀〉

蛻變中的三津田信三

——從《如密室牢籠之物》的系列位置談起

【第三屆推理評論金鑰獎首獎得主】楊勝博

三津田信三的「刀城言耶」系列作品，採取了融合推理與恐怖的寫作路線，藉由怪奇作家刀城言耶的民俗考察之旅，帶領讀者進入日本戰後的鄉野之間，破解一連串看似妖異事件的謀殺事件。而本系列的代表作《如無頭作祟之物》，也名列多個日本推理小說排行榜❶，三津田信三也因此成為眾多推理迷相當期待的一位推理作家。相較於前四部長篇作品，本系列第五部《如密室牢籠之物》的中短篇集身分，因此顯得較為特殊。本書在「刀城言耶」系列作品中，應該置於怎樣的位置呢？或許我們可以從三津田信三的作品進化軌跡來觀察。

系列的進化論——從厭魅凶鳥到無頭山魔

以偵探為主角的推理小說成為系列之後，對作者來說，除了能讓讀者期待熟悉的整體風格走向，與再次見到熟悉的人物之外，最重要的是如何讓系列作品保持穩定的水準，並藉此建立系

❶《如無頭作祟之物》曾入選日本週刊文春「二〇〇七年度十推理小說」、探偵小說研究會「二〇〇八年度十大本格推理小說」、「這本推理小說真厲害！」二〇〇八年度十大推理小說、「這本推理小說真想看！」二〇〇八年度十大推理小說等推理小說排行榜，表現相當亮眼。

列作的讀者群。然而，以獨特風格作為主打的系列作品，若僅僅是維持原有風格而缺少變化，除了原有的死忠讀者之外，可能難以拓展新的讀者群，系列的壽命也可能因此縮短。因此，作家往往必須加入更多的元素，或者讓人物關係有所變化，在穩定的系列風格中求新求變。

閱讀三津田信三作品的讀者，應該都能感受到作者是一位相當認真，並且不斷微調寫作路線的作家。本系列第一部《如厭魅附身之物》（二〇〇六）（依照日本原出版順序，以下同）因為初次融合推理與恐怖，平衡度的拿捏上火候稍嫌不足，直到本系列第三部《如無頭作祟之物》（二〇〇七），三津田終於成功融合推理與恐怖小說，並且兼顧了推理小說要求的合理性與公平性，作者的成長可以說是有目共睹。不過即便是屬於成熟期的作品如《如無頭作祟之物》，還是可以挑出一些缺點的，其中之一就是筆下角色缺乏個性，除主角以外的人物僅是為了推動劇情而出現，幾乎沒有自己的獨特面貌。

這或許和故事同時並需兼顧鄉野傳說與殺人事件，而謎面本身的設定也相當複雜，必須揭開層層簾幕才能看見最後的真相的敘事結構有關。而三津田信三或許也察覺到這個問題，於是嘗試在二〇〇七至二〇〇九年之間的作品略作改變，這些作品分別是〈如首切撕裂之物〉（二〇〇七）、《如山魔嗤笑之物》（二〇〇八）、〈如迷家蠢動之物〉（二〇〇八）、〈如隙魔窺看之物〉（二〇〇九）以及本書中所收錄的同名中篇〈如密室牢籠之物〉（二〇〇九）。❷

從系列進化的軌跡來看，三津田除了透過這些作品加強人物的描繪之外，更試著改變人物之間的關係，描寫作家刀城言耶和女編輯祖父江偲之間的互動，讓讀者感受到些許曖昧情愫的生成，以增加系列作品的魅力；另外一點改變，則是試著簡化原先較為複雜，在不同敘事者中來回穿梭的小說結構，讓故事情節變得更加容易閱讀，並藉此增強後續作品的可讀性。

蛻變的雙曲線——敘事節奏與人物情感

對於試圖融合恐怖的推理兩種文類的三津田信三而言，中短篇的篇幅其實並非最適合的創作形式，因為中短篇的篇幅有限，並不像先前的長篇系列作能夠讓作者仔細推演情節、埋設伏筆，但我認為這反而能讓作者揣摩如何讓故事敘述更為流暢易讀，不會因為營造恐怖氛圍或是加入其他細節描寫，影響到整部小說的敘事節奏，比如在本書收錄的〈如迷家蠢動之物〉中，作者讓刀城透過不同版本的山間小屋傳說破解謎團，並讓作品節奏改變的成果，相當令人讚賞。

因為身為中短篇集的緣故，小說中的妖異氛圍較其他長篇系列作而言可能稍弱，然而讀者並不用擔心小說風格因此走味。除了嘗試不同敘事節奏的〈如迷家蠢動之物〉之外，其餘三篇作品依然照著三津田原有的情節架構前進，也就是先描述妖異事件並埋設伏筆，緊接著發生殺人事件讓節奏加快，最後由刀城言耶反覆推理出最合理的解答，找出隱藏於層層線索之後的殺人兇手。

不論是〈如首切撕裂之物〉中的割喉怪談，〈如迷家蠢動之物〉裡的山林小屋傳說，〈如隙魔窺看之物〉中藏於縫隙之中的妖物，以及〈如密室牢籠之物〉中狐狗貍大人的鄉野奇談，在這四篇小說中，我們依然能看見理性邏輯與妖異傳說之間的巧妙融合，並品嘗在本書中蔓延的「刀城言耶」系列作品的獨特風味。

❷日文版出版時間：長篇作品《如山魔嗤笑之物》，由日本原書房出版（二〇〇八年四月二十一日）；短篇作品〈如首切撕裂之物〉、〈如迷家蠢動之物〉與〈如隙魔窺看之物〉，依序刊載於日本講談社《梅菲斯特》（メフィスト）雜誌二〇〇七年九月號、二〇〇八年九月號與二〇〇九年一月號，之後加入中篇新作〈如密室牢籠之物〉集結為中短篇集《如密室牢籠之物》，由日本講談社出版（二〇〇九年四月八日）。資料來源：日文版維基百科、日本Amazon網路書店、日本2ch討論區推理板。

除此之外，在《如密室牢籠之物》中最令人驚豔的，是刀城言耶和祖父江偲之間的曖昧情愫。在刀城情緒低落時，祖父江會試著用各種方式，讓刀城重新開朗起來；當刀城在出版社聽取案件委託人說明看似妖異傳說的殺人事件時，若祖父江的發言過於激動，刀城也會巧妙的轉移話題讓祖父江平靜下來，並且讓對話回歸事件本身；在刀城遭遇一些尷尬的狀況時，也會說出如果是祖父江小姐在場的話，肯定會樂不可支的調侃他之類的內心話。

這些細微的情感互動，除了讓讀者更瞭解刀城言耶對於事件的反應，以及祖父江對於刀城言耶——不論是情緒上或是創作上——的理解與幫助之外，也更能讓讀者瞭解刀城言耶與祖父江偲的人格特質與性格愛好，讓這個系列的角色形象更為完整。同時，透過這些互動，讀者也可以發現刀城言耶和祖父江偲的夥伴關係隱然成形，逐漸成為一對合作無間的搭檔（不論是「作者與編輯」或是「偵探與助手」），讓讀者不只是被充滿懷舊與妖異氛圍的故事吸引而已。

也讓我們對三津田有了更多的期待。

包含標題作在內的四個刀城言耶系列短篇作，
不管在哪方面都毫不遜於山魔、無頭等長篇。
將民俗題材完美納入本格推理小說的書寫系統，
將恐怖謎團完美結合不可能犯罪手法予以演繹，
三津田信三堪稱日本第一人！
——【推理作家】天蠍小豬

見識三津田信三如何在精簡的篇幅裡，
生出氣氛之妖、詭計之奇、佈局之絕，
使讀者不自覺墜入虛構與現實交界的未知縫隙，
做為刀城言耶系列唯一短篇集的本作，
正是一窺三津田民俗怪談世界的最速捷徑。
——【推理評論家】既晴

我錯了！原來不論小說長短，
三津田都能把他一貫的幻想詭譎、
緊張推理給展現得淋漓盡致，中短篇更為簡潔緊湊，
甚至讓我覺得一本書中就用掉四個精心想出來的篇名，好浪費！
——【推理評論家】張東君

目錄

如首切撕裂之物

1

那個巷子裡有怪物出沒……

因為兩側矗立著高聳紅磚牆的關係，即使是大白天也十分昏暗。當你以為地面上似乎有黑貓徘徊時，其實是頭上有烏鴉飛過。在據說仍有死者靈魂迷失其中、總讓人覺得有些陰陽怪氣的巷子裡，發生了一件令人寒毛倒豎的怪事……

鷹部深代第一次聽到這個八卦，是在距離四年級的寒假還有一個多月的時候，也就是十一月的下旬。

她從小生長的株小路町，是一個位於東京郊外，卻奇蹟般躲過無數次空襲災難的地區之一。這裡住了許多過去的華族❶，因此小有名氣，是個瀰漫著靜謐氣氛的高級住宅區。沒錯，在去年年底發生那件令人忌諱的事件之前的確是如此……

這個小鎮的四丁目還殘留著戰前的街道。剛好一年前，十一月只剩下沒幾天的某個黃昏，發生了前侯爵家的千金被人割開喉嚨殺害的事件。案發現場位於隔壁的前公爵阿曇目家與前伯爵籠手家之間的死胡同裡，那裡除了以前就建在那裡的氏神廟之外什麼都沒有，是個人煙罕至的地方。

被害人就倒在巷子盡頭的小廟前，調查研判是剃刀之類的兇器割斷了她的喉嚨，讓她當場斃命。從大量的血花飛濺到小廟上的情況來看，兇手應該是繞到被害人的身後，刀刃向內，一刀割斷她的脖子。

因為是前侯爵家的千金遇害，警方在搜查上也盡了全力，然而刑警們的努力就像是鏡花水月，因為下一個禮拜又出現了第二個被害人。這次是前子爵家的千金，也在同一條巷子裡被慘無人道地割斷了喉嚨。而且這次還收集到令人難以置信的目擊證詞，說看起來應該是兇手的人物，居然戴著一副令人毛骨悚然的鬼面具。

報紙開始大篇幅刊載〈高級住宅區裡出現了割喉魔人〉的報導。可能因為去年秋天，終下市才剛發生過連續割喉殺人事件❷，其血淋淋的記憶還停留在記者們的腦海裡吧！只不過，住宅區的居民紛紛說「首切出現了」，畏懼不已。會這麼說好像是因為在江戶時代，這一帶有戴著鬼面具，專剪女性黑髮的變態出沒，被命名為「髮切」，可能是從那個稱呼衍生而來的吧！

如果只是「割喉魔人」跟「首切」這種名稱的差異就算了，問題是：有一部分的雜誌把「株小路町」誤植為「首小路町」，使得鎮上有頭有臉的家族向出版社抗議，也向警方抗議，反而讓整個風波如雪球般愈滾愈大。

兩位被害人之間並沒有特別的共通點，因此警方研判兩起事件是由專挑上流社會的千金大小姐下手的變態所犯的案子，結果導致每個家裡有黃花閨女的家庭都有如驚弓之鳥。之後有好一陣子，只要太陽開始西斜，鎮上就看不到獨自走在路上的女性了。

然而，儘管眾人已經警戒到這種地步，在發生第二起事件的隔週，第三位犧牲者還是出現了。而且出乎大家意料的是，這次的被害人居然是這個鎮上已經創業有一段歷史的當舖家女兒。大家都先入為主地以為兇手專挑前華族的女兒下手，才讓第三起殺人事件有機會發生。

整個小鎮隨即陷入了恐慌的深淵。妳是什麼樣的出身、來自什麼樣的家庭已經不重要了，唯一可以確定的是，只要是年輕的姑娘就有危險。不只如此，就算是已嫁作人婦的也不能掉以輕

❶存在於明治維新至第二次世界大戰結束之間的貴族階層。
❷參照《如無頭作祟之物》（皇冠出版社）。

心……這樣的恐懼曾幾何時已充斥鎮上的每一個角落。

然而，第四起悲劇還是發生了，而且這次的被害人又是跌破眾人眼鏡的人物。就在案發現場那條巷子左邊的阿曇目家，有個名叫阿里、寄住其中工作的女孩被以同樣的方式殺害了。

事實上，當第三個被害人出現的時候，警方就開始把懷疑的眼光投向位於巷子右側的籠手家長男——旭正的身上了。

名叫籠手旭正的青年是前伯爵籠手旭樫的孫子，在學徒出陣❸的時候曾經一度傳來戰死的消息，後來又在幾年前退伍返鄉，在那之後為了撫平在戰場上所受到的心靈創傷，便一直待在家裡面休養。

警方鎖定他的理由一共有四個。

第一，案發現場明明是個人煙罕至，除了氏神廟之外什麼都沒有的死胡同，兇手卻能夠輕而易舉地把那幾個被害人帶到那裡去。如果只有一個人受害也就算了，如今都已經有第二個、第三個人慘遭毒手，要把之後的被害人誘騙過去應該很困難才對。結果第四個被害人還是出現了，由此可知，兇手似乎對那些女孩們具有某種影響力。

從這個角度思考，旭正就成了頭號嫌疑犯。因為他在上前線之前就已經被很多女孩暗戀，退伍返鄉後又因為心靈創傷而背負著獨特的陰影，據說迷戀他的女孩反而有增無減。

第二個理由是戰爭的後遺症導致精神不穩定。由於犯行非常離奇、非常突發、非常偏執，因此認為兇手的精神狀態並不正常。簡而言之，如果兇手是他的話，就可以從精神醫學的角度解釋包圍在層層謎團下的動機。

第三個理由是籠手家不僅正對著案發現場的巷子，還有可以進入現場的小門——就設在與案發現場僅有一牆之隔的紅磚牆上。雖然阿曇目家的圍牆上也有同樣的小門，但是阿曇目家卻找不到具有嫌疑的人物。

最後是第四個理由，那就是有人說他從南方帶回了奇妙的面具……

如此一來，籠手旭正的嫌疑就變得愈來愈大了。只不過，因為沒有任何物證，戰後的民主警察也不能對他怎樣。還有，警方高層除了顧忌籠手家原本是伯爵之家，似乎也考慮到不能在住滿前華族的高級住宅區貿然地進行逮捕行動。就在警方這種猶豫不決的態度下，終於出現了第四個被害人。

然而，就在阿里被殺害的那天黃昏，負責監視那條巷子的刑警一口咬定「在命案發生的那段時間，沒有任何人進入那條巷子」，警方才終於找上籠手家，要求旭正到案說明。沒有做到「上門逮捕」的地步，當然是因為還沒有直接的證據。

沒想到旭正卻逃跑了。他看到有警察在正門，於是繞到院子裡，從那裡穿過後院，進入案發現場的巷子裡。只是，當他發現出入口都已經被隨後趕來的刑警堵住之後，便用貌似吸飽了四個女孩鮮血的剃刀割斷了自己的喉嚨，在氏神廟前自殺身亡，臉上還戴著令人打從心底發毛的魔鬼面具……

旭正死後，割喉殺人事件便戛然而止，所以就連警方也斷定他就是兇手。話雖如此，因為嫌犯已經死亡，又沒有找到任何物證（從剃刀上並沒有檢測出被害人的血跡），因此檯面上依舊被當成懸而未決的事件處理。

另外，警方把那個面具拿給人類學者看過之後，證實是南方某部落的惡靈面具。

——以上這一連串的八卦都是深代趁阿藤不注意的時候，從經常出入鷹部家的小倉屋年輕老

❸第二次世界大戰的末期，日本因為兵力不足的問題，徵召二十歲以上，高等學校在學學生上前線打仗。

闆跟阿藤的對話中偷聽來的。再怎麼說，那條有問題的巷子畢竟就位於鷹部家正對面的阿曇目家右手邊啊……

或許是因為前華族高級住宅區這種特殊的環境使然，市井小民常見的主婦或女傭們聚在一起說長道短的八卦風景在這裡完全看不到。取而代之的是像左鄰右舍暱稱為「小倉屋老闆」的年輕老闆那樣，在屋子裡進進出出、像萬事通的商人，他們成為了每個家庭的消息來源。

那天剛從學校放學回來的深代，剛好看到小倉屋比她早一步進門，連忙丟下一句「我回來了」。她前腳才剛踏進屋子裡，後腳就躲進可以看到廚房後門的走廊角落。

幾天前，當他處理完工作上的事，正要打道回府的時候，突然意味深長地丟下一句：「我聽說啊！阿藤嫂……那個東西好像出現了喔！」

那簡直像拉洋片演到正精采的時候，突然冒出一句「下回待續」的感覺。不對，小倉屋老闆肯定是故意製造這種效果的，是深代和阿藤完全中了對方的招。

順帶一提，那個叫阿藤的女傭在深代出生以前就已經到鷹部家工作了，對於小時候的深代來說，就像是奶媽那樣的存在。

「難道是你上次說的那個？就是那個啊！什麼東西出現了的那個……」

收下預訂的商品，又下完新的訂單之後，阿藤忙不迭地壓低聲音，迫不及待地開口問道。

「哦，當然是指對面那條巷子的事囉！」

「咦？……難不成真的是這個嗎？」

阿藤把兩隻手舉到胸前的高度，然後軟弱無力地垂在胸前。

「就是啊！好像這一整年的時間，鎮上到處都有人在那條巷子附近看到、聽到、體驗到怪事的樣子。」

「可是我完全沒有聽到這方面的事……」

「這個高級住宅區果然還是跟一般的高級住宅區不太一樣呢！換作是一般的高級住宅區，早就已經傳得街知巷聞了。可能是因為撞見怪事的小姐們沒有勇氣告訴家人。或是說，就算告訴家人，家人也會再三叮嚀不准說出去，所以才會至今都沒有傳開吧！」

「既然如此，這種話又怎麼會傳進你的耳朵裡呢？」

「像我們這種做生意的，自然而然總是會知道一些。」

小倉屋的語氣雖然謙遜，但感覺還是有一點得意。

「說吧！到底是怎麼一回事？」

「我最常聽到的說法是：經過那個巷子的時候，會感覺到有人在的氣息。不管是從北邊的阿曇目家那邊過來，還是從南邊的籠手家那邊過去都一樣，總之都會覺得彷彿有誰剛走進那條巷子裡。也有人真的聽見消失在巷子裡的腳步聲。」

「可是四丁目通不是一直線嗎？不管從哪個方向過來，要是有人轉進那條巷子裡，在轉進去之前就會先被看見了。」

鎮上的人都管阿曇目家和籠手家前面的那條路叫四丁目通。

「是的，妳說得沒錯。但問題就在於什麼人都沒看見啊！當時的狀況好像是不管前後左右就只有自己一個人。儘管如此，一旦打那條巷子前走過就會突然產生有誰在場的感覺。於是在經過的時候提心吊膽地偷偷看一眼……結果一個人也沒有。」

「會不會是貓或鳥啊？巷子底的另一邊是大垣家的大宅，他們家的院子幾乎可以說是森林了，裡頭說不定就住著什麼鳥獸之類的。」

「可是如果是貓或鳥，會連一點影子都沒有嗎？而且也有人聽到人類的腳步聲。」

「啊！再不然就是剛好有人從籠手家紅磚牆的那個小門進出吧……」

「不可能，自從發生那件事之後，伯爵大人就命人從裡面把那扇門的把手用鐵絲纏上好幾圈封起來了，所以根本不可能有人從那裡進出喔！就連阿曇目大人家紅磚牆上的小門也以同樣的方式封住了。」

在這個高級住宅區做生意的商人們，至今仍保留著以爵位稱呼客人的習慣。

「不過有人的氣息可能只是錯覺，腳步聲也可能只是聽錯了而已……」彷彿是為了讓突然不發一語的阿藤安心，小倉屋說出了這樣的台詞。但他緊接著又說：「除了這些以外，還有一個比較多人討論的說法是：走在四丁目通上的時候，會突然覺得好像有人在看著自己。下意識地把四周都看過一遍，卻根本沒有半個人。正當心裡覺得奇怪的時候，你會突然發現在巷子的角落裡，有個只露出一隻眼睛的女人正一眨也不眨地盯著自己，讓你從頭頂一路涼到腳底……」

「那、那、那些人後來……」

「大家當然轉身就走，還刻意繞遠路回家的樣子。」

小倉屋臨走之前答應下次會帶來更具體的消息，便離開了。

小倉屋的老闆出現在鷹部家的時間多半都是傍晚，所以從那之後，深代每天放學就直接飛也似的回家。

到了第三個飛奔回家的傍晚，她終於又在家門口發現小倉屋的身影。比小倉屋搶先一步進入家門的深代躡手躡腳地走到廚房附近，躲在對她而言已經可以說是老地方的位置悄悄豎起耳朵。

在所有該辦的事都辦完之後，小倉屋這才慢條斯理地開口：「二丁目的隈取大人，膝下有個千金對吧……」

一聽他起了頭，阿藤馬上接下去說：「喔，你是說涼子小姐嗎？她今年春天剛從學校畢業，暫時專心學習做家事，不過好像秋天的時候就要去她伯父的公司上班了。聽說她那個伯父的女兒也是從以前就在自己父親的公司裡上班，所以才會找涼子小姐一起去。雖然是個有點一板一眼的千金大小姐，不過非常有禮貌，是個無時無刻都規規矩矩的人喔！」

「沒錯。那起首切事件發生的時候，她還住在學校的宿舍裡，所以不像鎮上的人知道得那麼詳細呢！當然，她回來之後多多少少也聽到一些流言，但我想這一帶的人應該都不會刻意把事情鉅細靡遺地說給她聽。」

「對呀！那是因為大家的出身不一樣嘛！」

空氣中響起阿藤充滿自豪的聲音，只是隨即被小倉屋壓得極低的音量打斷了。

「可是啊，這反而讓事情往最糟的方向發展了……想必她已經知道那條巷子裡發生過殺人事件了。但是死了五個人這麼多，還有在那之後發生的令人毛骨悚然的怪事，隈取家的涼子小姐好像什麼都不知道呢……」

大約一個月之內就吸了五個人的血的氏神廟，在事件過後被阿曇目家改建成兼作慰靈碑之用的新廟，恐怕隈取家的小姐連看都沒有看過吧！

「話說回來，就連我們也是直到最近才知道那些怪事的，也難怪她會一無所知。可是如果她知道那起事件的原委，我想事情肯定就不會發生了吧！」

「發、發生什麼事了？」

「大概是兩個月前的傍晚，剛下班的涼子小姐正要走回家。如果要從車站往二丁目的方向，就一定要沿著四丁目通，由南向北前進。」

換句話說，必須從籠手家到阿曇目家，經過這兩家的門前才行。當然也會經過那條巷子……

「當她走到籠手家的門柱❹時，發現有個女子站在巷子的轉角。那名女子背對著她，身體有一半藏在巷子裡，另一半則露在大馬路上。看在涼子小姐眼裡，那名女子肯定是靠在巷子裡的紅磚牆上的樣子。」

「可是再怎麼說，那姿勢也太奇怪了吧！」

「對呀！所以涼子小姐也在那一瞬間感覺到害怕。她走過去一看，原本露出來的半個身子就像被吸進去一樣，『咻！』的一聲消失在巷子裡。不對，如果只是那樣還好，問題是，據涼子小姐說，在那條無力下垂的左手還在視線範圍內的時候，手臂上方突然探出只顯露一隻眼睛的臉龐。」

「……」

「就算是把頭轉過來，也不可能擺出那種姿勢吧！可是涼子小姐這時候還沒有覺得很奇怪。雖然那女人的左手和臉馬上就消失了，接下來卻伸出了右手，對涼子小姐『來呀……來呀……』地招手呢！」

「是、是在叫她嗎……」

「涼子小姐從實際的角度猜測，認為那可能是個身體突然不舒服的女性，因為害怕被人看到，所以就近躲進巷子裡……一思及此，涼子小姐就加快腳步通過籠手家門前，往巷子裡一看。就在這個時候，她整個人都僵住了。因為一直到剛才都還在自己眼前，氣若游絲地揮舞著雪白手掌的女人，此刻卻站在巷子底的小廟前，而且還是背對著她……」

「……」

「就算是用跑的也不可能跑那麼快吧！重點是根本沒必要做這種事。」

「該不會，涼子小姐她……」

「進去囉！進了那條小巷子……可能是覺得不能放著有困難的女子不管吧！」

「很像涼子小姐的作風呢！」

「那條巷子大概有十幾公尺深對吧？因為已經是傍晚了，所以只剩下從背後照射進來的夕陽，巷子底是很昏暗的，看不太清楚，只能隱隱約約地看見一個女人站著的樣子。所以當涼子小姐一面問：『妳不要緊吧？是不是有哪裡不舒服呢？』一面靠近的時候，更詭異的事情發生了。在那個女人的對面，也就是女人和小廟之間，看起來居然還有另外一個人。」

「什麼？……」

「而且也是個背對著她的女人。」

「在巷子底居然有兩個人？」

「沒錯，到了這個時候，想知道她們在那種地方做什麼的好奇心已經勝過對她們身體狀況的擔憂了。然而當涼子小姐繼續往前走的時候，卻發現還有另外一個人。」

「……」

「有三個女人排排站在小廟前，而且都是背向外面。」

「等、等一下……」

阿藤雖然手忙腳亂地想要打斷他的話，但是小倉屋卻不給她打斷的機會接著說：「就算是涼子大小姐，這時也已經嚇得腿軟了。但她的雙腳卻不聽使喚地一直往前走，一直往巷子的深處、往小廟、往那三個女人站的地點走過去……就在只差幾步就要走到第三個女人身後的時候，

❹大門兩側的柱子。

涼子小姐說她發現有點不太對勁。」

「什、什麼不太對勁？」

「還有另外一個人。站在小廟前的不是三個人，而是四個人。」

「四個女人……」

「聽說涼子小姐還提心吊膽地問：『請問妳們在這裡做什麼？』

只見站在最後面的女人說：『我在等。』

『等什麼？』

這次換前面的女人回答：『等一個人。』

『那個人是誰？』

再往前一個的女人回答：『是我們愛的人。』

『妳們愛的人會從哪個方向過來呢？』

就在最前面的女人大叫一聲：『從妳的後面過來！』的瞬間，四個人一起把頭轉過來……」

「咿！」

「可是，轉向涼子小姐的卻只有身體，脖子以上還是維持著原來的姿勢……」

「……」

「涼子小姐說她想要轉身逃跑的時候，發現巷子口被一個黑色的影子堵住了。那是個把夕陽擋在身後，烏漆抹黑的人影……」

「那、那涼子小姐她……」

「不知道什麼時候雙手雙腳都被那四個女人分別捉住了，全身處於動彈不得的狀態。只見四個人異口同聲地喃喃低語：『妳也讓那個人把妳的喉嚨割開吧！』然後那道烏漆抹黑的影子便慢慢地逼近過來……」
「……」
「聽說當涼子小姐回過神來的時候，看見派出所的員警正在拚命勸慰著又哭又叫的自己。員警好像是在巡邏的時候，剛好聽見巷子裡傳來尖叫的聲音，所以就急急忙忙地衝了進去。」
「那幾個女人和那道黑影呢？」
「員警說他什麼也沒看見，巷子裡除了正在尖叫的涼子小姐之外，其他什麼都沒有，只不過……」
「只不過什麼？」
「他說他似乎看見涼子小姐身體四周瀰漫著某種白白圓圓的東西，最後往天上飄走了……」
「白白圓圓的東西……」
「聽說還有四個喔！」
「鬼、鬼火？」
「話說回來，那名員警現在倒是矢口否認自己有看到任何東西，一切都被解釋成限取家的涼子小姐一時錯亂。」
「怎麼這樣……」
「畢竟對手如果是幽靈的話，警察也無能為力吧！」
「可是不是已經好幾個人發生過同樣恐怖的遭遇嗎？」
「嗯，話是這麼說沒錯啦……可是如果再問他們一次，幾乎所有人都會回答是自己看錯了、或者是自己的錯覺吧！就算心裡不是這麼想的也一樣。」
「為了避免不必要的醜聞嗎？」

「再加上阿曇目家的貴子小姐曾經很生氣地說：『怎麼可能會有這麼荒謬的事！』還發了好大一頓脾氣……」

「啊！對了！這也難怪。包括那四個女人和旭正大人的忌日在內，貴子小姐每個月都會去小廟祭拜。」

「可是自己卻什麼怪事都沒遇過……貴子小姐是這麼說的。這麼說倒也沒錯啦……但事實上的確一直有人看見、聽見、體驗到詭異的現象。如果不是這種高級住宅區的話，現在早就已經鬧得滿城風雨囉！」

自從那天以後，小倉屋每次來都會準備千奇百怪的、跟那條巷子有關的怪談告訴阿藤。只不過，深代再也沒有聽過像隈取涼子的體驗那樣，會令她打從心底發起寒顫的故事了。

那個時候，深代作夢也沒想到，自己竟會有親身體會到那種恐怖的一天……

2

小倉屋話中提到的貴子是阿曇目家的三女，在雙方家長的同意下許配給了籠手旭正。只不過，因為旭正學徒出陣的時候才十四歲，所以當時是決定要等他退伍之後再行婚禮的。

後來傳來了戰死的消息。雖然最後發現是誤傳，人也好端端地回來了，但他的精神卻受到重創，看那狀態根本不能舉行婚禮。阿曇目家打算提出退婚的要求，可是卻受到貴子的反對。雖然這樁親事是雙方家長擅自訂下的，但她可是從小就愛著旭正了。

「我會一直等，等到他復元為止。」

既然她都說得如此坦白了，阿曇目家的勇貴前公爵也不能無視女兒堅定的心意。另一方面，儘管事已至此，籠手家的旭檣前伯爵也一直暗示這兩個人的婚約是有效的。雖然已經是過去的事了，但是能夠和公爵家結為兒女親家，對旭檯前伯爵來說依舊是求之不得的事吧！

沒想到後來又發生那樁慘絕人寰的連續割喉殺人事件，最後甚至連兇手旭正都自殺了。雖然阿曇目前公爵也為這一連串的慘案深感痛惜，但是說不定心裡其實是放下了一顆大石頭。因為貴子已經二十多歲，再這樣下去可能真的會完全錯失婚期。慘遭殺害的女孩子很可憐沒錯（更何況第四個被害人還是自家的女傭阿里），但前公爵就算為旭正的死鬆了一口氣也是有理的，不該受到苛責。

比較頭痛的是在事件發生之後，貴子頻繁地去案發現場的巷子祭拜這件事。當時每個禮拜都出現一名新的被害人，到了第五週連旭正都自殺身亡了，而她會在每個人的忌日前往那個巷子，每個禮拜至少去一次。本來重建氏神廟應該是籠手家的工作，最後卻是由阿曇目家完成，這也是因為拗不過女兒的要求。

至於籠手家的旭檯前伯爵到底做了什麼呢？他非但沒有好好地超度自己的孫子，也完全沒有向被害人的家屬致歉，反而是十萬火急地急著把旭正的弟弟旭義召回來。

這個名叫旭義的人物，跟頭腦聰明、人格端正、同時繼承了祖父教誨的兄長不同，一年比一年還要不長進，可以說是籠手家的恥辱。因此在戰時便以疎開❺的名義，將他寄養在住在近江的某個遠親的神社裡，戰後也一直丟著不管。當然，一開始或許也有導正他性格的盤算，才讓他待在那個歷史悠久、供奉神武天皇❻東征神話裡的先導神❼的神社，接觸那些嚴格的儀式。可是當旭正退伍之後，就完全處於放牛吃草的狀態了。

❺指戰時城市人口向鄉間疏散。
❻日本神話中的第一代天皇。
❼亦即所謂的八咫烏。

沒想到旭正就那樣莫名其妙地死亡，所以旭檻前伯爵又動了把弟弟旭義找回來的念頭。只不過，旭檻實在是太自我中心了，於是跟寄養次男的神社方面起了衝突，雙方糾纏到今年的夏末才終於告一個段落。

為什麼旭檻會這麼堅持要把不成材的旭義找回來呢？說到底還是為了跟貴子的那樁親事。簡而言之，只要籠手家的嫡子能娶到阿曇目家的女兒，前伯爵就心滿意足了。所以雖然在這之前他滿腦子只有哥哥旭正，此刻卻翻臉比翻書還快地寵溺起弟弟旭義來。附帶一提，由於旭正和旭義的父親是入贅的，所以籠手家的實權至今仍掌握在祖父旭檻手上。

問題是，這樁新的親事不僅被阿曇目前公爵拒於門外。就連貴子本人也斬釘截鐵地說她無意嫁給旭義。這也難怪，就算是親兄弟，但是旭正和旭義可以說是天與地的差別。雖然誰也沒有真正說出口，但是事實上，鎮上的確是充斥著一股「與其要嫁給旭義，還不如跟已經發狂的旭正一起生活，對貴子來說還比較幸福」的想法。

然而，該說是真不愧是旭檻的孫子嗎？旭義開始執著地對貴子死纏不休了。當然，一切的交際邀約都被貴子婉拒，但他依舊沒有放過唯一的機會。每個禮拜貴子去祭拜的時候，他一定會埋伏在小廟旁邊等她。

這點令貴子也很困擾，她已經有好幾次看到旭義在巷子裡，只好決定改天再去的經驗了。當他看到貴子這樣的反應，便改變作戰計畫，等到貴子已經完全走進巷子裡，自己才尾隨進去。貴子站在無處可逃的巷子裡，也走到小廟旁，不好什麼都不做就折返回去的情況下，只好無奈地跟旭義聊上幾句。

不過旭義也高興不到哪裡去，因為從今年秋天開始，勇貴前公爵友人的兒子，一位名叫栗森篤的青年開始寄宿在阿曇目家，三不五時就會插進兩人之間。

篤雖說是基於騎士精神，要保護對自己有恩的阿曇目家大小姐，但他自己恐怕也喜歡貴子吧！就這樣，在那條巷子裡似乎形成了一個奇妙的三角關係。

比誰都討厭在小廟前引起騷動的貴子，便和他們二人約定：栗森篤只能從阿曇目家二樓自己的房間裡守護著她，籠手旭義不得半路攔下她。從此，這三個人奇妙的關係便一直持續了下來。

——想當然耳，深代是聽了小倉屋和阿藤閒話家常後，將零碎資訊收集起來，才拼湊出事情全貌的。

她之所以會這麼關心這件事，是因為她很喜歡阿曇目家的貴子。從她懂事的時候開始，就記得對面的姊姊曾經陪自己玩過。但是自從發生了那起事件之後，一切就變了。雖然只要深代過去找她，她還是會陪深代玩，但是以前那個貴子已經消失了，再也看不到她臉上天真爛漫的笑容了。

愈靠近年底，深代的不安就愈發強烈。因為再過不久就是旭正死後滿一週年的忌日。貴子該不會要在那一天，在那座小廟前追隨他而去吧……深代沒有辦法抑制這個想法。

然而，自從發生在巷子裡的怪談傳進她耳裡，那個想法就被「貴子姊姊可能會在那一天，在那座小廟前面被帶走」的恐懼給替代了。雖然就連她自己也說不太上來，貴子究竟會被什麼帶走……

（如果是小倉屋老闆或阿藤嫂，肯定會說是被旭正大人或者是那四個死掉的大姊姊帶走吧！）

進入寒假的第一天傍晚，深代一面從自己位於二樓的房間漫無目的地注視著巷子的方向，一面思考著這個問題。

時間一靠近黃昏時分，四丁目通上便開始亮起街燈。只不過，在周圍還沒有完全暗下來的時候點亮的燈火，只會讓夕陽西下時的昏暗顯得更加深重而已。

更何況路燈的光線只能勉強照到巷子口，巷子底會完全被黑暗覆蓋。當然，從深代的房間是看不見巷子裡的，只能看到前面阿曇目家的紅磚牆和對面籠手家的紅磚牆、以及坐落在死胡同盡頭的東側一帶，大垣家漆黑一片的森林。

就在這個時候，她看見有個白白圓圓的東西，從應該是小廟所在的方位那邊，「咻！」的一聲飛往天上去，然後在下一個瞬間就消失了。

（咦？剛剛那是什麼東西……）

深代下意識地從椅子上站起來，只見那個白白圓圓的東西又出現在她的眼睛裡，然後又消失了。再一次、又一次，加起來一共四次……

曾看見涼子小姐的身體四周彌漫著某種白白圓圓的東西，最後往天上飄走了……深代的腦海中立刻浮現出派出所員警的證詞。

今天並不是誰的忌日，也就是說，貴子不會出現在巷子裡，所以旭義應該也不在那裡。而且話又說回來，自己從太陽下山之前就一直盯著窗外，在這段時間內根本沒有半個人進到巷子裡……

（鬼火……）

在那之後又過了三天，同樣在黃昏時分，深代又再次目擊到同樣的光景。她本來下意識地想衝進巷子裡，但是一想到那等於是衝進伸手不見五指的空間裡，就怎麼也鼓不起踏出房門的勇氣。

又過了一天，整個小鎮又開始籠罩在金黃色夕照中時，深代終於鼓起勇氣了。

（現在出門，或許來得及走到巷子底……）

如果是這個時間，應該可以看清楚到底發生了什麼事。自己也不用一直待在那裡，只要奇怪的現象一旦開始出現，馬上拔腿就跑便行了。

只要讓她目擊到發生在巷子裡的怪事，就可以加入小倉屋和阿藤嫂的對話。不對，更重要的是，她或許因此能幫上貴子的忙也說不定。

深代鼓起勇氣走出家門，站在左手邊的阿曇目家和右手邊的籠手家兩家圍牆之間的巷子前。雖然她一鼓作氣地來到這裡，但當她看見細長延伸的昏暗小徑時，還是硬生生地停下了腳步。她往左右張望，彷彿想要求助，可惜除了自己以外，四丁目通上一個人也沒有。

（還是回去好了……）

深代一下子變得膽怯起來。可是當她往昏暗的巷子裡窺探的時候，感覺自己好像快被吸進去了。從背後照射過來的夕陽，已讓自己的影子走進巷子裡。望著眼前這樣的光景，深代不免有些慌張，彷彿是自己的魂魄已經被囚禁在那個細長的空間裡。

再不回頭的話……就在這個念頭浮現在腦海中的瞬間，深代已經往巷子裡踏出了第一步。

四周突然整個暗了下來。從四丁目通上看到的感覺來判斷，太陽應該還沒有完全下山才對。然而一旦走進巷子裡，視線卻突然被遮蔽了。不知道是因為兩側的圍牆太高了，還是因為背對著夕陽前進的緣故。不對，再怎麼說還是太暗了……

緊接著，籠手家的小門便出現在右手邊的紅磚牆上。那是一扇單開木門，設置在鑿出拱形開口的圍牆上。進入到巷子的一半左右之後，這次換成阿曇目家的對開小門出現在左手邊的圍牆上了。除了這兩扇木門以外，巷子的左右兩旁就只剩下綿延不絕的紅磚牆。不過自從發生慘案以後，這兩扇木門都被緊緊封鎖起來，如今已成為圍牆的一部分。

深代提心吊膽地把手伸向那兩扇門，確定那兩扇門是真的打不開之後，才繼續往前走。她也不是真的想要確認什麼，只是想要做點事情來讓自己分心。

因為愈往巷子裡走去，兩側的紅磚牆也彷彿不斷向上延伸，黑暗似乎變得更黑更暗了一點，冰冷而沉澱的空氣也似乎從冷空氣變成陰氣，讓她覺得愈來愈害怕。

儘管如此，深代還是沒有打算回頭，不對，是沒辦法回頭。當眼前無限延伸、愈來愈深重的黑暗往自己的背後延伸的當下，她感覺自己就快要被真正深不見底的黑暗吞噬了……

沒過多久，蓋在巷子盡頭的小廟終於隱隱約約地浮現在黑暗中。一旦走到這裡，就等於是走到了這條死胡同的終點，只剩下大垣家坐落在圍牆對面那一大片鬱鬱蒼蒼的樹林，盤踞在更深一層的黑暗裡。

所幸深代的注意力全都集中在高度跟自己差不多的小廟上。她先是雙手合十禱告，然後從正面仔仔細細地端詳過一遍，再從左右兩側看，接著又繞到後面去，順時針巡視周圍一遍，只不過並沒有任何不對勁的地方。

阿曇目家重新蓋好的這座小廟，是在看起來宛如日本城城牆的底座上供奉著小小的神壇，除此之外並沒有慰靈碑，頂多只有看起來應該是貴子後來才擺上去的花而已。就算想要調查，一旦把周圍全部巡視過一遍之後，就再也沒有別的事可做了。

（那個鬼火是從這裡冒出來的嗎？）

深代百思不解地凝視著那個看起來活像是一座娃娃屋的小廟，如果這是房子的話，裡頭肯定住著神仙。然而，她突然發現，自己不知為何居然害怕起眼前的小廟了。

只要打開小廟正面那扇對開的門，往裡頭一瞧，或許就能瞧出什麼所以然來也說不定……她心裡雖然這麼想，但是一想到鬼火可能會從那裡面飄出來，就怎麼也不敢造次。話說回來，因為那是神明的家，應該也不可以做出這麼大不敬的事吧！

深代一面這麼告誡自己（或者也可以說是在為自己找藉口），一面轉身背對小廟。正當她打算從巷子底一口氣衝回家的時候……

一股惡寒突然沿著背脊從頭頂涼到腳底，背後感覺到什麼東西的氣息……

除了自己以外還有**別的東西**。**那個東西**就站在自己的背後。不知不覺中，有**某種東西**也進入了巷子裡。而且**那個東西**正散發出令人膽顫心驚的氣息。

深代戰戰兢兢地回頭一看，只見一道烏漆抹黑的影子就站在巷子口，背後頂著逐漸西沉的夕陽。

因為逆光的關係，看得不是很清楚，但是**那道影子**似乎眼睛一眨也不眨地盯著她看，動也不動。

突然……影子動了一下。完全不給深代思考的餘地，直接朝她走了過來。

（咦？不會吧……）

深代不由自主地往後退，腰部頂到了小廟的底座。當她開始慢慢繞到小廟旁邊時，影子也一點一點地愈來愈靠近，彷彿配合著她的動作。

就在深代繞到小廟的後面時，才發現左右兩邊和後面都是高聳的紅磚牆。對她而言，說是懸崖峭壁也不為過的咖啡色牆面無情地聳立在三個方向，自己根本無處可逃。不對，就算是大人，也不可能翻越那些圍牆吧！

（逃不掉了……）

深代重新領悟到事情的嚴重性，整個背就貼在小廟的底座上，當場頹坐在地，軟弱無力。

過了一會兒——

啪嗒啪嗒……她感覺到有**什麼東西**正往巷子的盡頭，也就是自己所在的小廟靠近過來。

用兩隻手捂住耳朵的同時還環抱住兩隻腳，宛如胎兒一般地把身體縮起來。儘管她這麼努力……

（不、不要……別過來……）

啪嗒啪嗒啪嗒……那**什麼東西**逼近過來的氣息卻始終縈繞不去，或該說是愈來愈強了。

終於，**那個東西**來到小廟前了。她感覺到那東西停住動作的下一個瞬間——

深代……

被這麼一喊，深代全身的雞皮疙瘩都浮出來了。然而，真正的恐怖才剛要開始。因為她馬上發現，停在小廟正面的**那個東西**，開始慢慢到繞到後面來。

然後，她的肩膀突然被**什麼東西**碰到了……

就在深代的尖叫聲響徹整條巷子的同時，她也回過神來，發現有人正搖著她的身體。眼前是阿曇目家的貴子正憂心忡忡地注視著自己的臉。

據貴子所說，她當時剛從外面回來，就在經過籠手家，正要打巷子前穿過的時候，不經意地往巷子裡一看，正好看見小孩子鑽進小廟後面的光景。因為看那背影好像是深代，想知道她在那裡幹什麼，於是就跟過來了。

「妳、妳有看到一個烏漆抹黑的怪物嗎？」

聽深代氣勢洶洶地這麼一問，貴子也只是搖搖頭，斬釘截鐵地說她往巷子裡張望的時候並沒有看到其他人。

當深代從小廟的正面繞到旁邊，然後又繞到後面，再把身子藏起來的十幾秒之間，都是背對著黑影的。也就是說，**那個東西**在那短短的十幾秒間消失了。因為就在她躲進小廟後面之前，貴子也剛好正往巷子裡張望，而且言之鑿鑿地說除她以外沒有看見任何人……

至於貴子本人，不僅很認真地聽深代說話，從頭到尾也都沒說過一句諸如「那是妳看錯了」這類否定的話。話雖如此，但貴子的樣子看起來也不像是相信她說的話，比較像是將其歸類為小孩子才有的幻覺。

儘管如此，從第二天起，一到了傍晚，深代又開始從自己二樓的房間監視那條巷子了。她總覺得寄宿在對面阿曇目家的栗森篤和籠手家的旭義每次從他們家門前經過的時候，都會時不時地抬起頭來望向自己的方向。恐怕是貴子已經把她的遭遇告訴他們了吧！她肯定不是以說人閒話的方式說出這件事，而是想要求他們兩個多留意，避免讓深代遭遇到同樣的事。

就這樣，年底最關鍵的日子，也就是籠手旭正在那條巷子的盡頭割斷自己脖子的忌日終於來了。

3

那天，深代從早上就一副坐立不安的樣子。阿藤從昨天就開始大掃除，她也幫了不少忙。只不過從吃午飯的時候開始，她就愈來愈坐不住，在吃過下午的點心之後，她已經完全是一副心不在焉的模樣，不管阿藤交代她做什麼，她的反應都不符要求。

「啊啊！算了算了。再讓大小姐幫忙下去，也只是浪費我們彼此的時間而已。」

最後終於惹得阿藤大動肝火，免除了她的工作。

深代急忙回到自己二樓的房間，趁著太陽還高掛在天上的時候就開始監視那條巷子。因為她深信，如果要發生什麼事的話，肯定就是今天了。

隨著太陽一寸一寸西斜，株小路町也開始慢慢散發出一股寂寥的氣氛。明明年底這個時候世上到處都充滿了熱鬧的氣氛，只有這裡靜得像是另外一個世界。不只如此，就連空氣中也彌漫著令人不寒而慄的寂寞。

即使待在家裡也感覺得出來，所以深代的兩條手臂一直都爬滿了雞皮疙瘩。

不久後，時間終於來到黃昏時分。從二樓的窗子裡映入眼簾的株小路町全景不一會兒便染上了令人惴惴不安的紅色。那幅令人膽顫心驚的景象彷彿是最適合供群魔亂舞的背景畫，映照在深代的視線裡，揮之不去。

就在這個時候，阿曇目家的大門打開了，貴子從裡面走了出來，雙手捧著常去的花店剛送來的菊花。她靜靜走到門口，在走到四丁目通上的時候，抬頭往鷹部家看了一眼。當她看見深代在看她時，便輕輕揮手，緩緩朝那條巷子前進。

然而，就在貴子的身影消失在巷子裡還不到五分鐘的時間，旭義就從籠手家的方向現身，踩著毫不遲疑的腳步鑽進了巷子裡。

看見那幅光景的同時，深代感到一陣強烈的不安。不知什麼時候開始，耳邊清楚傳來了自己的心臟「撲通撲通」的跳動聲，額頭上也冒出了冷汗。

（貴子姊姊，沒事吧……）

一想到在那麼昏暗的死胡同盡頭，只有她和籠手家的旭義兩個人，就擔心得不知道該怎麼辦才好。當然在這之前同樣的狀況已經發生過好幾次了，但是今天再怎麼說也是旭正的忌日，雙方都還能夠保持平常心嗎？

（不過，要是發生了什麼事，貴子姊姊一定會大聲呼救的，這麼一來，栗森先生應該可以馬上趕過去……）

同一時間，栗森篤一定也在自己位於阿曇目家二樓的房間裡凝視著巷子，不會錯的。深代心裡雖然這麼想，但是又想到等發生什麼事再趕過去不是太遲了嗎……

正當她準備站起來的時候，深代看見了奇妙的光景：好像有個圓圓黑黑的東西，在巷子裡一面轉圈圈一面上升，隨即從紅磚牆的上方飛到四丁目通上，軌道形成一條放射線。

那個圓圓黑黑的東西，上頭似乎有幾個相當於兩隻眼睛和嘴巴的洞，也就是所謂的面具。

（剛才那是旭正大人戴過的魔鬼面具嗎……）

正當深代瞠目結舌時，下一秒鐘馬上看見栗森篤從阿曇目家飛奔而出，衝往巷子裡的身影。

在那之後又過了幾分鐘，她就看見想要抓住對方的栗森跟想要擺脫對方的旭義從巷子裡跳了出來。彼此都抓著對方的前襟，隨時就要大打出手的樣子。接著是貌似聽到吵鬧聲而走出門外的阿藤正在大聲呼救。聽到她的呼救，左鄰右舍開始陸陸續續走出自己的家門。就在一團混亂之中，不曉得是誰去叫的，就連派出所的員警也趕來了……整個四丁目通亂成一團，但真正的問題現在才要來臨。

在巷子盡頭的小廟前，居然發現了喉嚨被一字形割開的貴子屍體。根據現場的蒐證調查，即使退一百步來，兇手也只可能是旭義，但身上居然連一滴血都沒被濺到，身上也沒有破案關鍵的兇器。沒有血跡這件事還好解決，因為兇手是站在被害人的背後把脖子割開的，但是遍尋不到兇器就很難解釋了。

刑警得知深代從頭到尾都站在自家二樓目睹整件事的經過，終於找上門來。因為父母親都不在，所以便由阿藤陪同，問了她一些話。加入栗森篤的證詞跟籠手旭義的供詞後，可把事件發生的經過整理成以下的時間表。

五點四十五分　　貴子從阿曇目家出來，進到巷子裡。

五十分　旭義從籠手家門口現身，也進到巷子裡。
五十五分　深代和栗森目擊到黑色面具從巷子裡飛往四丁目通的方向。
六點整　栗森從阿曇目家衝出來，進到巷子裡。
五分　旭義和栗森以扭打成一團的狀態從巷子裡出來。
十分　阿藤和附近的人聚集過去。
十五分　派出所的員警趕到。

從這個狀況來看，殺害貴子的嫌疑理所當然地落在籠手旭義的頭上。只是，在他身上卻找不到任何可以一字形割開被害人喉嚨的兇器——例如理髮店所使用的剃刀之類的東西。

第一個受到懷疑的，自然是從現場被扔出來的面具。可是掉落在四丁目通的電線杆旁邊的面具不僅內側沒有貼過剃刀的痕跡，也沒有沾到血跡，甚至找不出任何不自然的地方。

既然如此，就只能對坐落在現場的小廟、周圍的紅磚牆、兩家的小門以及阿曇目家和籠手家、還有位於巷子盡頭的大垣家院子進行搜索了，只可惜到處都找不到兇器。

順帶一提，旭義在接受偵訊的時候說：「因為今天是家兄去世一週年的忌日，所以我跟貴子小姐說，希望她能忘記我大哥的事，認真考慮跟我結婚的事。可是她卻只是一個勁兒地搖頭……所以我只好放棄，正要掉頭回家的時候，那個賴在阿曇目家白吃白住，叫作栗森的傢伙就突然衝了進來。因為他不知道在大聲嚷嚷些什麼，所以我回頭一看，就看見貴子小姐倒在小廟前，連忙衝向前去，發現她已經死了。這時栗森也衝上來抓住我，當我們扭打成一團的時候，兩個人便滾出了巷子……什麼？面具？我才沒看到那種東西呢！啊！該不會是我大哥附上了貴子小姐的身吧？就是有意圖的自殺啊！咦？找不到兇器？那肯定是被我大哥殺死的，再不然就是那四個女人在作祟吧！」

旭義不僅表現出厚顏無恥的態度，而且還對行兇一事否認到底。

只不過，之後的調查發現當天籠手旭義的行動的確有難以解釋的地方。因為自從他回到那個從來也不關心家中雜事的家，聽說那天居然很稀奇地從早上就開始幫忙。

他先是參加了製作麻糬的工作。不光是幫忙搗臼裡的糯米而已，就連把剛搗好的糯米捏成麻糬的工作也做了。接著在大掃除的時候還把撕成細長條狀的破布固定在細長的竹竿上，幫忙把天花板上的灰塵撣下來。之後，在製作門松❽的時候他也露臉了，似乎非常熱心地幫忙修剪青竹，用粗草蓆包起來，再綁上繩子。

針對這些不可思議的舉動，旭義的說法是：「因為是一年一次的盛事嘛！身為家族的一員，幫個忙有什麼好大驚小怪的？再加上我在之前寄養的神社學會了各式各樣的做法，只是想趁這個機會露一手罷了。也有可能是因為我打算在傍晚跟貴子小姐好好談談，所以想做點事情來讓自己分心……」

和打死不認自己就是兇手的時候比起來，旭義的態度似乎稍微軟化了一點。

另一方面，栗森篤則說：「由於上午有射箭場的最後一次練習，所以我不在家。至於下午嘛……其實我和勇貴前公爵針對貴子小姐的事情小聊了一下，內容主要是關於該不該繼續放任籠手家的旭義這樣下去之類的……然後大概是五點左右吧！花店送菊花來的時候，我向貴子小姐建議，今天乾脆由我去上香吧！可是她說她想要一個人靜靜祭拜，所以我還是只能跟往常一樣，從二樓的房間裡監視著巷子。要是當時我硬是跟過去的話，就不會發生這樣的事了……」

❽新年豎立在門前的裝飾用松樹或松枝。

偵查過程中，栗森愈來愈亢奮，直說殺死貴子的兇手一定是籠手旭義不會錯。可是一問到他有沒有目擊到兇案的經過，他的回答卻是：「我的房間剛好位在可以看到巷子盡頭的地方，可是因為紅磚牆太高了，所以看不到裡面。是的，也看不見小廟，所以也不知道有誰在那邊。但只要把窗戶打開，還是可以勉強感受到一些氣息……所以貴子小姐每次去祭拜的時候，我都是站在這裡守護著她。什麼？沒有……我並沒有聽到尖叫聲，也沒有聽到爭吵的聲音，可是該怎麼說呢……啊！我有看到那個怪裡怪氣的面具從我面前飛過……就只有這樣……可、可是，那傢伙就是兇手啊！不然你說，除了他以外還會有誰？」

結果只知道他其實什麼也沒有看見。他之所以衝出家門，是因為看到深代也有看見的面具飛舞在空中的光景，所以才會察覺到巷子裡似乎發生了什麼意外。

警方從巷子開始找起，一路將鄰接巷子的三戶人家的院子也徹底搜過一遍，還是到處都找不到兇器，所以也只能把從頭到尾都堅稱自己無罪的旭義給放了。

就這樣，株小路町四丁目通度過了一個非常黯淡無光的新年。

4

內田百閒❾在《東京燒盡》一書中，針對發生在昭和二十年二月二十五日的空襲做出如下的記述：「基本上，稱之為神田的地區已經全部消失了，過於悽涼的慘狀令人心情惡劣。」但事實上，以神保町為首的幾個町的建築物還倖存了下來。

「紙魚園大廈」就是其中一棟倖免於難的建築物，當中有個房間租給了「怪想舍」。

從戰前到戰後始終不受重視的偵探小說，到了戰後終於一口氣開花結果。首先是昭和二十一年三月，筑波書林發行了《岩石》、四月岩谷書店發行了《寶石》，不僅如此，兩本雜誌同樣都開始連載起橫溝正史的長篇本格推理小說。《寶石》從創刊號就開始連載的是《本陣殺人事件》，而《岩石》則從第三期開始連載《蝴蝶殺人事件》……

這兩本雜誌起頭後，那幾年陸續有不少偵探小說雜誌創刊。素質良莠不齊，遭到淘汰的雜誌自然也不在少數。在這些偵探小說雜誌如雨後春筍般林立的情況下，怪想舍雖然身為新興出版社，但推出月刊《書齋的屍體》卻在創刊之後的數年間確實地累積出銷售量，一路平安無事地存活到今天。

尤其是在去年十二月發行的新春號強打了在《寶石》出道的人氣作家江川蘭子的本格推理小說新連載《血婚舍的花嫁》，以及因處女作《九座岩石塔殺人事件》（儘管這是地方出版社推出的書）而聲名大噪的東城雅哉的怪奇中篇力作〈黑人山巔〉，並以一次完結的方式刊登，結果雜誌賣得空前的好，還刷新了創刊以來的新紀錄。

拜雜誌熱賣所賜，擔任東城雅哉責任編輯的祖父江偲，在公司裡趾高氣昂、意氣風發了起來，儘管她還是個新進的女性編輯。至少在田卷編輯部長以商量為名義，命令她借重刀城言耶之力，設法解決去年年底發生在株小路町的割喉殺人事件之前是如此……

刀城言耶是作家東城雅哉的本名，他在文壇上是有名的「放浪作家」，為了收集兼具興趣和實質利益的怪談，經常四處流浪，從事民俗採訪的旅行，是個怪人。因此也有人稱他為「流浪的怪奇小說家」，但其實認識他的人都知道，他具有偵探的才能，而且這項才能並非泛泛。

為求怪談而深入地方的他，不知道為什麼，常常會在該地遇到奇怪的現象或不可思議的事件。他不只會被捲入事件裡，通常當他回過神來的時候，已經不知不覺地把事件解決了……他擁

❾拜在夏目漱石門下的日本小說家、隨筆家。

有非常多這類的特殊經驗。

只不過，上述奇妙狀況用「不知不覺解決」來形容好像也有些不對勁。刀城言耶這號人物認為「如果認為世界上所有的事情都可以只用人類的智慧來解釋，那是身為人類的傲慢，但是如果因為這樣就輕易地接受那些怪事，那麼身為人類未免也太丟臉了」，他以這樣的思考邏輯與問題的現象或事件進行對峙時，往往就會解開謎團。

換句話說，不要期待他像所謂的「名偵探」一樣，做出什麼快刀斬亂麻的名推理，因為他都是在此岸與彼岸來回遊走間，慢慢迫近事件的核心——這才是刀城言耶的作風。簡而言之，不到最後的最後，就連他本人也不能確定自己捲入的「謎團」到底能不能以理論的方式解開？還是會走到剪不斷、理還亂的死胡同裡？他所扮演的「偵探角色」就是這麼麻煩。

比較了解他的編輯稱他為「怪談收集器」，跟他再熟一點的則為他取了一個「反偵探」的諢名，因為他們摸透了刀城言耶的行事風格。

儘管如此，在大部分的情況下，他最後都還是可以順利地把事件解決。因此最近幾年有愈來愈多聽過這個謠傳的人，都想要借助他這種不為人知的力量，透過出版社對他提出推理而非執筆的要求。想當然耳，每家出版社都會代替本人鄭重拒絕。因為刀城言耶平常就會對責任編輯發牢騷：「光是在旅途中跟恐怖的事件扯上關係就已經夠我受的了。」

沒想到如今卻是身為出版社編輯的自己要去拜託這樣的刀城言耶解決事件，也難怪祖父江偲會覺得事有蹊蹺了。更何況……

「這起事件的關係者不是前華族嗎？部長明明知道刀城大師的出身還這樣。」戰後才從大阪上京來的祖父江偲用完全改不過來的鄉音如此抱怨，她其實還有另一個抱怨的理由。

刀城家原本是德川的親藩大名⑩。明治二年，由行政官⑪頒布的（諸多）布告所催生了許多華族階級，而刀城家也在行列之中，位列公爵，也就是前華族。
問題是，言耶的父親，也就是刀城牙升，從年輕的時候就很討厭特權階級，為了抵抗身為長男的自己成了戶長之後就必須繼位公爵的現實，不惜離家出走，拜在一位名叫大江田鐸真的私家偵探門下，結果刀城家就和他斷絕關係。他從此以後化名為冬城牙城，解決了無數困難與奇怪的事件，不知不覺成了被譽為「昭和名偵探」的人物。
身為人子的言耶，拒絕繼承父親的偵探事務所，一面過著放浪的生活，一面繼續寫作。縱然對父親有再多不滿，似乎還是繼承了其父偵探的才能，說諷刺也真是夠諷刺的了。
只是和父親一樣，刀城言耶似乎也具有不知道該如何面對特權階級的傾向，雖然沒有刀城牙升那麼嚴重，但只要情況允許，他肯定會躲愈遠愈好。
「嗯……看來還是只能靠發生在巷子裡的怪談引誘他上鉤了。」
既然都被稱為怪談收集器，就表示言耶一聽到怪談就什麼都不顧。他有個壞習慣就連他自己也不知道：每次聽到新鮮的話題時，就會渾然忘我地飛撲到對方身上。不管對方是何方神聖，也不管彼此在這之前的關係是不是勢同水火，沒有問出個水落石出他是不會罷休的。由此可知，要從言耶的這個壞習慣下手可以說是一招險棋……
「啊！祖父江君，好久不見了呢！新年快樂，今年也請妳多多關照。」
至少過年得回來讓父母看一下……刀城言耶因為這個理由而結束了旅行。話是這麼說沒錯，但會在門前裝飾松枝的新年時期⑫早就過了，已經沒有什麼新年快樂不新年快樂的了。

⑩與德川家有血緣關係的藩領。
⑪中央政府的官員。
⑫正月一日到七日。

一問之下，才知道他在年底去拜訪某個地方歷史悠久的家系，深受那個家的老爺爺喜愛，請他務必要留在那裡過年。當然問題不光是那樣而已，毫無意外地，他似乎又被捲入了發生在雪地裡的怪事，遭遇到沒有留下腳印的雪室殺人事件。但是祖父江偲不敢再往下追問，因為眼下沒有那個閒工夫。

祖父江偲是在怪想舍的會客室裡接待刀城言耶的。因為編輯部長已經包下了整個下午的時間，讓她可以比所有客人都優先使用這個會客室。所以祖父江偲的猜測，說不定阿曇目貴子的事件是社長直接交代給部長，然後部長再原封不動地丟給自己。雖然不知道社長為什麼會這麼執著於這個事件，但恐怕是有什麼政治上的理由吧！

（被分到一顆燙手山芋了呢！）

祖父江偲在心中無濟於事地長嘆一聲，打完招呼，聊起不痛不癢的閒話時，她也開始執行起自己擬定的作戰計畫。確認過言耶只有傍晚前的這段時間有空之後，已經沒有時間再拖拖拉拉下去了。

「實不相瞞，刀城大師，我其實也才剛從那種地方回來呢。聽說有一個叫作株小路町的高級住宅區，流傳著一個令人毛骨悚然的閒話。」

「哦？是什麼樣的閒話？」

果不其然，魚兒上鉤了，可是不知道為什麼，反應似乎比想像中還要小。

（咦？好奇怪呀！）

雖然心裡閃過一絲不祥的預感，但是又覺得怪談收集器不可能不感興趣。於是祖父江偲便從「首切」的相關怪談開始，一直說到關鍵的殺人事件，一面留意著時間一面自然地說下去。儘管如此……

「原來如此，在發生過那種事情的地方又發生了新的事件。從被害人跟嫌疑犯的關係上看來，鎮上的人會傳出那樣的閒話，我想也是無可厚非的喔！」

然而言耶卻只是平鋪直敘地表達出自己的感想而已。

「咦？……話、話、話是這麼說沒錯……可是啊……呃……」

期望落空的祖父江偲突然支支吾吾了起來，彷彿之前的辯才無礙只是假象。

「然後呢？接下來是我們要去現場？還是那起事件的關係人會來這裡……」

言耶接著提出了令人吃驚的問題。

「為、為什麼您會這麼想呢？」

「因為妳事先問過我，今天到傍晚之間的行程有沒有空檔，剛才在說話的時候妳又看了好幾次錶。此外，我聽完妳講的話之後，怎麼想都覺得妳應該要從首切的連續殺人事件開始講才對，可是妳卻從巷子裡的怪談開始講。最後，這新事件又尚未解決。綜合以上的疑點，我猜想妳的目的根本不是要告訴我什麼怪談，那頂多只是用來引誘我上鉤的誘餌罷了，妳一定還有什麼其他的目的，而那個目的應該跟未解決的事件有關吧！因此，接下來如果不是妳要帶我去現場，就是要讓我重新聽一遍關係者的證詞……」

「啊！真不愧是刀城大師！所以您才會對我說的怪談沒什麼反應吧！」

「想用這招誆我可是行不通的喔！不過，怪談本身倒是挺有趣的。只可惜不是在我的常識裡不曾出現過的妖魔鬼怪……對了，之前也告訴過妳了，不要再叫我大師了！我跟妳只不過差了五、六歲，被妳這麼一叫，我會覺得我一下子老了許多。」

「好的，我會記住的。不過，既然您都知道了，就表示您願意受理這個事件囉……」

「妳這個結論是打哪來的？根據我的觀察，這件事應該不是妳自己的問題，而是上頭的要求吧！在妳跟我講這一大篇以前，想必也掙扎了很久吧？這點我倒是滿同情妳的。」

「哎呀！刀城大師真是太厲害了！」

「沒、沒什麼，我不是這個意思……我只是覺得，以妳的個性，肯定會很傷腦筋，但就算是這樣，我也沒必要插手管這件事……」

「對了對了！到處都找遍了，就是找不到那個用來割斷脖子的兇器。」

「聽我說，祖父江君……」

「如果以怪談的角度來看這件事，的確是可以解釋成籠手旭正把阿曇目貴子帶走了，或者是那四個死掉的女子把她帶走了，但是如果從推理小說的角度來看，不就是一種發生在死胡同裡的密室殺人，也就是所謂的不可能犯罪嗎？」

「咦？嗯、嗯……是沒錯啦！問題是，就算是這樣……」

「換句話說，這豈不是最適合刀城大師出馬的事件嗎？前華族什麼的，跟這起詭異的殺人事件根本一點關係也沒有！人家是這麼想的，有什麼不對嗎……」

在滔滔不絕地講得口沫橫飛的編輯面前，刀城言耶只能露出「拿她沒辦法」的表情……那是因為祖父江偲有一個壞習慣：在最關心的事情出現之前，會傾向把各式各樣的可能性全都神經質地想過一遍，但最關心的事發生後，在那之前的猶豫就會像作夢一樣地消失得一乾二淨，一不小心就會得意忘形。

她的說法是：「編輯這份工作，如果不是同時具有非常纖細的一面跟非常大膽的一面是絕對幹不來的——人家是這麼認為的。」就某種層面來說，她的性格的確就是這樣沒錯。順帶一提，當她開始自稱「人家」的時候，多半已經是完全得意忘形的時候了。

怪想舍的高層之所以任命她為刀城言耶的責任編輯，或許也有他們的考量，因為這兩個人可以說是半斤八兩。

「原來如此，我已經完全了解了。」

趁著祖父江偲換氣的時機，言耶趕緊插嘴。

「啊！那太好了……我真的有一下子不知道該怎麼辦才好……」

「那我走了，真的很感謝妳今天告訴我這麼有趣的怪談。」

「咦……什麼？您要回去了？」

就在刀城言耶站起來的同時，祖父江偲也跟著跳了起來。

「怎麼可以這樣！您在各地遇到過更多更複雜的事件，不也都順利地解決了嗎？」

「那都是有原因的。像是身不由己地被捲入事件裡，或者是為了幫助在當地關照過我的人。」

「我就沒有關照過您嗎？」

「話、話是這麼說沒錯……可是，我跟祖父江君原本就有工作上的交情……」

「真是太令我傷心了……原來大師心裡是這樣看待我們的關係嗎？」

「不、不是啦！妳是很優秀的編輯喔！再說……啊！太卑鄙了！妳居然使出眼淚攻勢。還有，不是叫妳不要再叫我大師了嗎……」

「太見外了……對於大師來說，關係如此親近的編輯原來還比不上那些可能這輩子都不會再見到面的鄉下人啊！」

「我、我又沒有這麼說！」

「沒關係，我已經很清楚了。話說回來，大師從以前開始……」

就在這個時候，會客室的門板上響起了敲門的聲音。

只見祖父江偲忙不迭地迎出去，然後馬上又堆著滿面的笑容回來，高聲地向言耶宣布：

「刀城大師，讓您久等了，鷹部深代小姐和她們家的阿藤嫂來了。」

祖父江偲不給言耶發難的機會，立刻向他介紹那兩個特地被請到公司來的客人。

「啊！初、初次見面……我是刀城言耶。」

結果，打完招呼之後，他又坐回會客室的椅子上。等到他好不容易意會過來，明白祖父江偲之所以東拉西扯講一堆只是為了要在她們兩個出現之前拖延時間的時候，一切都已經太遲了。

四個人當中，只有祖父江偲一個人是笑著的。刀城言耶雖然還不至於到翻臉的地步，但臉上的確浮現出「真有妳的，被妳擺了一道……」的表情。至於阿藤，她看到言耶端正的容貌和親切的態度後就傻了眼，完全失去了長輩的氣度。深代固然像個孩子般的天真無邪，但仍舊一臉好奇地盯著言耶，可能是因為言耶穿著當時還很少見的牛仔褲吧！

「我已經把事情的梗概告訴大師了，不過可不可以請兩位再說得詳細一點？」

祖父江偲迫不及待地把球拋出去。

「啊！謝謝妳。」

但阿藤卻只是拘謹地低頭致謝，一副不知道該怎麼接下去的樣子，坐立不安，一句話也說不上來。

「呃……關於這件事……」

祖父江偲臉上的笑容迅速退去，言耶的臉上卻開始浮現出邪惡的微笑，只可惜並沒有能維持太久……

「請問……可以由我來說嗎？」

深代有些遲疑地開口。祖父江偲當然二話不說地馬上點頭，催促她把話說下去。

值得玩味的事情發生了。刀城言耶只在最初的那一瞬間浮現出失望的表情，不久後，他似乎也逐漸被眼前這個小女孩的話給吸引住了，就連祖父江偲也看得出來，他聆聽的姿勢開始散發出熱情。

（太好了！看這個樣子，我應該是贏定了。）

在深代說明事件的經過時，祖父江偲一直在心裡擺出勝利的姿勢。

然而，當耳邊傳來言耶聽完整件事的感想時，祖父江偲不禁為之愕然。

「嗯……完全搞不懂是怎麼回事呢！」

5

「等、等一下大師……您到底在說什麼啊？」

「不是叫妳不要再叫我大師了嗎……」

「好啦！只要您願意幫忙把這起事件的謎團解開，不管是親愛的主人、還是王子殿下，什麼都無所謂，您要我怎麼叫，我就怎麼叫。」

「普通一點的就可以了。」

「您到底是什麼地方不明白呢？這跟之前被您解決的事件比起來，根本不算什麼吧？如果人家就是大師的話，這種小事肯定不用五分鐘就可以解決了。」

興奮至極的祖父江偲倒水似的冒出一大串鄉音。

「妳啊……不要說那些毫無根據、亂七八糟的話。」

「可是……」

「可能是因為情報還不夠吧！雖然是有幾個可以解釋的可能性，但是在目前這個狀態下，最多也只能止於推測。」

「對不起，是我說明的方式不夠好。」

深代突然插進兩人的對話裡，使得言耶和祖父江偲不約而同抬起頭來一看，只見深代垂頭喪氣的。

「才、才沒有這回事呢！妳說得很清楚，簡單易懂喔！只不過……」

刀城言耶開始拚命安慰她。祖父江偲一瞬間還以為他終於要認真地開始思考而高興了一下，沒想到言耶似乎解開深代的誤會就滿足了。

（看我的，我一定會想盡辦法喚醒大師的偵探細胞！）

祖父江偲在心裡暗自發誓。

「世人雖然都認為籠手旭義就是兇手，但真正的兇手其實是住在阿曇目家的栗森篤對吧？」

「可是栗森先生由始至終都沒有進到巷子裡不是嗎？」

言耶雖然擺出「真拿妳沒辦法」的態度，但還是答腔了。

「那就是他打的如意算盤。」

「妳是說他是在自己不會受到懷疑的情況下殺害被害人的嗎？」

「是的。不僅如此，還可以嫁禍給情敵，正所謂一石二鳥的毒計。」

「哦？怎麼辦到的？」

刀城言耶的臉上浮現出興味盎然的表情，但是看起來也有幾分是在享受祖父江偲這個冒牌偵探的表演。

「呵呵呵……只要注意到一件事，這個問題就一點也不難了。」

然而，祖父江偲似乎不只是要挑起言耶的興趣，還誤以為對方是真的很想聽聽自己的見解，整個人扮偵探扮上癮了。

「妳倒是說說看，栗森先生到底是怎樣從阿曇目家的二樓殺害進到巷子裡的貴子小姐？」

「您還記得栗森篤在事件當天的早上，去了什麼地方？做了什麼事嗎？」

「不就是去射箭場進行最後一次練習嗎？」

「什麼嘛！原來您還記得啊！那麼，既然已經知道了這點，像大師這麼聰明的人……」

「不不不，愧不敢當。以下請務必讓我聽聽祖父江君的推理。」

雖然遣詞用句非常嚴肅，但是言耶的眼睛裡卻閃著惡作劇的光芒。當然，祖父江偲壓根兒也沒有注意到。

「那有什麼問題。聽好囉！當貴子小姐前往那條巷子之後，栗森篤就偷偷摸摸地進到院子裡，拿出事先準備好的梯子，把梯子立在相當於巷子底的紅磚牆上，爬上去，再拿出事先藏有剃刀的箭，在那裡拉滿弓等待著。」

搞定了——相較於祖父江偲露出沾沾自喜的表情，深代和阿藤雖然也「啊！」了一聲，但似乎沒有完全被說服的樣子，因為刀城言耶露出一臉目瞪口呆的表情。

「然後呢？」

「然後？大師，後面還需要說明嗎？當然是栗森篤從圍牆上射殺了貴子小姐啊！」

「妳的意思是說，他射出去的箭沒有刺穿貴子小姐的喉嚨，只用藏在箭尖的剃刀割開了貴子小姐的脖子？」

「所謂的高手不就是這麼回事嗎？」

「妳又知道他是高手了？」

「咦？……沒、沒有，我不知道。關於這件事，我接下來才要去確認……」

「射出去的箭呢？啊！原來如此。只要事先把繩子綁在箭尾巴，之後就可以回收了對吧？」

「沒、沒錯，就是這麼回事。」

「可是這麼一來，栗森先生不就是從斜上方射殺被害人了嗎？」

「是的，這有什麼問題嗎？」

「貴子小姐的喉嚨確實是被水平割開的不是嗎？」

「……」

「再怎麼厲害的射箭高手，也不可能在紅磚牆上把對方喉嚨水平割開吧？」

「那是因為……因為貴子小姐的頭那個時候剛好是側著……」

「那麼行兇之後，栗森先生又是把兇器藏在哪裡呢？」

「當然是藏在院子裡……」

「不可能吧！從巷子北側的阿曇目家，到南側的籠手家、巷子盡頭東側的大垣家在內，這三戶人家的院子都已經被搜索過了，但是都沒有發現兇器。」

「那就是藏在他自己的房間裡。」

「如果收拾好梯子之後，還要把兇器帶回自己二樓的房間裡，再從那裡衝到巷子裡，不是得花更多時間嗎？」

「呃……我想應該沒有那麼多時間。」

雖然很不好意思，但深代還是斬釘截鐵地支持言耶的論點。

如此一來，就連一旁的阿藤也說：「而且栗森先生應該是真的很喜歡貴子大小姐。如果換作是籠手家的旭義先生，的確有可能因為得不到就想乾脆毀掉，由愛生恨地對貴子大小姐下毒手，但是栗森先生實在沒理由這麼做……」

祖父江偲眼看同席的人從下手時機跟動機兩個角度切入，推翻自己的推理，瞬間被堵得說不出話來，不過似乎馬上就又重新振作了起來。

「那麼兇手果然還是籠手旭義。」

「既然如此，那麼做為兇器的剃刀呢？」

即使祖父江偲前後矛盾地指出不同的兇手，言耶也似乎完全不以為意，讓她繼續推理下去。

「因為小廟是木造的，所以就藏在縫隙裡……啊！說到縫隙，紅磚牆上不也有縫隙嗎？所以旭義是有事先勘查過……」

「說到剃刀，兇器好像真的是理髮店在用的那種。因為被害人的喉嚨是被人精準地以一字形割開，從那種狀況來思考，實在不太可能只使用到刀刃部分。也就是說，應該還有刀柄的部分。」

「您是說如果只有刀刃的話，就不容易割出一字形了嗎？」

「傷口愈長的話愈困難呢！假設他是用布捲在握的地方，那麼就會產生新的問題，他把那塊布丟到哪裡去了？話說回來，旭義應該被搜過身了吧？」

「有的。別說是兇器了，聽說他身上什麼東西也沒有。」

「換句話說，假設他是兇手的話，那麼做為兇器的剃刀在案發現場就完全處理掉了。再從栗森先生衝進巷子裡的狀況來看，範圍就縮小到只剩巷子的一半到盡頭之間。」

「這麼一來，最有可能的就是阿曇目家那面紅磚牆上的小門了不是嗎？因為籠手家的小門在剛轉進巷子裡的地方，但是阿曇目家的小門卻是在巷子的中間。」

「可是小門不是早就從裡面用鐵絲在門把上繞了好幾圈，再也打不開了嗎？」

「是啊……籠手家之前才剛把已經生鏽的鐵絲換過的小門，相較之下，阿曇目家的小門看起來雖然傷痕累累的，但還是沒有遭人破壞過的痕跡，這倒也是不可否認的事實呢……」

祖父江偲的聲音最後變得跟自言自語一樣，陷入了泥淖。然而，當她看見言耶開始問深代和阿藤一些問題的時候，掩不住的笑意在臉上緩緩散開。

「關於籠手家的旭義先生……該怎麼說呢？還有什麼忘了說的嗎？像是他有沒有什麼跟普通人比起來算是比較特別的習慣啦？或是興趣、特技之類的？」

面對言耶的問題，兩個人都露出了認真思考的表情，但結果卻是雙雙搖頭，祖父江偲聽了比言耶還要失望。

會客室裡第一次出現了沉默。深代和阿藤似乎是在擔心自己說的話根本幫不上忙，而祖父江偲心急如焚，覺得自己好不容易才引言耶上鉤，卻因為線索不足，刺激不出最關鍵的推理。只有刀城言耶好像在思考些什麼，臉上的表情莫測高深，反而散發出一股事不關己的味道。

「啊！」

空氣中突然響起祖父江偲突兀的叫聲。

「怎、怎麼了？妳是不是還有什麼忘了說的？還是想起什麼重要的線索了？」

言耶一馬當先地問她。

「不是，是烏先生又寄信來給大師了。人家本來想一看到您就先交給您，結果不小心忘記了……」

「什麼嘛……原來是學長的來信啊！那種事，之後再說就好了……」

言耶不以為意地結束這個話題，發現深代一臉好奇地看著他們兩人的對話，便很有耐心地開始解釋：「在我大學時代的學長中，有個叫作阿武隈川烏的人……」

根據言耶的解釋，他口中稱之為烏先生的人物，是某個位於京都、規模雖小但歷史悠久的神社的繼承人，但本人似乎沒有要繼承家業的意思，在唸書的時候就開始從事當時很盛行的民俗採訪，畢業後仍過著這樣的生活，已經完全成了一個民間的民俗學者。只是不知道為什麼，他不僅人面很廣，而且還對地方上的奇風異俗、特殊儀式等異常通曉，明明沒有人拜託他，他卻三番兩次地把那些情報透過出版社寄給刀城言耶。不過言耶的確是受到他諸多的照顧，所以還是很感激他。

「這封信的內容寫的是坐落在瀨戶內海的鳥坏島的『鳥人儀式⑬』，今年夏天似乎也會舉行的樣子。」

言耶介紹完阿武隈川，祖父江偲也向他報告信上的內容。

「呃……籠手家的旭義先生，算數可能很好也說不定。」

深代突然冒出這麼一句，三個大人全都嚇了一跳，結果是阿藤最早反應過來：「大小姐，妳說的算數是什麼意思？」

「旭義先生剛回來的時候，小倉屋老闆不是說過『他在寄養的家庭裡學過勘定』之類的話嗎？」

阿藤露出茫然的表情，下一秒鐘便大笑了起來：「大小姐，那個勘定並不是打算盤的意思

⑬參照《如凶鳥忌諱之物》（皇冠出版社）。

喔！而是請神明或佛祖顯靈，向神明許願的儀式，叫作勸請⓮。」

阿藤還仔細地告訴深代那兩個漢字要怎麼寫。

這麼一來，只見刀城言耶突然露出了微笑說道：「原來如此，原來是這麼回事啊……」

6

「大、大師！你該不會是解開謎底了吧？」

「不要再叫我大師了……」

「哎呦！那種小事，現在一點也不重要吧！」

臣服在祖父江偲懾人的氣勢下，就連刀城言耶也有些招架不住。

「嗯，對，是沒錯啦……算了，其實是有件事情我一直想不通，不知道那究竟代表什麼意思，所以思路始終無法往前進。」

「請等一下。有件事情？你是指在我和深代的話裡出現過嗎……」

「在妳的話裡也出現過，不過是深代說得比較詳細。」

「什、什麼事？有件事情到底是哪件事情？」

「在那之前，我想先確認動機。」言耶說完這句話，望向阿藤的方向繼續說：「籠手家的旭正犯下殺人案而自殺身亡，在那之後弟弟旭義便被叫了回來。兩兄弟的祖父，也就是旭檣前伯爵打的如意算盤是：讓弟弟旭義繼承跟阿曇目家的親事，讓原本許配給旭正的貴子小姐改嫁給旭義。但不只是阿曇目家的勇貴前公爵，就連貴子小姐本人也不同意這門親事。然而，旭義還是對她苦苦糾纏。這份幾近瘋狂的感情，曾幾何時變質成憎恨，最後終於演變成殺機——我這麼解釋應該沒錯吧？」

「沒錯。當天是旭正大人的忌日，旭義……先生肯定是決定要在那天對貴子大小姐做最後一次的告白吧？如果還是被拒絕，就乾脆把貴子大小姐殺掉……據我觀察，不光是鎮上的人，就連警方似乎也都抱著同樣的看法。」

「可是大師，就算兇器不會被發現好了，真的有人敢在自己百分之百會受到懷疑的情況下殺人嗎？」

祖父江偲接在阿藤的後面，提出了最根本的問題。她在發表自己的推理時明明完全忽略了這個可能性呀。

「以正常人的邏輯來想是這樣沒錯，不過最大的理由可能是因為他只能在巷子裡的小廟見到貴子小姐吧！就如阿藤女士說的，當天是旭正的忌日，在這個特別條件下，旭義就算抱有『一定要在那一天、那個地方為整件事畫下句點』的強迫症式的思考也不奇怪吧？只不過，如果身上藏有兇器，肯定會被逮捕，所以他便想出一個可以把兇器處理掉的方法……不對，他肯定是先想到讓兇器消失的詭計，然後才決定要殺死貴子小姐的。」

「先想到詭計？」

「嗯。不過還不光只是那樣而已，他還事先練習過了。」

「什麼?!真、真的嗎？什麼時候？在哪裡……不用說，地點肯定是在那條巷子裡……」

「沒錯，就在那條巷子裡，從事件發生的前幾天開始。只不過，其中好像有一次被深代碰巧看到了呢！」

⑭深代所說的打算盤，日文是「勘定（かんじょう）」，而阿藤口中的儀式，日文是「勧請（かんじょう）」，兩者的發音一樣，所以是深代會錯意了。

「被、被我看到了……」

深代一方面是驚訝，一方面又覺得害怕，發出了顫抖的聲音。

只見言耶的臉上浮現出足以讓小孩子鬆一口氣的笑容說道：「妳曾經說過，在妳很勇敢地進入巷子裡的時候，西方的巷子口被一道漆黑的影子給堵住了，那就是旭義。」

「可是從深代躲進小廟的後面到貴子小姐進入巷子裡只有短短的空檔，那道黑影就消失了不是嗎？」

當事人都還沒開口，祖父江偲就迫不及待地先插嘴了。

「那是因為身影被深代撞見的旭義連忙從籠手家那邊的小門逃走了。」

「逃走了？可是鐵絲還好好地纏在小門的把手上啊……」

「還是纏著沒錯，但是是從內側纏上的吧？而且籠手家小門上的鐵絲是全新的、沒有生鏽對吧？換句話說，那是最近才重新纏上的。也可能是在殺死貴子小姐的前一天才纏上的。」

「你的意思是說，在那之前旭義都……」

「都是從小門進入巷子裡，再輕輕鬆鬆地回去。當然，在貴子小姐前往巷子的日子，他肯定是堂堂正正地從正門出去，再進入巷子裡。」

祖父江偲繼續追問，看她的樣子，她似乎早就已經完全忘了當初為什麼要問這些了。「你說他還進行過讓兇器消失的練習，那又是怎麼一回事？」

「只要注意到以下三點，我想就連妳也猜得出來。」

「哪、哪三點？」

「第一點是從發生命案的前幾天開始就發生在巷子裡的怪事。第二點是案發當天旭義不自然的舉動。最後一點是為什麼深代會突然想到『勘定』這個字眼。」

「請等一下。第一點是指深代說她從她們家二樓目擊到飄過巷子的鬼火嗎？可是，那應該只是眼花了……」

「我真的看到了！」

雖然小聲，但深代不容置疑地堅持己見，言耶也點了點頭。

「先不管那到底是不是鬼火，但我想她確實看到了奇怪的東西。」

「我知道了。接下來是第二點，你是指旭義幫忙搗麻糬、大掃除、製作門松這件事對吧？」

「沒錯。原本他會幫忙做家事就已經很唐突又不自然了，但是這也先姑且不論……在這裡面，他做了一件跟其他事情比起來尤其顯得突兀的事情。」

「他、他做了什麼事情？」

「只要想得簡單一點，馬上就能明白了。」

「至於第三點……的確是很突然，我也嚇了一跳。深代，妳怎麼會突然想到『勘定』這個字眼呢？」

「喂……直接問本人是犯規的喔！」

「什麼犯規？大師……什麼時候有這樣的規定了？」

面對認真抗議起來的祖父江偲，言耶露出了一絲苦笑。

「不行啦！完全搞不懂。大師，請告訴我。我知道了啦！人家也會努力不要再叫你大師啦！」

「哦？那還真是感謝妳啊！」

「別開玩笑了，然後呢？」

至此，刀城言耶不再只盯著祖父江偲，而是依序望向深代和阿藤。

「身高比女性還高的旭義幫忙打掃天花板，或者是身為男性的他幫忙搗麻糬或製作門松都還可以說得通，但就連把剛搗好的麻糬捏成圓形的工作都幫忙，感覺上就有點不太自然了。」

「這麼說起來，的確是很奇怪呢！」

阿藤也不解地側著頭苦思。

「這麼一來，就讓我聯想到事件的前幾天，深代看到從巷子裡升起來的那個白白圓圓的東西，該不會就是麻糬吧……」

「什麼?!這麼一來……」

「嗯。旭義趁沒有人注意到的時候摸走了剛搗好的麻糬，然後把兇器的剃刀藏在裡面。他當然會讓刀刃露在外面囉。搗麻糬的作業是從早上就開始進行的，所以到了跟貴子小姐見面的傍晚，麻糬已經變得夠硬了。」

「但是，就算他可以把藏有兇器的麻糬往空中一扔，接下來又該怎麼辦呢？」

祖父江偲的問題再基本不過了，然而言耶卻沒有回答，反而問說：「對了，妳知道深代為什麼會突然想到『勘定』這個字眼了嗎？」

「還、還沒……」

「在那之前，我才剛問過旭義有沒有什麼興趣或特技，或者是還知不知道什麼其他關於他的事，然後祖父江君就突然提起學長的事了。」

「阿武隈川先生的事？」

「沒錯，妳先說了『烏先生』這三個字。因為這個字用在人名上是很稀奇的，所以就刺激了深代的記憶，讓她想起烏勸請的事。」

「啊！原來是烏勸請嗎？」

或許是想到了什麼，阿藤大聲地脫口而出。

「我也太大意了。明明已經知道把旭義養大的遠親住在近江，是座歷史悠久的神社，而且供奉的還是出現在神武天皇東征神話裡的先導神，卻完全沒有注意到……」

「注意到什麼？」

「這裡所說的先導神就是烏鴉啦！」

「烏、烏鴉？……」

「所以在近江一帶會舉行餵烏儀式。」

「也就是說，在那座神社裡……」

「會把獻給神明的供品——例如麻糬之類的，扔給被視為先導神的烏鴉，進行烏勸請的儀式。而旭義從疎開到戰後的那段期間都參與過這樣的儀式喔！」

「也、也就是說……」

「他在事先就扔過好幾次麻糬，做過實驗，確認烏鴉會確實在空中接住，帶著麻糬飛走之後，才付諸實行的。」

「問題是，如果是棲息在會進行烏勸請的神社附近的烏鴉還另當別論，但是株小路町的烏鴉有辦法這麼聽話……」

「可以，在柳田國男⑮的書中也寫過，烏鴉常常會叼住飛到空中的高爾夫球，直接帶著高爾夫球飛走。另外，以前的小孩也會從路上撿圓圓扁扁的小石頭，拋向從天空飛過的烏鴉，讓牠啣

⑮日本有名的妖怪民俗學者。

住，還編出『烏鴉怎樣怎樣貓咪怎樣怎樣』的兒歌來玩呢！我猜他可能是透過這種小孩子的遊戲或餵鳥儀式，得知烏鴉對於圓圓扁扁、拋向自己的東西有反射性接住的習性吧！」

「於是旭義便利用了烏鴉的這種習性……」

「嗯。不過他畢竟不敢一口氣就用來直接犯案，所以事先練習了一下。」

「你是說在巷子裡拋出普通的麻糬嗎？」

「傍晚的天色本來就很昏暗，再加上巷子的盡頭就是大垣家院子裡鬱鬱蒼蒼的樹木，更是伸手不見五指。從那裡拋出的白色麻糬被黑色的烏鴉迅速地啣走，這一切看在深代眼裡就像是消失了一樣。」

「案發當時又是什麼樣的狀況呢？」

「旭義先生當然也知道栗森先生和深代分別從阿曇目家的二樓，以及鷹部家的二樓監視著那條巷子。」

「沒錯，他應該是知道的吧！」

「所以他就把旭正先生從南方帶回來的面具往四丁目通一扔，等這兩個人的注意力從巷子裡散開之後，再把兇器扔出去。」

「如果是這樣的話，那兇器呢？」

「附近肯定有個烏鴉的鳥巢，所以只要針對那裡進行地毯式的搜索，說不定就可以找到了。」

在那之後，祖父江偲一面再三向深代及阿藤道謝，一面有點像是趕人似的把她們送走之後，便立刻向田卷編輯部長報告刀城言耶的這番推理。

之後祖父江偲不曉得透過什麼管道，在第二天就接到深代和阿藤的聯絡，得知警方已經出動了，她自己也嚇了一跳。

當地的動物學者似乎告訴警方，緊鄰著株小路町的小森林就是附近的烏鴉棲息地，於是警方便進行地毯式搜索。結果不僅找到一個被咬成半圓形，裡頭埋藏有剃刀的麻糬，還清清楚楚地採集到好幾枚籠手旭義殘留在麻糬表面上的右手指紋。

當然，後面這些細節並不是深代和阿藤告訴她的，而是從祖父江偲認識的報社記者那裡得到的情報。

「因為是早上才搗好的麻糬，所以到傍晚的時候還沒有完全變硬呢！而且旭義很用力地握著，所以手指大概會陷進麻糬裡，留下清晰可辨的指紋。」

刀城言耶做出如上的解釋。祖父江偲為了進行事後的報告，就和他相約在神保町的咖啡廳裡。

另外，剃刀上也還殘留著血跡，血型和阿曇目貴子的一模一樣。除此之外，似乎也已經證實被害人的傷口是用那把剃刀割出來的。

因此，籠手旭義也被逮捕了……

聽完祖父江偲的說明之後，刀城言耶陷入了沉思。

「妳是說……他雖然承認犯行，但是卻不承認動機嗎？」

「他好像堅稱他是被唆使的。」

「被誰唆使？」

「被那個面具……」

「什麼?!妳是說那個旭正先生從南方帶回來的魔鬼面具嗎？」

「是的。他說是那個面具主動找他攀談的……」

「……」
「當他試著戴上那個面具，就聽到旭正先生的聲音，要他殺了貴子小姐……」
「會不會是想要偽裝成精神異常，好逃過法律的制裁？」
「警方好像也是這麼判斷的，但還是請專家做了精神鑑定。」
「鑑定的結果是他其實並不是在演戲嗎？」
「真正的事實只有他自己知道吧！只是之前還有隈取涼子小姐的怪異體驗，所以如果硬要說他是在演戲的話……」
「嗯……可是隈取涼子小姐那件事也不能完全排除她是受到事件的影響才產生幻覺的可能性呢！畢竟她是個年輕女孩，很有可能會這樣。」
「咦？大師，可是她和其他人不一樣，事件發生的當時，她住在學校的宿舍裡，什麼都不知道喔！回到株小路町之後，鎮上應該也沒有人會告訴她事件的詳情，所以她的體驗應該還是有一定的可信度吧？」
「嗯，可是涼子小姐曾經在她伯父的公司裡上班。我記得是她伯父的大女兒在那裡上班，所以才找她一起去的。」
「啊！難道是她伯父的女兒告訴她那件事的……」
「就算說了也沒什麼好奇怪的吧！不對，反倒是沒有告訴她才顯得不自然呢！要是知道涼子小姐對那起事件一無所知的話，就會更想要告訴她了。正因為她是個嚴肅到有點一板一眼的女孩，才會一下子就被催眠了也說不定。」
刀城言耶明明一聽到怪談就什麼都不管了，卻又要凡事都做出合理解釋——祖父江偲對他這個習慣沒有什麼特別的反應。因為她知道，他是站在受人委託的立場上，才會做出這種單純明快的結論，但這並不表示他自己接受這種說法。只不過，此時此刻似乎還有別的理由。

祖父江偲突然壓低了聲音，把身子探出來，擺出話中有話的樣子說道：「對了，大師，旭義被逮捕之後，在那條巷子裡又有人目擊到令人難以置信的東西了……您知道是什麼嗎？」

「不、不知道……妳是說……令人難以置信的東西？」

「對呀！是非常恐怖的東西。」

祖父江偲一面欣賞著對方已然上鉤的表情，故作姿態地蹙緊了眉峰，一面在心裡盤算。

（很好，為了讓他把這次的始末寫在《書齋的屍體》下一期，接下來該怎麼誘導呢……）

祖父江偲在腦海中盤算著讓刀城言耶在出門旅行之前把原稿寫好的辦法。其實打從一開始，她心裡想的就只有這一件事，今天面談的目的，其實也是為了這個。

「祖父江君……那個令人難以置信的恐怖東西到底是什麼？」

言耶已經完全上鉤了。

（接下來該怎麼辦呢？為了挑起大師的興趣，一定得說出更有張力的東西才行呢！）

雖然有勇無謀，但祖父江偲也只能臨時編出一些怪談來了。

當然，刀城言耶現在並不知道她在打什麼鬼主意，但不管怎麼說，他最後一定會發現一切都是這個編輯的胡謅，看穿對方恐怖的陰謀，為此感到哭笑不得。這只是時間早晚問題而已。

「就是啊……還是不說的好，因為實在是太恐怖了，真的太恐怖了……」

在那之後，無論兩人之間到底發生了什麼樣的騷動，當下一期《書齋的屍體》的目錄上出現〈如首切撕裂之物　東城雅哉〉這一行字的時候，想也知道祖父江偲趾高氣揚的模樣又將成為怪想舍編輯部裡的一景囉。

如迷家蠢動之物

1

「房子自己動了起來……」

菊田美枝膽顫心驚地蹙緊了眉頭。

「討厭啦！不要說那種奇怪的話。」

同行的柿川富子也皺起了眉頭，對美枝投以責難的眼神。

「可是小富……」

「如果那樣想的話，不就再也不敢翻越那座山了嗎？」

這兩個才十五、六歲少女是在農忙期的四月到十月之間，在各個村子兜售解毒劑⑯的少女。戰前，她們會在頭上戴著草帽，把雙手包在手套裡，用帶子把藏青底白色小碎花的布繫在前面當成前掛，在腿上綁上綁腿。隨著時代的變遷，逐漸演變成洋傘加圍裙加褲裙的打扮，但至今仍會在身上披一件塗了油的紙做成的披風。

變化最大的不只是服裝而已，她們賣的東西原本跟所謂富山的藥商沒兩樣，專門賣一些「越後消毒丸」、「牛軋丸」、「六神丸」、「金證丸」之類的藥，戰後開始會賣菜刀及剪刀等工具，再加上昆布或曬乾的海藻、化妝品或衣服、髮油等商品。

最大的原因是因為藥事法在昭和十八年進行修正，解毒劑的販賣變成許可制了。為了得到許可證，賣的人都必須上課才行。只可惜在當時有辦法讀書的人還很少，所以放棄賣解毒劑，轉而從事別的營生的人也愈來愈多。那對原本的解毒劑買賣也帶來了影響。

另外，過去解毒劑買賣的收入其實很好，好到有「每賣出一顆藥就賺進九倍的錢」的說法流傳。在戰爭期間，尤其因為有軍隊從中斡旋，解毒劑常常被當成慰問品送往前線。但到了戰後，由於藥品的進貨成本逐年提高，利潤開始愈來愈薄，所以就沒那麼好賺了。附帶一提，「賺進九倍的錢」是指進價很低但售價很高的意思。

彷彿是落井下石似的，昭和二十三年制定的新藥事法又禁止藥物現金買賣，直到昭和二十五年，藥品的店頭販賣才得到許可。

基於戰後情勢，她們只好開始販賣一些藥物以外的商品。

在昭和二十八年風行一時的宮城麻里子〈需要解毒劑否〉的歌曲中出現了這樣的歌詞——

奴家是雪國的賣藥女，
翻過那座山，越過這個村。
不能愛上其他國家的人，
因為一年只能見上一次面。
解眼睛的毒，解河豚的毒。
你需要解毒劑否？
需要解毒劑否？

這使得解毒劑買賣的存在一舉成名天下知，開頭提到的兩人就是靠這門生意維生的。

話雖如此，但美枝和富子並沒有說過這樣的台詞。

「請問需不需要解毒劑？」

⑯此處泛指各式各樣的藥品，尤其是治腹痛的藥。

這是賣藥的在兜售時的標準台詞，就她們所知，像「需要解毒劑否」這麼裝模作樣的台詞根本沒有人說過。

像前天，兩個人在造訪植松村的時候，也是一面喊「請問需不需要解毒劑？」一面在村子裡走來走去的。當天晚上，她們各自在親切的村民家借住了一宿。只不過前天抵達村子的時間實在太晚了，所以昨天早上在移動到下一個地方之前，打算先做點生意再走。

沒想到，美枝卻在留自己過夜的那戶人家陪年輕小媳婦聊天聊到三更半夜。剛好公婆都不在家，小媳婦可能是想要一吐平日的積怨吧！原本只是不習慣村子裡的習俗所產生的抱怨，結果卻從鄰居的壞話一路沒完沒了地講到對公婆的不滿。再加上美枝始終很有耐心地附和，回過神來已經是三更半夜了。

不過也拜她的耐心所賜，和年輕的小媳婦一下子就熟稔起來。小媳婦是從附近霜松村嫁過來的，所以她介紹了霜松村的好幾戶人家給美枝，從娘家、親戚一路說到認識的人。這到底是幸或不幸，也已經說不清楚了。

因此，昨天早上富子一個人留在植松村，美枝先一步前往霜松村，約好下午再到霜松村會合。

「不過，我想我大概中午就會到霜松村了。所以在明天正午之前，我們分頭在不同的地方推銷吧！」

正當美枝要出發的時候，富子提出這樣的建議。

富子的顧慮大概是這樣的：如果兩個人一起推銷的話，自己也會蒙受原本只要介紹給美枝的人的恩惠，對她不好意思。

於是她們約好第二天正午在霜松村的大杉神社內會合之後，就分頭推銷了。剛才兩人各自結束了今天上半天的工作在此會合，在巨大的杉木樹根上坐下，現在剛好是吃午飯的時間。

彼此報告完工作上的成果之後，柿川富子突然想起什麼似的說：「話說，昨天我在翻越那座山的時候，在對面的山上看到一棟很奇怪的房子。」

這句話就是這一切的開端。

「哦？是什麼樣的房子？」

聽菊田美枝一臉訝異地問，富子有點得意地說：「鳥居峰上有棵名叫『天狗的椅子』的巨大松樹，據說賣東西的小販去膜拜的話會得到保佑，這是好心留我過夜的老婆婆告訴我的。」

「啊！那個年輕的小媳婦也有跟我提過這件事。」

「什麼嘛！原來妳早就知道了。」富子臉上雖然浮現出大失所望的表情，但是馬上就用責備的語氣說：「別人好心告訴妳，難道妳沒有去拜一下嗎？」

「我去啦！」

「既然如此，妳不就也有看到對面山上有棟奇怪的房子嗎？」

「才怪……我沒看到……」

她們口中的鳥居峰，指的是從植松村前往霜松村途中會經過的佐海山頂。這座山因為擁有豐富的資源，自古以來就庇佑著那兩個村子。

相傳天狗大人以前曾經降臨在那座山上，聽說從那以後佐海山就愈來愈「繁榮」了。天狗降臨的那棵巨大松樹被稱為「天狗的椅子」，似乎受到村民們特別的重視。

但村民倒也沒有特地蓋座廟來供奉，也沒有圍上注連繩⑰，而是保持自然的樣子。曾幾何

⑰掛在神社前表示禁止入內，或新年掛在門前討吉利的稻草繩。

時，翻越山頂的旅人們開始膜拜起那棵松樹。由於這樣的旅人大多是賣東西的小販，所以天狗的椅子似乎就成了生意人的神祇。

「我知道了。小美，妳一定是拜錯松樹了。」

富子笑了，覺得自己似乎找到了問題所在。

鳥居峰這名字原本就是從兩棵松樹來的。雖然分別矗立在山頂的兩端，北側的松樹卻往南、南側的松樹則往北，各自伸展著枝葉。合起來看就像是一座巨大的鳥居⑱，所以才如此命名。

「可是，是天狗的椅子不是嗎？是長在村界的那棵松樹沒錯吧？」

在美枝的確認下，富子點了點頭。

「妳是去那裡參拜的嗎？」

「嗯，我記得沒錯。」

「這就奇怪了。還是妳根本沒有看見對面那座山？」

「只要是去參拜那棵松樹，就算不想看見也會看見那座山喔！我還聽說前幾天發生了地震，對面的確可以看到山崩的痕跡，樹木好像也倒掉了一些呢……」

「沒錯，就是那裡！」富子突然大叫了起來：「在樹木倒掉的對面，不就有一棟怪怪的房子嗎？」

「咦？我什麼都沒看到喔……」

美枝翻越山頂是在昨天早上七點左右的時候。另一方面，富子說她是十二點左右。

「難不成那棟房子只花了五個小時就蓋出來了？」

富子說是這麼說，但是顯然完全不打算接受這種說法。

「是什麼樣的房子？」

「因為距離很遠，沒辦法連細節的部分也看清楚，感覺上黑黑的……像是間小屋……」

「如果是這樣的話，說不定真的有可能在那五個小時裡蓋出來喔！如果只是要蓋間小屋而不是普通人家的話，或許不用花太多的時間……」

「在那樣的山上嗎？」

「說不定真的是小木屋啊！那樣的話，就算蓋一棟新的也沒什麼好奇怪的。」

「嗯……可是……」

「可是什麼？」

「雖然遠遠的看不太清楚，可是屋頂看起來一點也不新……感覺上反而是非常古老，說是廢墟可能還比較貼切呢……像是從好幾十年前就一直蓋在那裡了……」

「打擾一下。」

就在這個時候，有個看起來大概三十五、六歲左右，不久之前還坐在她們附近開始享用遲來午飯的男人，非常有禮貌地出聲攀談。

2

「妳們從剛才開始一直在講的，是不是佐海山的鳥居峰？」

那個男人乍看之下是做富山藥商的打扮。不過以背著行李、四處兜售的小販來說，臉蛋細長又白皙，看起來有點明星風貌，應該很受女性顧客的歡迎。

⑱日本神社的牌坊。

這樣的一個好男人，帶著人畜無害的笑容，輪流望向美枝和富子。他一面拿著大大的柳條包往兩人的方向靠近一面說：「呃……我絕不是故意要偷聽妳們談話的，只是剛好聽到了而已。」

這時，富子先有了反應：「沒錯，我們前天住在植松村。昨天中午之前，雖然是個別行動，不過都各自翻越了山頂，進入這個村子。」

「我也一樣。每個月會有一次在那個村子裡賣東西，第二天再請我在這個村子裡認識的人家讓我借住一宿。通常都是第二天一大早先去那座神社參拜，然後再前往杉造村，這就是我行商的路線。可是……今天早上在朋友的家耽擱了一點時間呢！所以就晚了點出發。」

男人口中的杉造村，好像是位於霜松村以南的聚落。

「我們是第一次來到這個村子。」

「看起來的確是如此呢！而且也才剛開始出門做生意吧？」

男人的這一句話，讓原本態度很好的富子突然露出了警戒的表情。

「在我們的村子裡，代代都是由女人出來賣解毒劑的。所以我們早就在師父的教導下進行過各式各樣的修練了。因此一點也沒有不習慣，或者是搞不清楚狀況的問題。」

她們的村子習慣讓小孩很小的時候就拜入很有經驗、年紀也大的人門下，一起在旅行的過程中學習各種技巧。如今已能獨當一面的二人，一開始也是這樣過來的。

特別需要注意的是「不能在留自己過夜的人家裡擺出客人的樣子」的教條。因為要是這麼做的話，會讓主人覺得「我們家才不需要客人」，招致厭惡，之後再也不能在這人家留宿。因此，就算主人什麼也沒說還是要主動幫忙，這就是她們受的教育。如果家裡有小嬰兒就幫忙帶小孩、到了晚飯的時間就幫忙或做菜或擺碗筷或收拾，如果什麼事情都沒得做的話就幫忙打掃。只要表現出這樣的態度，下次去的時候，就可以得到「今晚也可以在我家過夜」的邀請。甚至是像這次收留美枝的人家那樣，主動把鄰村的顧客也介紹給她等等，自然而然地予以照顧。

只不過，從師父那邊繼承到的只有買賣的方法跟行商的心得而已，至於顧客，最終還是得靠自己去開發才行。就算師徒關係親如父母子女也是一樣的。因此第一次自己出來做生意，而且還是第一次在這塊土地上賣東西的兩人不免還是有些生澀，這點可能被這個善於察言觀色的男人看穿了吧！

「原來如此，不過大姊們都已經可以獨當一面了呢！」

「沒錯。不過除了行商以外，我們做什麼事都是一起的。」

雖然有生意上的勢力範圍，不過在除此之外的地方互相幫助是理所當然的。這不只是為了自身的安全，也是為了在住宿的時候兩人共用一間會比較節省經費等等，一個人以上會比一個人行動還要來得方便許多。

「那就安心多了呢！」

「這還用說……好了，小美，我們差不多該走了。」

「等一下，怎麼了嗎？」

「什麼事也沒有。」

她們年紀還小，以這情況來說兩個人一起行動在安全上的確是最有保障的也說不定。富子現在就覺得這個男人有點可疑。

「不用怕成這樣吧？我又不會把妳們吃掉。」

「我們才沒有害怕！告訴你好了，小美的聲音可是全村最大的，而且我跑得很快，馬上就可以跑到有警察的地方……」

「別別別，算我怕了妳們……」

男人的樣貌和態度橫看豎看都像是個會玩弄女性的人，富子似乎覺得還是不要跟他扯上關係比較好，雖然為時已晚。

事實上，在販賣解毒劑維生的女孩子之間還有一些嚴格的規定，那就是在行商的時候不可以化妝、也不可以和男人發生淫亂的行為、談戀愛更是全面禁止。如有違背會受到非常嚴重的制裁，不僅本人要被課以罰金，從此不能再做生意，就連家族也會被孤立。

「我完全沒有想要對妳們怎麼樣的意思喔！」男人拚命否認，臉上寫滿了困窘。「呃……我只是想說，我已經翻越過那座山好幾次了，可是從來沒有在三叉岳上看見什麼房子……」

他口中的三叉岳指的似乎就是從佐海山的鳥居峰看出去對面的那座山。

「除此之外……」

「都說是因為發生山崩，原本被樹木遮住的房子，就突然露出來了啊！既然你都已經聽到我們說的話，這點小事應該聯想得到吧！」

「我說妳們兩個，這麼急躁可不行。」

男人露出了苦笑，不過發現富子正在瞪著自己，連忙咳了兩聲。

「三叉岳的山崩，我昨天也看到了。可是啊，我要說的是，那裡根本就沒有妳說的那種房子。等一下嘛……」

男人舉起一隻手來，制止了正想要反駁的富子。

「順便一提，不只是天狗的椅子，就連另一棵松樹我也一定會去參拜。妳們想想看嘛！如果只拜被比喻成鳥居的兩棵松樹的其中一棵不是很奇怪嗎？就算有保佑也只會保佑一半吧！」

富子跳過男人的後半句話：「所以你才會說對面的山上沒有那棟房子嗎？」

「的確約有兩個地方的樹木因為山崩的關係被連根拔起，但是也就只有這樣而已。」

「請問一下……」美枝在一旁以戰戰兢兢的語氣發問：「請問叔叔是幾點的時候越過山頂的？」

「昨天我比較晚離開那邊的村子，所以經過山頂的時候大概是一點之後吧！雖然這樣，我還是一如往常去拜了那兩棵松樹喔！所以也很清楚地看見了三叉岳的樣子。」

「大概是小富經過的一個小時之後呢！」

換句話說，在昨天早上的七點左右，三叉岳上並沒有任何東西，然後在十二點的時候出現一棟古怪的房子，可是一點之後又再度消失，什麼都沒有留下……

「可是我……我真的看到了……」

「……好像是呢！」

男人並沒有否定富子的話，反而浮現出陷入沉思的表情。這讓美枝感到難以言喻的害怕，冒出了這樣一句話：

「房子自己動了起來……」

結果她跟面露慍色的富子稍微拌了一下嘴……

「說不定那是……」男人默默看著兩人的爭執好一會兒，喃喃自語地說道：「一種叫作失落之屋的東西。」

富子再度用懷疑的眼神望向那個男人，只是眼神裡還摻雜著疑問，而那男人似乎也察覺到了。

「所謂的失落之屋，是流傳在東北遠野地方的說法。」

「是傳說嗎？」

富子的語氣似乎有些茫然。

「有個村民在山裡迷了路，沒多久就看到一棟房子。那是一棟有著黑色大門的豪華大宅，怎麼看都不像是蓋在山裡的房子。從門縫間往裡面看，只見院子裡盛開著紅白色的花，有雞跑來跑去，還有牛舍和馬廄。可是不知道為什麼，完全沒有人煙的感覺。」

美枝感受到富子的身體正在微微顫抖。

「提心吊膽地進到屋子裡一看，只見地上並排著幾只紅色和黑色的碗，掛在火爐上的鐵鍋裡正滾著湯。然而，還是沒有半個人，安靜得不得了。該不會是山妖吧……那村民突然覺得很害怕，便慌不擇路地逃了出來，不知不覺就逃回山腳下的村子裡了。」

美枝感覺到富子悄悄地鬆了一口氣，但她自己還想繼續聽下去。

「有一種說法是，在逃離那棟房子的時候，村民只帶了一個碗出來。結果不可思議的事情發生了，只要用那個碗來量米，無論經過多久，米櫃都不會空呢！」

「那豈不是一棟很好的房子嗎？」

富子終於恢復正常，做出輕率的發言。

「就是說啊！還有一種說法是有個無欲無求的女人什麼都沒有拿就回家了，結果還有個碗輕飄飄地順著從山上流往村子裡的河一路流到女人家。」

「真是棟親切的房子呢！」

「雖然失落之屋只是流傳在遠野地方的傳說，但只要把妳看到的東西想成是同樣的房子不就好了嗎？」

富子終於恢復了笑容。

「雖然只有我看到，但說不定還是會保佑我們呢！對吧？小美。」

美枝點頭的同時，並沒有忽略男人的臉上浮現出「累死我了……」的苦笑。畢竟差點被年輕姑娘誤以為是不肖之徒，富子都幾乎要扯嗓子求救了，所以現在肯定是鬆了一口氣。

然而——

「那並不是失落之屋。」

在有點距離的杉木樹根上，有個跟他們一樣在休息的男人，突然站了起來，而且馬上就走到他們旁邊來，如此說道。

「妳看到的是迷家。」

3

第二個男人看起來大概四十五到五十歲之間，似乎是個旅行商人，但是虎背熊腰的體格再加上一臉橫肉，樣貌跟第一個男人恰巧成對比。就連刮過鬍子的痕跡也只是強調出他的鬍子有多濃，看起來一點都不清爽，感覺上反而更突顯出邋遢的一面。

在男人先前坐著的杉樹根上，擺著一個做生意用的大行李包，但是被他扛在肩上的話，看起來應該會很迷你吧！

「不是同樣的東西嗎？」雖然聽了第二個男人解釋「迷家」的漢字寫法，但第一個男人依舊一頭霧水地問道。

「就算目擊過或聽過不可思議的碗的故事，若要刻意上山地毯式地搜索，也絕對找不到——所謂的『失落之屋』就是這樣的房子。」

新來的男人直勾勾地望著富子，加上這樣的補充說明。

「的確也有這樣的說法呢！」

第一個男人雲淡風輕地回答，富子馬上又接下去問：「那麼，那個所謂的迷家又是什麼呢？」

果然很符合她好奇心旺盛又不怕生的風格，無畏地問了第二個男人。然而美枝知道，她馬上就會後悔自己問了這個問題。

柿川富子的膽識在村子裡的年輕女性中也算是過人的，所以美枝即使還不習慣只有兩個人的旅行，有她在還是安心不少。只是，就算是膽識過人的富子也有弱點，那就是她對恐怖的故事比什麼都害怕……

第一個男人好不容易提到失落之屋的故事，安慰自己「看到奇怪房子不僅不會帶來任何災厄，或許還是帶來富貴的好房子也說不定」，如今卻有預感這一切都要被破壞了！話雖如此，但如果什麼都不知道的話也覺得很不安……美枝在她身上看見了這樣的掙扎。

當然，第二個男人並不曉得富子的情況，開始用喑啞的聲音娓娓道來：

「三叉岳差不多位於稱之為雲海之原的山岳地帶的正中央，剛好在信州、飛驒、越中這三個國家的國境上。從這裡也看得出來，那是非常險峻的地帶。」

即使是第一次看到的美枝，也認為三叉岳似乎是個人煙未至的地方。雖然要翻越佐海山也很困難，但是和從鳥居峰看到的對面山勢比起來，這邊可以說是牧歌般的風景。

「儘管如此，還是有幾間小木屋，當然也有登山客。只是從戰後開始，這裡聽說就有山賊出沒了。」

「山、山賊？……」

第一個男人發出了錯愕的驚叫聲。

「沒錯。還有謠傳說前幾天也出現了下落不明的人，是被雲海之原的山賊幹掉的。」

「咦？有這麼一回事嗎？」

美枝和驚訝的第一個男人一樣，不敢相信那是發生在當今日本的事，不過一旁的富子卻說：「我之前聽說過戰後不久有個大學生在小木屋被殺的事件。」

得知男人不是要說什麼怪談之後，固然安心了一下，沒想到卻跑出殺人事件的話題。

美枝雖然也覺得幽靈很恐怖，但還是現實的殺人事件感覺上比較危險。只是富子的看法似乎剛好相反。

「那是昭和二十一年七月，發生在烏帽子山麓的濁小屋殺人事件吧！四個人去登山，結果食物被兩個不知名的男人搶走，其中兩個人還慘遭殺害的事件。」

「就是那個事件。」

「但那不是山賊幹的，兇手是退伍軍人。當時因為糧食的取得實在太困難了，就連登山也是一件辛苦的事。」

「真的是沒有食物喔！」第一個男人一臉痛切地說：「可是那四個大學生不知道從哪裡弄來了食物，在新宿等待夜行列車的時候，剛好有兩個退伍軍人路過。看到那群正打算去爬山的年輕人準備了一大堆的食物，開心無比的樣子，忍不住就尾隨在後。不管是在火車上，還是抵達小木屋之後，大學生們都在吃吃喝喝。一直死盯著那幅光景的那兩個退伍軍人，終於趁他們熟睡之後，用木棒各殺了一個人。」

「倒也不是不能體會兇手的心情……」

第一個男人說出這樣的感想。但美枝光是想像案發當時的小木屋模樣，就已經怕得不得了了。

「然後呢？那兩個退伍軍人有被抓到嗎？」富子以充滿好奇心的語氣問道。

「有個頭被打破，但仍一息尚存的大學生，裝出已經死掉的樣子乘隙逃走。第二天一早，警方的吉普車開往小木屋，在靠近葛溫泉的地方和剛好下山來的兇手們碰個正著。對方並沒有注意到那是警察，搭上謊稱要送他們到山腳下村子裡的吉普車之後，兩個人就開始呼呼大睡。結果等到他們醒來的時候，已經到警局了。」

「哦？好有趣。這是真的嗎？好像小說或電影呢！」

富子單純地感到有趣，但是美枝聽見犯人被逮捕了才總算鬆下一口氣來。要是故事停留在殺人逃逸的話，今後在旅途中要就寢的時候，被亂棒打死的恐懼感說不定會不斷糾纏自己。

「至少在戰前，山上還沒有出現血腥的犯罪。但是在戰後，尤其是終戰之後的那幾年，日本人都瘋了。」男人似乎有過許多不堪回首的體驗，他暫時露出悠遠的眼神。「這種瘋狂的民風，也逐漸吹向了原本和平的山上。」

男人重新整理了一下情緒，繼續侃侃而談。

「只不過啊，我說的山上和平，指的只是未受人類犯罪影響這部分。山本身絕不是什麼安全的地方，因為那裡有超越人類智慧的東西存在，所以對人類來說，其實反而是比重大犯罪充斥的城市還要危險好幾倍的地方。」

或許是因為話題的方向變得愈來愈奇怪，所以富子突然變得很安靜。

「我在這之前去過各式各樣的地方，可能多半都是跟林業有關的村子，所以常常聽到山的怪談。」

美枝對男人到底是做何營生倒是有點興趣，然而富子似乎不然。

「光是棲息在山上的怪物，就有山姥、山地乳、山爺、雪爺、山童、厭魅、山鬼、山女郎、一本踏鞴、山魔、山男、山女、雪女、黑坊主……等數也數不清。可是啊，這些都只是妖怪類的東西。」

即使對山中妖怪不是非常清楚的美枝，也認為把他們單用「妖怪」二字一言以蔽之實在是太粗略了點，不過她當然什麼也沒說。

「與那些妖怪相對的迷家，就是房子化成的怪物。」

「……」

「並不是普通的房子。迷家──也就是可以寫成『迷路的家』，意指這個家是有生命的。」

「會、會動嗎？……」

第一個男人代替沉默不語的富子問道，只見男人毫不遲疑地點頭。

「為什麼會動？又為什麼要動……」

「當然是為了吃人啊！」男人回答得再理所當然不過的樣子。「在深山裡迷路，如果太陽又快要下山的話，任誰都會緊張的。倘若眼前出現一棟房子，你會怎麼做？一定是覺得得救了，然後趕快進去吧！」

「可是，那可是迷家……」

「沒錯。只不過，如果只待在一個定點，就只能守株待兔地等待誤闖進來的人。所以迷家會自己動起來，以尋找下一個食物。」

富子的臉整個僵住了。美枝一面顧慮著她的反應，一面情不自禁地問那個男人：「那麼，小富看見的……」

「可能是迷家。」

「可、可是，如果只是看見的話……而且還只是遠遠地看見，應、應該沒什麼問題吧？」

「天曉得。不過那對於人類來說，還是避之唯恐不及的東西。所以如果看到的話可能還是不太妙……」

「我、我看見的只、只有屋頂！」富子的尖叫打斷了他們兩個的對話。「我只是在山林崩塌的對面看到屋頂……如此而已……真、真的只有這樣而已……」

自己應該沒有被迷家降禍的道理……她似乎是想這麼說。

然而，男人卻只是搖頭說道：「雖說是家，但是畢竟跟正常的家不一樣，那可是迷家啊！」

「你這是什麼意思？」

美枝代替富子質問他。

「迷家是不完全的，旅人一進去就會發現不是沒有屋頂，就是後面半個屋子不見了、再不然就會發現地板就是泥土地面……」

「你是指蓋到一半嗎？」

「是的。有時是只有玄關，我還聽過屋子裡只有柱子的迷家。所以只有屋頂這點反而證明了那正是迷家吧！」

「話說回來……」第一個男人說話時，露出了「自己好像忘了最重要之事」的表情：「你是越過鳥居峰過來的嗎？」

第二個男人鄭重地點頭。

「那個時候，你看見這個小女孩口中的房子了嗎？」

「有啊！」

4

第二個男人翻越鳥居峰的時間雖然不太確定，但好像是今天的中午左右。他說當時從天狗的椅子望向三叉岳的時候，確定看見了類似黝黑腐朽屋頂的物體出現在山頂上。

昨天早上七點左右，三叉岳上還沒有房子。

同一天的十二點左右，出現了一棟古怪的房子。

同一天的一時過後，那棟房子消失了。

今天中午，那棟房子又出現了。

「在昨天和今天，迷家彷彿是為了吃午飯，才從深山裡出來的。」

第一個男人的話把富子嚇得發抖。

「不、不要說那種奇怪的話。」

美枝代替她抗議之後，男人慌慌張張地說：「不、不好意思……可是應該不會跑到這裡來吧？」

男人向富子道完歉，又向第二個男人進行確認。

「迷家的傳言的確都集中在雲海之原周圍沒錯。」

「那我就放心了……」

「可是啊，對方可是山的怪物呢！我們在鎮上的話也就罷了，在山上的話就無法保證它一定不會找上來吧？無論我們是哪座山上都一樣。」

「即使在佐海山？」

「是的，沒錯。」

富子似乎再也聽不下這兩個男人的對話了，看她的樣子像是隨時都要背起放在旁邊的行李逃之夭夭。話雖如此，在完全不知道該怎麼對付迷家的狀態下，到底該不該繼續做生意呢？富子懷抱的這份不安就連美枝也感受得到。可以的話，真希望第二個男人也能交代一下這方面的事情。

沒想到——

「我在山上曾經聽說過這麼一件事。」

第二個男人卻像是窮追猛打一樣，開始講起令人不寒而慄的迷家故事。

「那是戰後不久的事……」

有個熱愛登山的男人以三叉岳的三叉小屋為目標，從信州進入了雲海之原。要是沒有這場戰爭，他早就來征服這座山了。他從以前就擬定了一些計畫，準備來爬這座山。當然，在戰時是不可能登山的。

終戰之後，男人第一個想到的就是三叉岳。裝備全都準備齊全了，前置工作也做好了。問題在於不容易到手的糧食，費了一番工夫也終於準備好了。接下來只剩慎重選擇一個良辰吉日而已。

因為這些努力，男人終於得以進入他嚮往已久的山岳地帶。

從清晨到中午之間，他的腳步還算輕鬆，無論是攀登的距離，還是行走的時間，一切都照預定的計畫進行著。照這樣看來，或許可以比出發前所預測的下午三點還要早抵達三叉小屋也說不定。男人趁著吃午飯的時候如此推敲下午的狀況。

然而大霧突然降臨了。就算山裡的天氣變化再怎麼劇烈，這情況還是有些古怪。視線很快就變差了，所以男人一面小心不要迷失方向，一面往前趕路。

信州、飛驒、越中……不管從哪個方向攀登，到三叉岳都只有一條路，但他卻搞不清楚那條路是哪條路。

雲海之原的地形就是這麼複雜，難關也多，就連走在山路上都是一件困難的事。當然，只要是對山裡很熟悉，又看得懂地圖的人，就幾乎沒有任何問題。不過如果太大意的話，很有可能會走錯路，發生山難。在出現濃霧的時候尤其是如此。

正當他默默往前走時，突然感覺到背後有股奇妙的動靜。停下腳步來回頭一看，卻什麼也沒有。他只好再往前走，結果又感覺到奇妙的動靜。停下腳步來再回頭一看，還是什麼也沒有。豎起耳朵仔細傾聽，也什麼都聽不見。

同樣的行為不知道重複了幾次，就在他某次習慣性停下腳步、回頭張望的時候，發現有燈籠般的光線明晃晃地浮現在雪白的霧氣中。

在這樣的深山裡，就算瀰漫著濃霧也還是大白天，有誰會提著燈籠？

就在他這麼想的時候，突然害怕了起來。

男人慌張地往前走，但還是不忘慎重地留意腳下。就在這個時候——

啪嗒、啪嗒、啪嗒……

有什麼從後方朝自己靠近了。

因為是走在荒涼的山路上，所以聽起來就像是某種濕黏的腳步聲。

男人悚然一驚。因為他突然想起爬上三叉岳的困難之處，並不只是這一帶的地形險峻而已。

山海自古以來就跟怪談脫不了關係，雲海之原自然也不例外。不只如此，應該要說雲海之原的傳說相當多才對。其中特別令人忌諱的，當屬人稱「追魂小僧」的怪物。

那種怪物會在進入山中的人背後窮追不捨，似乎沒有什麼目的。當你發現的時候，他已經追在你後面了。聽說絕對不能被追上。要是對方已經逼近到自己的正後方，覺得這樣下去不行的時候，就必須要轉過身來，正面與**那個東西**對峙才行。據說不這麼做的話，就沒救了。

男人很後悔自己為什麼會想起這件事，雖然不是完全信其有，但也沒有打算要對流傳在山裡的怪談嗤之以鼻。長年登山的他，不僅聽過好幾個奇妙的怪事或驚心動魄的經驗談，就連他自己也親身經歷過一兩次不可思議的體驗。

所以他稍微加快了腳步。只是，如果害怕到六神無主的話，可是會受傷的。情況太糟的話，還有可能會迷失方向、發生山難。所以他不是蒙著頭狂衝，而是儘可能讓自己冷靜下來，同時加快腳步前進。至少一開始的時候是這樣……

啪嗒、啪嗒、啪嗒……

後面繼續傳來令人毛骨悚然的聲響。不過，他已經不再回頭張望，就只是一個勁兒地繼續往前走、往上爬。突然——

啪嗒啪嗒、啪嗒啪嗒、啪嗒啪嗒……

後面的腳步聲加快了。什麼？……男人根本連困惑的時間也沒有，**那個東西**不斷地追上來。愈來愈靠近。愈來愈靠近。

那個東西已經來到正後方了。

比起迷路的危險，後面**那個東西**帶給他的恐懼更勝千百倍。

男人慌不擇路地拔腿就跑。途中雖然失足跌倒過好幾次，但總是還有辦法繼續往前跑，可能是截至目前的登山經驗發揮了作用也說不定。

沒多久……在雪白的霧氣中，突然出現了一根柱子。大驚失色的男人差點把額頭撞上去，最後總算是有驚無險地躲開了。

停下腳步來定睛一看，那並不是什麼樹木，而是貨真價實的柱子。散發出黑色光澤的古老柱子，就豎立在山路的正中央。

男人完全搞不清楚是怎麼一回事，但是總覺得不要跟它扯上關係會比較好，因此他避開柱子繼續往前趕路。

這次在霧氣中出現了一道黑色的木板牆，宛如要將山路遮斷似的屹立在那裡。男人立刻把這當作是新的怪事，所以採取的態度也和看到柱子一樣，儘可能不要碰到，小心翼翼地通過。

詭異的房屋零件開始陸續地出現。一下子是崎嶇不平的山路變成木頭地板，一下子是樑柱浮現，支撐著不存在的屋頂，一下子是垂直劈開的岩壁變成櫃子，一下子是在兩座並排的石塚旁邊盤踞著一口大灶……可以說是亂七八糟、毫無章法。

曾幾何時霧氣散去，再也看不到那些詭異的房屋零件之後，男人鬆了一口氣。但那也只是彈指之間，當他發現天就快黑了的時候，不禁為之愕然。

好奇怪……正常的話，他應該早就已經抵達三叉小屋了，可是如今卻連個影子都看不到，這真是太奇怪了……

再這樣下去的話就要露宿在荒郊野外了。既然如此，就得趕快找到適當的場所才行，必須在太陽完全下山之前找到今晚的落腳處。

就在男人以這樣的動機再把周圍環視一遍的時候——

旁邊就有棟房子……

明明一直到剛才都還沒有半個影子的，什麼時候突然出現了這一棟房子？

差不多是小木屋般的大小，但是結構卻像民宅一般的細緻。玄關的門很乾淨，旁邊的小窗戶卻髒到看不見裡面。正面的牆壁是木板，側面卻使用紅磚。不協調……可說是這個家給人的第一印象。

話雖如此，男人也沒有選擇的餘地。因為在他發現這棟房子的同時，太陽已經下山了。感覺上黃昏根本沒有來臨過，夜幕一口氣籠罩了整座山中。

叩叩……男人敲了敲玄關的門。沒有任何反應。男人戒慎恐懼地把手放在門把上，輕輕把門打開。這時他大吃一驚。

房子沒有後半部……

原本以為是在雲海之原常常發生的地震震掉的，但橫看豎看都像是只蓋到一半的樣子。問題是一般人應該不會採取這麼奇怪的建造方式。他從來沒有聽過、也沒有看過有人蓋房子是只先完成前半部的。

雖然覺得有點不太對勁，但屋子裡畢竟是室內，再怎麼樣也比露宿在夜晚的山裡要好得多吧！幸好前半部的木板房間還有個地爐。

男人把火點燃，吃完晚飯，窩在屋子的一角準備早早睡覺。一心想著只要天一亮、太陽升起，肯定就能抵達三叉小屋了……

不知道睡了多久，男人突然醒過來，感覺到屋裡似乎有什麼動靜。悄悄把眼睛睜開一看，發現屋子裡熱鬧非凡。不對，他其實並沒有聽到什麼東西的聲音或說話的聲音，然而屋子裡還是彌漫著一股忙亂雜沓的氣氛。

那是個月亮和星星都躲起來不見人的闇夜。儘管如此，當眼睛一旦習慣黑暗，還是可以隱隱約約地看見屋子裡的樣子。沒錯，屋子裡……

屋子裡變大了，明明只有前半部，但是現在就連後面也完成了一半。先前感受到的騷動，原來就是這個原因。

但是話說回來，在這樣的深山、這樣的深夜裡，到底是用什麼方法辦到的？又是誰做的？為什麼要這麼做呢？……

把視線集中在屋子的後半部，只見有道模模糊糊，宛如燈籠一般的光線正輕輕搖晃著。看得出剩下一半的屋子彷彿追著那道光線的軌道正一點一滴地完成。

男人頓時想起在雪白的霧氣中目擊到詭異的房屋零件跟窮追不捨的追魂小僧。雖然完全不知道原因何在，但是**那個東西**現在或許正把散落在山路上的房屋零件收集起來，打算把這棟房子蓋好也說不定。一想到這個可能性，他便嚇得六神無主。光是想到當房子蓋好之後不知道會發生什麼事？自己又會如何？就嚇得全身顫抖。

悄悄起身的男人盡量不發出任何聲音，迅速把東西整理好，從原先睡著的角落慢慢爬向玄關。現在**那個東西**恐怕正專心在蓋房子吧！肯定不會注意到自己的。

好不容易摸到玄關，靜靜把門打開，準備拔腿就跑的時候，男人愣住了。因為月亮和星星的光芒一口氣照了進來。

已經不是闇夜了嗎？可是，從什麼都沒有的房子後半部抬頭看見的夜空裡，既沒有星星，也沒有月亮。難道那並不是真正的天空，自己看到的其實只是這棟房子看不見的漆黑天花板嗎……

男人茫然地呆站在原地，直到背後又傳來動靜。

啪嗒、啪嗒、啪嗒……

原來是**那個東西**已經注意到他，筆直靠近過來了。

男人連忙衝出屋子，慌不擇路地開始沿著山路往上爬。

啪嗒啪嗒啪嗒、啪嗒啪嗒、啪嗒啪嗒啪嗒……

那個東西也從後面追了上來，而且動作遠比白天還快。

再這樣下去就會被追上了。如果不在那之前回過頭去，與**那個東西**正面相對的話，自己就完蛋了。雖然心裡這麼想，但他實在沒有辦法停下腳步。就算可以，肯定也沒有向後轉的勇氣吧！也沒有這麼做就一定能得救的保證啊。再說，如果因為看到**那個東西**而發瘋的話，保住性命不就一點意義也沒有了嗎？該不會所謂的得救，指的就是這個意思吧？

正當男人陷入絕望的情緒時，啪嗒啪嗒……的聲音已經逼近到正後方來了。感覺上對方隨時都會從後面一把抱住他，沿著山路把他拖進那棟房子裡。

快喘不過氣來了，步履蹣跚，頭痛欲裂。光是順著眼前的山路往上跑就已經快要了他的小命。體力和精神早就已經到了極限。他完全無法思考爬上去之後要幹嘛，只知道自己就要命喪於此了。

一鼓作氣地衝上陡峭的斜坡，在視線終於豁然開朗的前方，有一棟小木屋。

是三叉小屋！

男人在心裡歡呼的同時，也使出吃奶的力氣衝過去。

一抵達小屋的入口，男人馬上把門打開，衝進裡面，再立刻把門關上，放下門閂，筋疲力盡地跌坐在地板上。以上的動作全都是在一瞬間完成的。

過了不久——

啪嗒、啪嗒、啪嗒……的聲音開始在小屋的周圍繞圈。彷彿它只要在牆壁上發現一個小洞的話，就會從那個洞鑽進屋子裡來……

「據說那股驚悚萬狀的氣息，一直到天亮為止，持續了一整夜。」

第二個男人把故事講完的同時，後面三個人全都「呼……」地嘆了一口氣。曾幾何時，三個人全都屏氣凝神地被男人的故事給吸引住了。

「那個登山家天亮之後有得救嗎？」

「既然留下這樣的怪談，肯定是得救了吧！」

針對第一個男人的問題，第二個男人不假思索地回答道。

於是富子便說：「只、只是個單純的恐怖故事……只是山的怪談……並不是實、實際發生過的事吧？」

「天曉得。不過這並不是傳說，因為是戰後不久發生的事，所以我認為是真的。但是不管怎麼說，迷家的事情還是趕快忘掉吧！扯上了絕對不會有好事的。」

「妳們在這個村子裡的工作已經結束了吧？」

第一個男人好心地勸她們往下一個地方移動，可是富子卻一臉不安地注視著美枝的臉。

「怎麼啦？趕快到下一個村子不就好了？還是生意還沒做完呢？」

「這個嘛……」

美枝有所顧忌地坦承，其實鄰村介紹的人家還有幾間尚未去拜訪。之所以會有所猶豫，還是因為顧慮到富子。如果因為自己的膽小，想要早點離開村子而妨礙到同伴做生意的話，她肯定會不能接受的。

「原來如此，那的確有點可惜呢！」

富子表現出意料之中的反應，因此美枝連忙把第二個令她猶豫不決的理由和盤托出。

「只是，我拜訪了幾家，說是人家介紹來的，對方也沒給好臉色看……所以就想說之後再繞回去看看……該怎麼辦才好呢……」

「原來是這麼回事啊！那麼，如果太強求的話，反而不會有好結果喔！」

「什麼意思？」

美枝忍不住問露出沉思表情的第一個男人。

「我應該告訴過妳們，我每個月都會去植松村做一次生意，然後再去杉造村對吧？途中會在這個村子裡住一宿，還會去那座神社參拜。」

「沒錯，你是說過。」

「既然如此，我明明住在這個村子裡，為什麼完全不做生意呢？……妳覺得是什麼原因？」

這麼說倒也是。要從植松村到杉造村，勢必得經過霜松村。既然如此，在這個村子也做點生意不是很好嗎？

「事實上，植松村和霜松村自古以來關係就不好。因為同樣都是以林業維生的關係，在山林境界地的問題上也從以前就紛爭不斷呢！」

男人的話令美枝大吃一驚。這也難怪，因為她捺著性子聽留自己過夜的小媳婦發牢騷，使對方決定介紹客人給自己的時候，自己實在很高興。沒想到這反而是搬磚頭砸自己的腳。

「如果只是那位小媳婦的娘家應該還沒問題，但把親戚和認識的人都扯了進來，一不小心的話可能會招來反感也說不定。當然，有人願意介紹客人是件好事，但是像我們這種營生的該怎麼拿捏應對實在很難啊！」

眼看美枝像顆洩了氣的皮球，男人也覺得於心不忍吧！

「算了，就當是一種學習，從此以後小心一點就好了。那位小媳婦肯定也沒有惡意吧！她也是出於一片好心。」

「就是說呀！小美，這一帶風水不太好，還是趕快去下一個地方吧！」
對富子來說，如果不會妨礙到美枝的生意，她當然是想立刻離開佐海山。
「好了，我也差不多該走了。」
第二個男人站了起來。
「還真是在這裡耽擱了好久呢！」
第一個男人也作勢要扛起放在旁邊的行李。
「那我們也準備一下……」
就在富子催促美枝的時候——
「哎呀！就是因為有這樣的機緣巧合，所以收集怪談的旅行才令人欲罷不能呢！」
從巨大的杉木後面傳來一個聲音，打扮得稀奇古怪的第三個男人出現了。

5

這個自稱刀城言耶的第三個男人，穿著在偏遠地方還很少見的牛仔褲。美枝她們也有在賣衣服所以知道那是什麼，只是還沒有賣過，因為那樣的商品絕對無法賣給她們的客人。
言耶說他是為了收集流傳在各地的奇談才在全國各地走動的。美枝覺得很不可思議——靠這種事情可以活下去嗎？幸好第一個男人問了他很多問題，她這才驚訝地得知他原來是個寫小說的作家。她是有生以來第一次親眼看到文學界的人。
順帶一提，聽完言耶的自我介紹，馬上就跟他有說有笑的也是第一個男人。
「我叫萌木，是賣還魂丹的。雖然有一首兒歌是這麼唱的：『越中富山的還魂丹，鼻屎捏成的萬金丹，吃的傢伙是笨蛋……』」

他一直用這樣的步調講個沒完，若不是言耶轉而向第二個男人攀談，說不定還會沒完沒了地繼續扯下去。

只可惜第二個男人的反應非常冷淡，略微遲疑了一下之後，只答了一句：「我叫九頭。」然後一臉狐疑地把刀城言耶從頭頂到腳底仔細端詳了一遍，毫不客氣。

美枝和富子接在他們兩個人後面，各自介紹了自己的名字和自己販賣解毒劑的行業。

所有人都報上自己的名字之後，萌木馬上說：「對了，你說這樣的機緣巧合是什麼意思？」

「我昨晚住在杉造村……」

「是嗎？我是今天才要過去呢！」

「那正好交接呢！」言耶笑著說出了令人難以置信的話：「其實我今天早上才聽到有個人住進了迷家，後來撿回一條命的故事……」

「什麼?!你也知道迷家的故事嗎？」

萌木驚訝得眼珠子都快要掉下來，看看九頭又看看言耶。

「是的，而且是從昨夜才歷劫歸來的人口中聽到的。」

「不會是騙人的吧？」九頭或許是覺得鋒頭都被這個新來的人搶去了，為此不滿，便用尖酸刻薄的語氣找碴。

「不是。至少當事人不需要撒這種謊，而且他說的內容也讓人覺得有憑有據。」

「那個……會很恐怖嗎？」

富子連忙確認這件事，但她沒有露出極度厭惡的樣子。看來，她似乎一眼就喜歡上這個名叫刀城言耶的人了。

「是很恐怖沒錯。但這樣下去的話，妳們就永遠逃不出迷家的惡夢，對今後的行商也會產生障礙也說不定。」

富子默默點頭。

「像這種情況，反而要徹底弄清**對方**是何方神聖才行。」

「對方……嗎？」

不只是富子，就連美枝，甚至於萌木也都目瞪口呆地注視著言耶。

只是，刀城言耶似乎無視於眾人的反應，逕自講起迷家的故事。

「那個人是被抬進收留我過夜的杉造村的人家——那戶人家相當於以前的庄屋⑲，時間是在今天早上的凌晨。」

在終戰之前，下田勘一一直在某家軍事工廠擔任技師的工作，戰後突然沒了工作。雖然有很多新的工作在等著他，但他想要暫時離開凡塵俗世，而待在從小就很喜歡的山裡面生活是他的夢想。

就在這個時候，有人問他要不要買三叉岳的三叉小屋。聽說是因為所有權人戰死，家屬想把它賣掉。仔細一問才知道是因為孩子們還小，所以遺孀不得不把小屋賣掉。非常同情對方處境的他，便以對方開出的價錢把小屋買下來。

雖然年輕的時候到處登山，但雲海之原仍是他不曾去過的地方。他覺得應該要先去視察房子的狀況，所以便邀以前的登山夥伴同行，而且也做好了登山的準備。不巧的是，就在出發前，同伴的親戚發生了不幸。雖然他馬上試著聯絡其他的登山夥伴，但因為太臨時了，一下子找不到

⑲江戶時代的村長或莊頭。

有空的人。雖然心裡掠過一絲不安，但他還是得一個人上三叉岳。

他之所以對一個人爬山有所疑慮，不只是因為雲海之原險峻的地形，他也擔心當地多變的天氣。天氣好的時候空氣澄淨，五顏六色的高山植物爭先恐後地綻放、還可以看見羚羊或雷鳥等野生動物，在雲海川發源的清流釣魚也別有一番風味。但是只要天氣稍有差池，就算是盛夏也會颳起寒風，瞬間奪走體溫，不僅要承受被強風吹走的恐懼，還要擔心雷雨。走在河岸邊的時候也得警戒水位暴漲演變成山洪暴發。就算天氣還不錯，也無法擺脫這一帶經常發生的地震威脅。

天國與地獄並存之地——大家是如此稱呼雲海之原的。

他也是從信州上山。不只是因為信州距離東京最近，也是三種路線中難關最少的，沿著峽谷前進的距離也最短。

這次的登山之行最令他擔憂的還是山洪暴發。就算覺得搭帳篷的地方距離河川已經夠遠了，高度應該沒問題，還是很可能輕易地就被沖走。一旦被水勢宛如瀑布般湍急的洪水吞沒，別說是帳篷和遺體了，一切的一切都會被帶走，什麼都不會留下。

在事前擬定計畫的時候聽到這麼恐怖的一件事，也難怪他不管天氣好不好，都想儘可能避免走在河岸邊了。

還好當天是個大晴天。前一天在山腳下的村子裡過夜的他，趁天還沒大亮的時候就上山了。

到中午之前天氣都還很晴朗，爬得也很順利。但在他在獅子岩的山頂上吃完午飯，重新動身沒多久的時候，山突然大大搖晃了一下。他趕緊趴在山頂的岩地上，等待晃動結束。這時，他看見雪白的霧氣開始從山下慢慢地湧上來。映在他眼裡的那幅畫面，簡直就像地震使得覆蓋在山地上的霧氣一口氣蒸騰了上來。

要是被霧氣包圍住就慘了……回過神來，發現自己的腳步已加快了。這無非是因為視野一片模糊的話，登山就會變得極為困難。

問題還不只這樣。不知道為什麼，他總覺得宛如沿著山壁攀爬而上的白色不定形物體非常討厭。在這之前他也有過好幾次在爬山的時候被霧氣包圍住的經驗，每次都覺得很討厭，但是從來沒有像現在這麼反感過。其實他是感到毛骨悚然，光是想到自己被包圍在**那個東西**裡面……

這時，他的腦海裡突然浮現出好幾個擬定登山計畫時聽到雲海之原的怪事。

死纏爛打、緊追在登山者身後的小和尚；從前後左右喊出「喂……」的叫聲，藉此使人在山裡迷失方向的呼喊之女；在攀登岩壁的時候突然抱住攀岩者的腰，把人扯下來的板婆；假裝成小木屋的樣子，把在裡面過夜的人吃掉的迷家……等等，他想起各式各樣不同於自然災害，且更加恐怖的威脅。

「真是太可笑了……」

他故意喊出聲音，否定那些想法。那種東西只不過是流傳在山上的怪談而已。他以前也攀岩過，不也沒遇到那種叫板婆的怪物嗎？也沒聽過呼喊之女的聲音。那只是因為害怕濃霧，自然產生的心理現象罷了……他努力說服自己。

話雖如此，還是得走快一點才行。因為雪白的霧氣確實愈來愈靠近了。要是被包圍的話，視線會變得一片模糊，肯定會被真的困住。

然而，白色濃霧彷彿配合著他的速度追趕而來似的愈靠愈近。每回頭看一次，距離就確實縮短一點。曾幾何時就連雪白的霧氣本身，看起來也像是生物一樣了。

「我要振、振作一點啊！」

他雖然再次出聲提醒自己，但是微弱的聲音馬上就被心慌意亂的冷汗沖走，消失不見。

等他回過神來的時候，已經被那片陰陽怪氣的霧氣給追上了。

就在這個時候。

啪嗒、啪嗒、啪嗒……

從身後的霧氣中，傳來非常奇怪的聲音。

聽起來既像是赤腳走在潮濕的岩地上、又像是用雙手敲打著露出來的肚子、更像是在充滿唾液的口中咂舌的聲音，總之是令人打從心底發毛的聲響。

背脊泛起一陣惡寒的同時，兩條手臂也爬滿了雞皮疙瘩。他提心吊膽回頭一看，只見後方的白色霧氣裡，有個完全無法辨識的怪**東西**，正左右搖晃地蠕動著。

不對！他很快就告誡自己，那是眼睛在欺騙自己，其實根本什麼都沒有。然而下個瞬間他就感覺到**那個東西**一直線朝自己撲來的氣息。

他下意識地拔腿就跑。逃離身後的存在，逃離**那個東西**潛伏其中的白色霧氣。

然而，跑了又跑，跑了再跑，白色霧氣始終緊隨在後。逃了又逃，逃了再逃，令人膽顫心驚的**那個東西**依舊發出啪嗒、啪嗒、啪嗒……的聲音，緊追不捨。

令人全身寒毛倒豎的追逐遊戲，在那片白色的霧氣中到底持續了多久呢……

就在他覺得自己再也跑不動的時候，眼前突然出現一片陡峭的上坡路。他不禁萌生起放棄的念頭，當場坐了下來，想把自己交給命運處置。

不過他最後還是決定至少要逃到那上面再說，於是擠出最後的力氣衝了上去……

在那裡等待著他的，是迷家。

那是一棟只有屋頂的房子。地面以上只有屋頂而已，四個面完全沒有牆壁。在三角形的屋頂上相當於擋風板的地方，垂掛著宛如野獸毛皮的東西。那個布幕似的東西看樣子就是入口。

此時此刻，他已經筋疲力盡了，只想坐下來休息，如果可以的話，最好是能躺下來休息。所以對他來說，出現在眼前的就算是迷家也無所謂了。雖然只有屋頂，但是看起來畢竟還是棟房子。那建築實在太不自然了，當然很難接受，但也只不過是個屋頂而已，不是嗎？和這建築比起來，從後面一路追過來、潛伏在濃霧裡的**那個東西**才是更可怕的。

他只迷惘了一瞬間。察覺到背後令人悚然一驚的冰冷空氣，他就蒙著頭往迷家衝過去了。

掀起毛皮布幕，逃進屋裡之後，以為會接觸到光禿禿的地面，沒想到竟鋪有地板。不過那只是把長方形的木板雜亂地鋪滿，絕對談不上工整。不對，不如說是毫無秩序地堆起來還比較貼切。凸起的地方東一塊、西一塊的，是他這輩子從來沒有看過的奇妙地板，讓人不禁懷疑它是不是下一秒就會獲得生命，動起來？

不過，倒在地板上的他最先注意到的還是外面的動靜。自己是不是得救了呢？還是那片白色的霧氣也侵入這棟古怪的房子裡來了？

白色的霧氣就要從毛皮下悠然湧入了。他連忙再往屋子裡前進一點，卻無路可去。後面相當於擋風板的地方並不是毛皮，而是有好幾片木板就像牆壁一樣地從地面立起來。

自投羅網……

在濃霧中蠢動的那個東西，跟這個迷家打從一開始就是一夥的。白色的濃霧先把犧牲者趕狗入窮巷，迷家再來個甕中捉鱉，然後一起慢慢把人分食掉……

被自己的想像嚇得魂不附體的他，開始一個勁兒地把後面的木板拿掉。可是他不管拿掉多少片，木板還是源源不絕地冒出來。就在他認為自己已經沒有逃命的希望、開始想要放棄的時候，突然注意到屋子裡的狀況。屋子裡並沒有充滿霧氣。慌亂地回頭一看，也不知道為什麼完全感受不到霧氣從毛皮的縫隙滲透進來的氣息。

遲疑了一會兒之後，他回到入口，試著往外看。令人不敢相信的事情發生了，霧氣居然緩緩後退著。他同時也發現那股令人心驚膽顫的氣息逐漸遠離，不禁鬆了一口氣。

另一方面，夜幕已不知不覺地籠罩了大地。太陽早就已經下山了。現在才要開始前往三叉小屋的話，怎麼想都太有勇無謀了。看來今晚就算再不願意，也只能在這裡過夜了。

做好心理準備之後，他開始將捲起來的野獸毛皮放下，這時空氣中突然響起咯啦咯啦的乾癟鳴響。他在好奇心驅使下重新捲起來往外一看，發現屋頂上垂下了幾根骨頭，他在衝進來的時候似乎沒有注意到。

動物的骨頭嗎？……

他雖然下了個符合常識的判斷，但仍不免懷疑這裡會不會是淺茅原⑳上的一棟房子。話說回來，只有屋頂的房子原本就不符合常識了……

話雖如此，現在的他根本無計可施，一切只能等到天亮再說。

他拿出手電筒，重新把屋子裡環顧一遍。因為站不起來，只能坐著把各個角落都照了一遍。

結果他就看見鋪在波浪狀地板上的草蓆了。除了用大方巾包起來的東西以外，還有被褥、行李箱、米袋、木桶等物體，勉強可以感覺到一點人類在生活的氣息……然而諷刺的是，這個情景反而讓他感到不安。

到底是誰故意蓋出這麼奇怪的房子……

到底是誰基於什麼理由住在這麼奇怪的房子裡……

不管答案是什麼，總之都不會是正常人想得出來的理由。只有這點是可以肯定的。

從背包裡拿出食物和水壺，吃下食不知味的一餐。雖然一點胃口也沒有，但是為了儲備明天的體力非吃不可。接著，他找出地板上比較平坦的空間，鋪上被褥，倒頭就睡。

把被子拉到肩頭時突然聞到一股腥味，害他差點喘不過氣來。除此之外，那腥味之中還混雜著各種不同的惡臭，鼻子都快被薰爛了。可是山裡的夜晚非常冷，即使是這樣的被子也該心存感激。

混亂情緒終於開始恢復平靜，又承受著登山疲勞的他開始打起瞌睡。但就在這時候，他突然睜開了眼睛。

沙、沙沙、沙、沙沙、沙、沙沙……

有**某種東西**走在屋子的四周。

說不定那個不明**物體**從幾十分鐘前開始，就一直在屋頂的周圍繞著圈圈了。在他安靜下來休息的時候，聲音才終於傳進耳朵裡。

一想到剛才**那個東西**說不定又出現了，他就嚇得渾身發抖。雖然真實原因不清楚，但它可能是因為進不來，才在四周徘徊也說不定。只不過，當他豎起耳朵仔細聆聽時，卻發現似乎有點不太一樣。之前總覺得**那個東西**是潮濕的，但這次的腳步聲卻是乾燥的。

腳步聲？……

沒錯，有什麼人正在屋頂的四周繞著圓圈走路。

他把被子拉到頭頂上，一心祈禱那個東西趕快去別的地方。儘管如此，那個令人毛骨悚然的腳步聲還是沙、沙沙、沙、沙沙……地走個不停。一想到不知道什麼時候腳步聲就會闖進屋子裡、闖進被子裡、闖進他的腦袋裡，就覺得自己害怕得快要發狂了。

⑳長滿矮芒草的荒野。

不要緊的。正因為進不來，所以才會像那樣在周圍徘徊……

就在他拚命說服自己的時候，腳步聲戛然而止，而且就停在入口那邊……

雖然要確認很恐怖，但是不知道發生什麼事的感覺更不舒服。他悄悄從被子的縫隙往外一看，發現被捲起來的毛皮對面有道黑色的影子。幾乎把整個入口塞住的巨大黑影一動也不動，看起來就像是直盯著這個方向。

一開始還以為是熊。一股戰慄竄上了他的背脊，這恐懼與之前所感覺到的不同，是更活生生的。不過他馬上就確定，那是比野生動物更可怕的東西。是足以讓熊的威脅顯得無關緊要的，更令人不寒而慄的東西……

入口被黑暗堵住了，從巨大陰影背後照射進來的星光也突然消失。

捲起來的毛皮被放了下來，驚心動魄的黑影進到屋子裡面來了。

沒過多久，吱……嘎……踩在木板房間的聲音慢條斯理地靠了過來，筆直往他的方向去……

這次必死無疑了。雖然想要閉上眼睛假裝睡著，但是因為太害怕，反而沒有辦法閉上眼睛。一想到睜著眼不知道會看到什麼，就覺得自己快要發瘋了。

因為始終無法做出選擇，只好把眼睛瞇成一條縫。結果他看到一張漆黑的臉突然湊到眼前，同時還帶著腥臭的氣味，害他忍不住咳嗽起來。

「你是什麼人……」

嘶啞的聲音很明顯是人類的聲音，但他心裡的大石頭卻沒有因此而放下。到底在這樣的山裡做什麼？……這疑問一瞬間閃過腦海，嚇得他六神無主。他甚至覺得換作是怪物可能還好一點也說不定。

「喂……」

身體突然被搖晃的他，反射性地跳了起來。明明對方什麼也沒問，他卻一五一十地把剛才的遭遇全部托出。

在他講完之後，影子還是無動於衷。這時總算習慣黑暗的眼睛，開始隱隱約約看清楚影子的樣貌了。

對方簡直就像是出現在傳說裡的山男一樣，頭髮剃得短短的，長了一臉蓬亂茂密的鬍子，穿著獸皮的衣服。雖然想到他可能是獵人或樵夫，但是屋子裡似乎沒有那類裝備。最重要的是，這棟房子未免也太怪了吧！在山裡生活的人絕對不可能蓋出這麼奇怪的房子，更不可能住在這裡面。

不知什麼時候開始，男人就背對著他鬼鬼祟祟地摸東摸西，但始終看不出他究竟在做什麼。

「我今晚可以住在這裡嗎……」

他誠惶誠恐地提出這個問題，而男人似乎微微點了點頭。

這時候，他決定把男人到底是誰？為什麼會住在這麼古怪的房子裡？等問題全都拋到腦後。只要心想自己雖然在山裡迷路，卻還是僥倖找到落腳的地方就好了。

轉換心情之後，他決定繼續睡覺。問題是，他的精神始終沉靜不下來。不過可能因為身體真的累壞了吧，他在不知不覺間進入了夢鄉。

到底是為什麼又醒來呢？屋子裡伸手不見五指，只有入口的地方傳來奇怪的聲音。

沙……滋……沙……滋……有兩個物體正在摩擦的聲音。好像在哪裡聽過這樣的聲音……

他努力回想，想著想著腦海中突然浮現出一幕景象。那是在他小時候，母親請菜刀店幫忙磨刀的畫面。

男人正在磨刀……

為什麼會在這樣的深夜、這樣的黑暗中磨刀呢？

他又想起淺茅原的那棟房子，想到心如蛇蠍的老太婆殺害旅人的故事。這個男人該不會也是同一種人吧？

他想到開始發抖的時候，才後知後覺地發現染滿野獸氣味的被子裡散發出別的臭味。好像在什麼地方聞到過這種味道……他想到這點的同一時間就明白那是血的味道了，這條被子吸收了大量的血液。

男人磨刀的聲音和沾附在被子上的血腥味，讓腦海中閃過愈來愈恐怖的畫面。

怎麼可能……他雖然想要嘲笑自己的膽小，但是從現場的狀況來看，愈看愈無法以荒唐的妄想一笑置之。逃走或許會鬧出笑話，但鬧出笑話總比到那時候才後悔好得多了。

他決定要逃走。

但馬上就遭遇挫折了，因為自己已經進到屋子裡。如果要從入口出去，就必須經過男人身邊。不只這樣，由於這棟房子只有屋頂，所以非得從男人身上跨過才行。如果對方是躺著的話還可以想想辦法，但是在坐著的狀態下根本無計可施。一旦靠近入口，一定會被發現。

怎麼辦？……

這是他第二次領悟到自己成了甕中之鱉。而且這次是在這麼狹小的空間裡，與威脅共處一室。過度強大的絕望讓他忍不住閉上眼睛，此時卻感覺到後方有一股冷空氣。

他悄悄翻了個身，在黑暗中努力張望。那裡明明只有木板牆……不對！當他衝進這棟房子的時候，為了從與入口相反的那一側出去，曾經在相當於擋風板的地方拆下好幾片木板。冷空氣就是從那個時候打開的縫隙裡灌進來的。

說不定逃得出去……

他儘可能不發出任何聲響地爬到最裡面，開始把木板一片一片拆下來。結果屋外的星光馬上照射了進來，讓他心急如焚。幸好男人是背對著這個方向，他必須在對方發現自己的所作所為之前想辦法打開一個洞才行。

外頭冰冷的空氣雖然讓他的腦袋愈來愈清醒，卻也讓他擔心男人會察覺到這股冷空氣，手迅速地動作著。就在他好不容易挖出一個可以把右手、頭和一邊肩膀伸出去的洞時，磨刀的聲音突然戛然而止。

他一動也不動，屏氣凝神地留意著屋子裡的動靜。就在他憋氣憋到幾乎就要缺氧的同時，耳邊又傳來了刀刃和磨刀石互相摩擦的聲音。

已經沒有時間了。他壯起膽子，告訴自己稍微發出一點聲響無所謂，繼續把木板拆下來。他總算拆出一個可以勉強爬出去的洞了。他把背包放進被子裡，偽裝成自己還在睡覺的樣子，孑然一身地逃到外面去。

接下來便頭也不回地往前跑。他不是往三叉小屋的方向，而是往下山的方向。

過了一會兒，身後傳來某種類似吼叫的聲響，他當然是充耳不聞地繼續往前跑了。天亮之前，村子裡的人終於發現他倒在杉造村外的身影了……

6

「雖然身上有些跌打損傷，不過並沒有受重傷，就這麼平安無事地下了山，就連村子裡的人也嘖嘖稱奇。」

刀城言耶的故事告一段落時，富子和萌木都吐出一口大氣，當然美枝也聽得津津有味。就連對第三個男人的出現似乎有些不甚滿意的九頭，看來也已經完全被他的故事吸引住了。

「那個只有屋頂的怪房子，應該就是迷家對吧？」

萌木率先打破了沉默。

「這我也不知道呢！只能肯定那的確不是普通的小木屋……」

「村子裡的人沒有去調查嗎？」

聽九頭這麼一問，言耶就像是犯錯遭人指責似的，畏畏縮縮地說：「畢竟是今天早上才發生的事……要一般村子那麼及時地應對並不容易吧！再加上……我這麼說可能有點過分，但下田先生畢竟是外地人。三叉小屋也不是村子裡的資產啊。」

「怎麼這麼無情……」

富子忿忿不平地說，可能是想到介紹給美枝的那些顧客了吧！

「我倒覺得滿正常的，不管是什麼地方的人，一定會認定自己的村子最棒了……」

「就是說啊！不過留我過夜的那家主人傍晚會出門，說會順便向林務局報告。所以在明天早上之前，應該會採取一些行動吧！」

「對迷家……採取行動嗎？」

萌木半信半疑的語氣讓言耶微笑了。

「應該說是對可疑的房子跟可疑的人進行調查才對吧！」

「原來如此。所以你的意思是說，那個下田先生遇到的怪房子跟這位姑娘看到的黑色屋頂是同樣的東西嗎……」

言耶對萌木這個出其不意的問題點了點頭。

「什麼?!所以他們看到的是真正的迷家囉?」

大吃一驚的可不是只有他而已，美枝和富子也都面面相覷地瞪大眼睛。就連九頭也凝視著言耶，彷彿是想要看穿這個青年到底想表達什麼。

「是不是迷家姑且不論，至少我認為可能是同一個屋頂。」

「那不就是同一個只有屋頂的迷家嗎?」

「不是的，只是同一棟房子的屋頂。」

美枝完全聽不懂言耶在說什麼，富子和萌木也一臉困惑。九頭雖然還是面無表情，但是看起來也不像已理解他所說的話。

「我在這棵杉樹後面一字不漏地聽到大家說的話了。」言耶看著四人不同的反應，樂在其中地往下說：「說是偶然也好，但跟昨晚下田先生的體驗一對照，我就發現困擾柿川富子小姐的迷家之謎其實是可以解釋的。」

「真、真的嗎?」

富子立刻露出神采煥發的表情。明明言耶什麼都還沒說，但在她的眼中，這位名叫刀城言耶的青年已經跟救世主沒兩樣了。

「兩位小姐有提到前幾天發生過地震的事，我想這恐怕是從植松村的人那兒聽來的吧。」

美枝發現自己也算是他口中的小姐之一，慢了富子幾秒才用力點頭。

「當時三叉岳發生山崩，所以在這之前一直沒被發現的小木屋就在山頂附近、樹木被土石沖走的地方露臉了……富子小姐是這麼想的對吧?」

「對呀!我從鳥居峰看到的景象剛好就是那個樣子。」

「然而，相隔大約一個小時之後，經過同一座山頂的萌木先生卻什麼也沒看見。」

富子似乎想要插嘴，卻被言耶用眼神委婉地制止了。

「順帶一提，你還把對面的山全都看過一遍，所以絕對不可能看錯對吧？」

「沒錯。」

萌木用力點頭。

「這麼一來，可以想到的情況不外乎是地震再度發生，所以小屋解體了。」

「什麼……」

「去爬三叉岳的下田先生在昨天吃過午飯之後就遇到了大地震。這次的地震剛好發生在相當於富子小姐目擊到黑色屋頂的時間跟萌木先生眺望三叉岳的時間正中央的時間點上。」

「也就是說，那個時候……」

「小木屋已經解體了。在這之前還看得到的屋頂位置往下偏移，被其他的樹木或岩石的陰影遮住，所以萌木先生才會什麼都沒看見。」

「真的是這樣嗎？」

「下田先生曾經進到山崩影響下變得只剩下屋頂的小屋。呈現毫無秩序的波浪狀木板原本大概構成了四面牆吧。我想那些木板大概是一口氣往內側倒，才形成那樣的畫面。」

「問題是，有可能倒得這麼完美嗎？」

「考現學的創始者今和次郎曾於大正十三年，在相模津久井郡收集到受地震影響只剩屋頂的農家事例。另外，他在某個海邊的村子裡也拜訪過海嘯沖擊下只剩下屋頂的民宅。同樣的狀況肯定也發生在三叉小屋身上了吧！」

「什麼?!你是說三、三叉小屋？」

「是的。」

「這樣的話，那個叫下田先生的人不就是在自己的小木屋裡過了一夜嗎……」

「好像是呢！九頭先生說過，登山者在逃離追魂小僧的時候，沿著眼前的山路往上爬就看到了三叉小屋。下田先生的情況也是一樣，眼前突然出現陡峭的斜坡，爬上去之後就看到只有屋頂的迷家。不覺得兩者的位置大同小異嗎？因為這兩個人都是從信州進入雲海之原的。」

「可、可是，這麼一來的話，那個像是迷家主人的男人呢？」

言耶聽到萌木以完全不能夠接受的語氣質問，便轉向九頭的方向。

「不就是你所提到的山賊嗎？」

「是嗎……」

九頭只哼了一聲用來代替回答，另外三個人則說不出話來。

「下田先生到底是不是真的遇到了追魂小僧，這個問題就連我也無從判斷。我想那個東西之所以不能進到小屋裡面，可能是因為從屋頂垂掛下來的除魔骨。」

言耶特地把臉轉向美枝和富子。

「進到山裡的人都會抱著非常敬畏的心態。就算是山賊，也是會迷信的。」

「原來如此。」

萌木終於表示附和了。

「山賊聽到下田先生說的話大吃一驚，因為自己擅自據為己用的小屋真正主人居然就在自己面前呢！但對方似乎完全沒發現這個只剩屋頂的房子就是三叉小屋，所以就決定嚇一嚇他，把不速之客趕走。」

「磨刀也只是單純的恫嚇而已嗎？」

「山賊真正的用意我也不清楚。因為九頭先生說過，幾天前有人下落不明，還有謠傳是被雲海之原的山賊幹掉了，所以也有可能是真的打算殺死下田先生。」

「不管怎樣，能順利逃脫真是太好了。」

「請問一下……」

這時，美枝終於鼓起勇氣打了個岔，因為她有件事無論如何都要問言耶。

「不用擔心，我並沒有忘記妳。」

結果言耶不僅搶先一步，還淡淡笑了一下。

「啊！對了！根據這個小姑娘的說法，別說是小屋的屋頂，三叉岳上什麼都沒有喔！那又該做何解釋呢？」

萌木一下子就明白了兩人眼神交會的意義，於是代替美枝提出這個問題。

「我也正想問這個問題。」

富子也馬上望向言耶的臉。

「當天中午之前有發生過地震嗎？」

美枝和富子同時搖頭。

「換句話說，『有一片樹林在美枝小姐看三叉岳的時候還存在，在富子小姐看到之前因為山崩被沖走了，於是讓三叉小屋的屋頂顯露出來』的假設是不成立的。」

「因為兩人是從山頂上的同一個地方望向三叉岳的。」

萌木說完這句話，美枝就和富子互相看一眼再轉向言耶，不約而同地點頭。

「是人稱天狗的椅子、生長在山頂上的松樹對吧？」

「沒錯沒錯，我也知道那棵樹。」

「可是，我聽說山頂上松樹有兩棵，而那是鳥居峰這地名的緣故……」
「所以我才特地問她們是不是把松樹搞錯啦！可是她們都說自己拜的是天狗的椅子，也都是在拜拜的時候望向三叉岳的。她們是在同一個地方看同一個方向。然而一個什麼都沒看見，一個卻看到小屋的屋頂。」
「不對，不是這樣的。她們拜的松樹都叫天狗的椅子，這點是無庸置疑的，但**那是兩棵不同的松樹**。」
「怎麼可能？」
「菊田美枝小姐拜的應該是山頂北側的松樹吧？而柿川富子小姐則是在山頂南側的松樹下看見那個有問題的黑色屋頂吧？」
兩人同時點了點頭，然後再同一瞬間看著對方的臉，「啊」了一聲。
「自己和對方拜的松樹都叫天狗的椅子。確定了這一點後，就不會再去確認各自實際站的位置了呢！不對，要是只有妳們兩個人繼續這樣聊下去的話，也許終究會聊到這一點也說不定。但先是萌木先生加入了妳們的對話，接著是九頭先生，最後連我也跑出來湊上一腳，所以妳們兩個更不會注意到這個最基本的問題了。」
我說得沒錯吧？言耶露出微笑。
「為什麼美枝會弄錯呢？」
雖然萌木故作親暱的語氣令人反感，但美枝更想知道他問的那個問題的答案。
「你現在講的這句話正好說明了一切。」
「我講的這句話？……」
「你認為弄錯松樹的人是菊田美枝小姐。也就是說，連你也相信鳥居峰南側的松樹才是天狗的椅子。」

「有什麼相信不相信的，事實上……」

「植松村的人是這麼告訴你的。柿川富子小姐，妳也一樣對吧？」得到兩人肯定的答案之後，言耶望著美枝說道：「另一方面，告訴菊田美枝小姐那棵松樹的人好像才剛從霜松村嫁過來沒多久，原本是霜松村的居民對吧？」

「這到底是怎麼一回事……」

萌木如是說，顯然還理解不過來。當然，美枝和富子也一樣。

「簡而言之，對於植松村的人來說，天狗的椅子是鳥居峰南側的松樹；而對霜松村的人來說則是北側的松樹……因為不了解這種特殊的狀況，所以才會衍生出發生在三叉岳上的小木屋消失之謎。」

「問題是，為什麼天狗的椅子這個傳說在兩個村子裡傳的版本不一樣呢？」

「不，我想傳說的內容恐怕是大同小異的。」

「所以只有松樹不一樣？」

「沒錯。」

「為什麼？」

「因為對於這兩個村子來說，天狗的椅子就等於是村界的緣故。」

「咦……」

「你不也曾經告訴過這兩位小姐嗎？植松村和霜松村從以前就在山林境界地的問題上僵持不下。所以在位於佐海山北側的植松村，就把山頂南側的松樹視為天狗的椅子；而位於佐海山南側的霜松村則把山頂北側的松樹視為天狗的椅子。這是因為只要把村界設在山的另一邊，就可以主張佐海山是自己的領土了。」

「啊……」

「佐海山具有豐富的資源，可以說自古以來就嘉惠著這兩個村子。所以在得知這兩個村子正為了山林境界地而爭論不休的瞬間，我就開始勾勒出小木屋消失的真相了。」

「原來如此……」

「你還說過從山頂上看到的三叉岳有兩處山崩的痕跡。其中一個位於從山頂南側的松樹下看得到的地方，也就是三叉小屋原本所在的地點。另一個地方也很巧地位於從山頂北側的松樹下可以看到的地方。也因此看起來更像是發生了不可思議的小木屋消失現象。」

「是哦……」

「附帶一提，我們說不定可以透過考據證明此山會成為『界線』，是因為佐海山的存在為村子帶來了『繁榮㉑』。但在這個情況下，單純認定佐海山是先被定為『界線』，才產生它會帶來『繁榮』的傳言，說不定也不錯。」

言耶連漢字都說明了，於是眾人都露出了心服口服的表情。

然而……

這時萌木突然用急切的語氣說：「可是，九頭先生往三叉岳看的時候又看到了黑色的屋頂，這又該怎麼解釋呢？難道在短短的一天之內又把小屋蓋好了嗎？還是他目擊到的才是真正的迷家……」

「當然不是。」

㉑「繁榮」的日文發音為さかえ，而「界線」的日文發音為さかい，兩者相近。

言耶斬釘截鐵地說，把頭轉向九頭的方向。

「事實的真相是，你就是當時在三叉小屋的山賊……對吧？」

7

沉默降臨在五個人之間。

萌木的臉上浮現出近乎滑稽的呆滯表情。美枝和富子面面相覷，顯然彼此都對這個出人意表的真相大吃一驚。

做出這般爆炸性發言的刀城言耶滿不在乎地望著對方。成為最關鍵人物的九頭還是面無表情，默默承受著言耶的注視。

「最讓我覺得奇怪的，是你向這兩位小姐攀談的方式。」言耶淡淡地笑了一笑。「萌木先生端出流傳在遠野地方的失落之家傳說，好不容易才消除柿川富子小姐的不安，可是你卻故意提起迷家的事，讓她陷入恐懼的深淵。這是為什麼？我一開始就在觀察你的樣子了，你並不像萌木先生那樣健談。既然如此，你為什麼唯獨對迷家的話題那麼投入呢？」

「的確很奇怪……」

萌木喃喃自語。

「在我看來，九頭先生似乎不希望柿川富子小姐認為三叉岳上的那個屋頂是會給看到的人帶來幸福的失落之家，反而希望她認為那是躲得愈遠愈好的迷家。」

「那是為了要把富子的注意力從三叉岳的三叉小屋上引開嗎？」

萌木故作親暱的稱呼方式讓富子皺起眉頭，不過那也只是一下子，之後她就專心注視著言耶一個人。

「她們是做生意的旅人。如果在附近的村子裡打轉的時候，提到了在三叉岳有個會帶來幸福的失落之屋……你猜會怎麼樣？總有一天會出現好奇心旺盛的人，闖進山裡尋找那個失落之屋也說不定。」

「所以他覺得那會對山賊的……工作造成阻礙嗎？」

山賊的「生計」二字似乎已經滾到嘴邊，又被萌木硬生生地改掉了。

「熱愛登山的人，就算不管他們也會擅自闖入，這對山賊的工作不會造成影響。問題是，附近那些懷著各種好奇心的村民們如果大舉上山的話可就傷腦筋了。」

「果然沒錯呢！我打從一開始就覺得這傢伙一點都不像生意人。」

萌木隨口說出不知輕重的自鳴得意之詞。但他一發現九頭的視線轉向自己，就連忙把目光移開，做出要躲到言耶背後的樣子。

「沒錯，你的觀察是正確的。」

只不過，被言耶本人這麼一稱讚，萌木就再也不能躲到他的身後去了，於是手忙腳亂了起來。

「因為如果是真正的生意人，應該不會把自己重要的營生工具像那樣到處亂丟呢！」

言耶用手指的前方，是九頭之前一個人休息的杉樹，樹根上放著一件巨大的柳條包。

「兩位小姐和萌木先生都把自己的營生工具好好地放在手邊不是嗎？」

「這是當然的。」萌木如是說。美枝她們也跟著點頭，但是富子接著以小心翼翼的語氣問道：「這麼說來，那個柳條包和衣服……」

「恐怕是襲擊了體格跟自己差不多的正牌旅行商人才弄到手的吧！下田先生從他手中逃掉後，他決定先離開三叉小屋，暫時到別的山上工作。問題是一臉大鬍子跟毛皮的衣服實在太顯眼了。所以他就把鬍子刮掉，喬裝成旅行的商人。」

「然而就在前往別座山的途中，聽見富子小姐所說的話是嗎？」

「是的。以山賊的工作性質來說，市場一旦萎縮的話，可是人命關天的問題。他可能是擔心有朝一日回來的時候，要是失落之家的傳言在三叉岳流傳開來就棘手了。」

「這麼說來，九頭這個名字也是騙人的囉？」

「在我出現之後，現場開始瀰漫著一股非得自我介紹不可的氣氛。傷透腦筋的他應該是臨時從自己說的濁小屋殺人事件裡隨便掰出一個假名吧！」

「咦？在那個事件裡有出現九頭這個名字嗎？」

「犯案的兩個退伍軍人遇見警方的吉普車的地點，不就在葛溫泉㉒附近嗎？」

「啊！原來如此……這麼一來……」

就在這個時候，自稱九頭的男人突然站了起來。

「說，你想拿我怎麼樣呢？」

萌木已經一馬當先地做好拔腿就跑的準備。另一方面，言耶則不知所措地搔著頭。

「我的解釋再怎麼說也只是奠基於間接證據的結論……不管是房子消失之謎、還是對於你是山賊的指控，都只是一種解釋而已……」

「哼……事到如今才來打退堂鼓嗎？」

「咦？也就是說，你承認自己就是三叉小屋的山賊囉？」

萌木從後面用力拉扯著口無遮攔的言耶的上衣下襬。肯定是想要警告他，別再說那些會刺激到對方的話了。

「只有一張嘴能說善道的年輕人和只會對小姑娘賣弄風流、其實膽小如鼠的賣藥的，再加上兩個女人……就憑你們這群蝦兵蟹將，有本事抓住本大爺嗎？」
男人看到萌木波浪鼓似的大搖其頭，臉上浮現出殘忍的笑意。
「在做出這種傻事之前，還是先擔心你們自己的小命吧！」
「說是這麼說沒錯，不過同樣的話也可以套用在你身上喔！」
「你說什麼?!」
面對愈靠愈近的男人，言耶不以為意地笑道：「聽說柿川富子小姐擁有一雙飛毛腿，我們可以請她一馬當先地衝到派出所。又聽說菊田美枝小姐擁有非常嘹喨的嗓音，我們剛好可以請她不管三七二十一地先喊救命再說。而我和萌木先生兩個人聯手，總是有辦法跟你耗一下，製造空檔讓這兩個人從神社裡逃走……我這樣想會太天真嗎？」
萌木雖然用力點頭，表示「會會會」，但是自稱九頭的男人卻沒有半點反應。輪流把刀城言耶、萌木、富子以及美枝依序看過一輪之後，他說：「我已經牢牢記住你們幾個人的臉了。在我離開之後，要是有人敢去報警的話，不管要花上幾年，我都一定會報仇的。」
威脅完他們之後，男人轉過身去，踩著不疾不徐的步伐，從神社裡走了出去。
「呼……」
男人的背影一消失在視線範圍之內，萌木馬上吐出一口大氣。
「你可不要亂來喔！」
然後，他以半是抗議、半是嚇壞了的表情望向言耶。
富子完全無視於萌木的警告，以忿忿不平的語氣說：「難道就這樣任由他逃走嗎？那個男

㉒「葛」的日文發音為くず，「九頭」的日文發音亦為くず。

人說不定是個殺人犯耶！」

「喂喂……就算是這樣，我們也拿他沒辦法吧！」

富子依舊完全不理會萌木的話，就只是專心一意地注視著言耶。

「我現在就衝去派出所。」

「不可以。」

「為什麼不可以？」

「因為那個男人守在神社出入口等我們衝出去的可能性非常高。」

「什麼……」

「他應該也知道那樣的威脅不見得有用，因此為了慎重起見，至少會在神社的出入口監視一下吧！他肯定特別擔心妳會衝出去。」

「可是，這麼一來的話……」

「不用擔心。等他認為他對我們的威脅起了作用的時候，應該就會離開這裡。這麼一來，他打扮成旅行商人卻兩手空空的樣子，肯定會引起他人的注意。」

聽他這麼一說，美枝這才發現男人忘了把柳條包帶走了。

「就算引起注意好了，但光是那樣的話……」

「放心，下田先生看到可疑人物的情報如今應該已經傳遍附近的派出所了。」

「咦？可是你一開始不是說，最早也要等到今天傍晚，村子裡的前庄屋才會通報林務局嗎？」

言耶聽到萌木這麼一反駁，搖了搖頭。

「當我在思考這個自稱九頭的男性為什麼要故意告訴柿川富子小姐迷家的事時，就覺得不妨先撒個小謊。其實早在中午過後，前庄屋的主人應該就已經前往林務局和派出所了。」

富子立刻興奮地說：「這、這麼說，你之所以講了一堆下田先生的事，難不成是為了要拖延時間？」

「嗯，算是吧……」

如今富子凝視著刀城言耶的眼神中更是充滿了顯而易見的尊敬之意。她開始問起他旅行的見聞和著作的書名、甚至是私人的事情，就連他今晚住在哪裡都開始替他擔心了起來。

萌木始終一臉掃興地看著事情的發展，最後終於做好了出發的準備。

「總而言之，有了一次驚悚的體驗。拜這件事情所賜，我的行程整個亂掉了。差不多可以走了吧？」

萌木指著神社的出入口，向言耶確認過沒問題之後，就敷衍了事地說了一句：「有緣再相見吧！」之後他的身影便迅速消失了。

「啊！討人厭的傢伙終於走了，清靜多了。」富子喜形於色地提高了音量：「小美，我們今晚跟刀城言耶老師一起找個地方過夜吧！既然對象是救命恩人的作家老師，應該不算是違反行規吧！」

「可、可是，不方便吧……」

「才沒有這回事呢！我說的沒錯吧！老師？」

「咦？這、這個嘛……」

由於富子的邀約實在太過於強硬，看得出言耶似乎也很困擾的樣子。

然而，言耶的臉上卻突然浮現出微笑。

「啊！兩位該不會還知道一些像剛才的迷家那樣的故事吧？」

「……」

「我的意思是，如果在妳們的村子裡有流傳什麼怪談，或者是在妳們旅行的時候體驗過或聽到什麼恐怖的事、不可思議的事、奇妙的事的話，請告訴我……」

「……」

「當然做為回禮，我也會告訴妳們一些非常特殊的怪談……」

「小美，走吧！我們的行程好像也耽擱很久了呢！」

美枝被富子拖著離開了神社。

最後臨別一眼時映入她眼簾的，是獨自坐在巨大的杉木樹根上，愣愣望著兩人的刀城言耶的身影。

如隙魔窺看之物

1

那個縫隙映入眼簾的瞬間，嘉納多賀子就像是被什麼東西吸住了似的，往拉門靠了過去。幾乎是無意識的行為。不對，說是身體反射性地動了起來比較貼切也說不定。

她稍微把身體蹲低，從門的縫隙偷偷摸摸地窺看對面的世界。

那扇門的對面有條走廊，通往位於五字町立五字小學主校舍西端的獨棟校舍，圖書館、圖畫工作㉓室及音樂室等特別教室都在那裡。

今夜，多賀子是替負責值夜班的山間久男進行巡邏的任務。時間已過了晚上八點，幾乎所有的教師都已經回家了。

當然，他還留在獨棟校舍的圖畫工作室裡。展示在走廊上的兒童作品早就已經整理好了，所以感覺不到有特地開燈的必要。也就是說，走廊對面應該是漆黑一片。

然而，當多賀子窺看那縫隙的時候——

如夢似幻的淡淡光暈中，搖曳著奇怪的人影，而且還是兩個……看起來像是一方在逃，另一方在追。

一直延伸到後方、空盪盪的細長通道的天花板，窗戶、牆壁、地板——覆蓋這些地方的寬闊黑影，正一圈一圈地玩著追逐的遊戲。

那條走廊是不存在於現實之中的場所，那個光景也是在現實生活中不可能出現的景象。追逐的過程中，天花板和兩旁的牆壁、地板就像互相融合了，走廊扭曲成宛如平面的樣子，形成一個異樣的空間。而令人毛骨悚然的捉鬼遊戲就在那當中持續進行著。

捉鬼遊戲……

多賀子這麼想，是因為負責追人的那條人影，頭上清清楚楚地長著兩隻角的緣故。是被真正的鬼追逐的捉鬼遊戲……

至於拚命逃跑的人到底是誰，不用想也知道。身形矮小但分量十足，頭髮就像刺蝟一般倒豎著——這些特徵說明了一切。

是校長……

也就是坂田亮一。多賀子什麼不看，偏偏看到他被鬼襲擊的幻覺。

真是太荒謬了……

從拉門縫隙窺看到的畫面其實只有維持了短短一瞬間而已。她發現那兩個影子，察覺其真實身分的時候，馬上就把門關上了。

看再久也不會有好事發生的。而且如果一直把縫隙打開的話，說不定那個不知道是何方神聖的壞東西就會爬到這裡來了。

又看到了……

這種感覺不是第一次了，但總讓她覺得非常的厭煩。基於長年的經驗，她早該知道偷看縫隙有多麼危險……

再度偷窺的罪惡感，以及沒事去看忌諱之物的後悔在心裡交錯著，讓她的胸口沉甸甸的，就快要喘不過氣來了。

問題是，只要眼前有縫隙，她就沒有辦法忍住不去看。明明不曉得會撞見多麼恐怖的光景，可是她就是沒有辦法無動於衷。

㉓日本初等教育的教科之一，相當於國、高中的美術課。

沒錯。她從縫隙裡看到的，十次有十次都是不好的景象。過去已經有好幾次看到了「不知道就不會有事」的真相，讓她的人生產生相當大的變化……

然而這次的光景再怎麼說都太奇怪了。當然，在門的縫隙對面看到幻覺的行為本身就已經很不正常。但那令人毛骨悚然的捉鬼遊戲再怎麼說都太奇怪了。乍看之下就像是在看什麼民間故事之類的，反而讓人覺得不寒而慄。

攻擊校長的鬼……

剛才看到的景象究竟代表什麼意思呢？是不是應該立刻把這件事告訴本人比較好呢？還是應該放著不管呢？或者是根本已經太遲了呢？……

她背對著通往獨棟校舍的拉門，站在原地發了好一陣子的抖。

2

自從嘉納多賀子懂事以來，只要沒把紙門或紙窗等確確實實地關好，必定會招來祖母一頓痛罵。

祖母平常明明是很溫柔的人，唯獨碰上紙門或紙窗、洗澡間或廁所、儲藏室的木板門等門的開闔問題時，就會變得近乎神經質地嚴格又囉嗦。

尤其關上時留下縫隙的話……

從小她就大概領略到，自己是女生所以才會受到祖母嚴格的教育。

嘉納家在神戶地區的蘆生也算是歷史悠久的世家，屋齡達一百幾十年的木造房屋的主屋裡也有很多房間，規模大到會讓人想說「嘉納家的房子啊……」之類的閒話。

代代都是女系家族，祖父和父親都是入贅的。家中的實權雖然掌握在祖母的手裡，但在那時代男尊女卑的觀念還很強烈，家族又是在鄉下地方，所以表面上還是以贅婿為一家之主。

或許是因為生長在這樣的環境下，多賀子從小就已經散發出某種氣質。再加上她一出家門就被尊稱為「嘉納家的大小姐」，所以自然而然地養成了一點都不像小孩子的落落大方的風情也說不定。

做什麼事都很穩重安靜的她，說穿了就像是個什麼事都不用做的公主一樣。而這也表現在門的開開關關上，為此她已經不知道被祖母數落過多少次了。

在嘉納家裡有個稱為「奧座敷」的房間。是代代退居幕後的一家之主住的地方，在多賀子出生以前還是祖父的房間。但自從他去世之後便一直鎖起來，最後成了很少被用到的「不開的房間」。

事情發生在尋常小學校、高等小學校㉔和尋常高等小學校㉕全都改名為國民學校㉖的那一年，也就是她八歲的女兒節㉗。

過去每年都裝飾著雛人偶㉘的房間因為改建的關係成了主屋的一部分，因此那一年必須把雛壇㉙設置在別的地方。問題是，不管哪個房間都不方便，結果就只好裝飾在長時間一直被鎖起來的奧座敷裡。

㉔尋常小學校是日本從明治維新到第二次世界大戰爆發前的初等教育（小學）機關的名稱，高等小學校是後期初等教育（小學高低年級）、前期中等教育（中學低年級）。

㉕在舊制的小學裡，附設有尋常小學校和高等小學校課程的學校。

㉖日本在第二次世界大戰之後，因應社會情勢所設置的提供初等教育及前期中等教育的學校。

㉗日本女孩子的節日，本來在農曆的三月三日，明治維新之後改為西曆的三月三日。

㉘穿著日式和服的娃娃。

㉙擺放雛人偶的階梯狀陳列台。

嘉納家從祖先代代相傳下來的雛人偶做工十分精緻華麗，每年的女兒節除了親戚之外，就連附近的左鄰右舍也都會特地過來參觀，非常有名。

女兒節當天和之後的三、四天，多賀子通常會穿上收藏在桐木衣櫃裡，只有過年或生日的時候才會拿出來穿的豪華會客服，安靜地坐在裝飾著雛人偶的房間裡，一邊聽著大人口中「我看看，簡直像公主一樣」的讚美聲。

在女兒節的時候，幾乎每天都可以吃到琳瑯滿目的大餐，親戚的嬸嬸或堂姊表姊們也都對她疼愛有加，是比過年或生日都還要開心的節日。

然而多賀子最喜歡的，其實是在這段女兒節的期間結束之後的日常生活。

每年一定會有一、兩天是「來過夜的親戚都回去了，也不用再應付在女兒節的第一天到第三天之間還不太敢來參觀的左鄰右舍，但雛壇仍裝飾著」的日子（之後只要收進後面的倉庫裡就好了）。

不過畢竟是地方上有頭有臉的世家，會考慮到過了女兒節還一直裝飾著雛人偶的話，女兒的婚期就會被耽誤到的古老民間傳說，因此最多也不會擺超過一個禮拜。

從最多人齊聚一堂的女兒節到之後的兩、三天，家裡正是忙得最不可開交的時候，母親和下人們全都連喘息的時間都沒有。好不容易比較平靜的第四、五天，則換成左鄰右舍的人絡繹不絕地上門來拜訪，也必須適當地應付一下才行。

早的話要等到女兒節之後的第五天、慢的話則是第六天，才不會再有任何訪客上門。這時候母親和下人們全都已經累癱了，所以要再過一、兩天才會把雛人偶收起來。

在此之前一直沐浴在眾人讚美聲中的雛人偶，突然再也沒有人要看一眼，就這樣被棄置在那裡。多賀子很喜歡那樣的狀況。因為她可以自己一個人不用管任何人的眼光，愛看多久就看多久。那是年幼的她品嘗到的，不曉得該如何形容的幸福時光。

那一年因為主屋改建的關係，附近的鄰居可能也不好意思上門打擾，所以訪客比往年少很多。因此她的幸福時光很早便降臨了。再加上又是裝飾在奧座敷裡，所以周圍完全沒有家人的眼光，可以好好靜下心來一個人把雛壇欣賞個過癮。

第一天、第二天都在雛人偶的陪伴下度過，事情就發生在隔天要把雛人偶收進後面的倉庫裡的第三天傍晚。

多賀子不曾有過像這樣可以三天都獨占著雛人偶的經驗，所以忍不住興奮了起來。一想到雛壇明天就要收起來，她乾脆從那天早上就窩在奧座敷裡，津津有味地欣賞著雛人偶。

除了母親親自跑來叫她吃午飯和下午三點祖母送點心過來的時候，她都是一個人。

也許母親早就想把雛人偶收進倉庫裡，但是因為多賀子實在太拗了，所以跟祖母商量之後就一直放著。總之在這三天內，誰也沒有來打擾她。

吃完點心之後又過了一會兒，多賀子開始打起瞌睡來。

等她終於睜開眼睛時，柱子上的時鐘已經過了下午五點。該去母親身邊幫她準備晚餐了。但她做的與其說是幫忙，不如說只是在母親身邊晃來晃去而已。只不過是在上小學的那年過年，和祖母約好了「要幫忙做晚飯」，所以必須要遵守約定。

多賀子有點手忙腳亂地起身之後，又看了雛人偶一眼，這才離開奧座敷。

就在距離廚房的方向還有兩個房間左右的距離時——

啊！剛才有把紙門關好嗎？

當腦海中閃過這個疑問，多賀子突然不安了起來。她總覺得因為自己滿腦子只想著要去找母親，所以並沒有像平常那麼注意，只是虛應故事地把門關上而已。

既然明天就要收進倉庫裡，那麼祖母說不定待會兒會過去檢查一下。要是被祖母發現紙門沒有完全關緊，就算她說是為了要去幫母親弄晚飯，鐵定也會招來一頓罵。

得去確認一下才行……

於是多賀子當場轉身，回到奧座敷。

該說是一如往常嗎？就在她走進前面的房間時，看見奧座敷的紙門稍微開開的。而且更糟糕的是，打開的縫隙正好是祖母最討厭的四、五公分左右。

多賀子一面凝視著那道細長的縫隙，一面三步併成兩步地前進。得趕快在被祖母發現之前關上才行。就在她一心一意地靠近，正要把手伸向紙門的時候——

有隻眼睛跟她往細長縫隙的另一頭窺看的眼睛對上了……

那隻眼睛的高度跟八歲的多賀子站著的視線高度剛好一般高。簡直就像是有人坐在紙門的對面，或者是蹲在紙門的前面，只用一隻眼睛貼著縫隙，窺看著這裡似的。

感覺上，那隻眼睛跟多賀子似乎對上了很長的一段時間，但實際上可能只有兩、三秒鐘也說不定。

「啪！」的一聲傳來。當她回過神來的同時，眼前的紙門已經關上了。

她下意識地伸出手，想再把紙門打開的時候——

「不可以打開！」

她大驚失色地回頭一看，發現祖母就站在前面房間半開的紙門邊。

「妳也看到了嗎……」

祖母宛如嘆息一般喃喃低語的語氣，聽起來似乎有幾分絕望的味道。

「對面的房間裡有人在嗎？」

聽多賀子這麼一問，祖母就只是不發一語地走過來，把紙門稍微打開一點之後再靜靜關上，然後再打開，走進奧座敷裡。

「坐下。」

祖母跪坐在雛壇前，叫她過去。

雖然也覺得得趕快去廚房才行，但是幫忙做晚飯是和祖母約好的，既然祖母要她坐下，那不去應該也沒關係吧！於是多賀子也進了奧座敷。

「我接下來要講的事情，妳要聽好了。」

祖母以命令的語氣開始娓娓道來。

多賀子剛才看到的東西是一種叫作「隙魔」的魔物，那是嘉納家的女性代代都會看到的東西。隙魔一定會出現在物體的「隙間」。隙間的「隙」字，指的是人在大意的時候，心靈處於茫然的狀態；而隙間的「間」這個字，指的則是人類處於這種狀態中的那個瞬間。

一旦心靈毫無防備地門戶大開，就會被某種東西纏上，也就是會面臨身體受入侵、遭依附的可能性。而那「某種東西」就是隙魔。所以說了，人絕對不能讓隙魔看到隙間，也不能被隙魔所迷惑。

雖然祖母用了一些對多賀子來說還很艱澀的詞彙，但還是一而再、再而三地重複說著，直到認為她可以理解……或者是自己可以接受為止。

只可惜她最後還是有聽沒有懂。她雖然可以理解祖母是想說，縫隙出現的話，隙魔就會出現，所以要小心。但為什麼要小心隙魔呢？祖母卻沒有告訴她最重要的部分。

就算她拿這個問題問祖母，祖母也只是一再重申：「總而言之，門窗一定要好好地關緊。一旦開了一條縫，隙魔就會出現。」除此之外她什麼也不說。

隙魔是一種很可怕的魔物，所以必須要小心，不能製造出會召喚出隙魔的狀態……這是多賀子自己的解釋。

多賀子第二次看見隙魔，是在國民學校四年級的夏天上林間學校㉚的時候。

五年前開設在鄰縣山裡長明寺的這所林間學校，一直營運到學童疎開之前，那一年也在暑假開課。

這所林間學校的特色在於：所有的活動都不是每個年級各做各的，而是會把年級打散，以分組的方式進行，依照重新分配的組合共同活動。那年她那一組是跟六年級生一起活動。趁著早上還涼爽的時候讀書，中午開始採集昆蟲或山菜或在山腳下的小溪裡盡情玩水。高年級生照顧低年級生也是活動的一環。而且高年級生傍晚之後會向廟裡的人請教學習，基本上也是要自己準備晚飯。當然低年級生也得幫忙才行。

多賀子很喜歡林間學校。因為自從一年級被編在同一組之後就一直是好朋友的鵜野久留美，不僅到了三、四年級都一直和她在一起，第一學期甚至還是同班同學。在可以說是第一學期延伸的林間學校裡也都可以一起行動，多賀子自然很開心。

只不過，自從入學以後就一直在私底下欺負她的六年級生富島香也在長明寺。香出身於跟嘉納家不分伯仲的世家，而且還是獨生女，一天到晚找她的麻煩。也不知道為什麼，只要一逮到機會就會嘲笑、捉弄多賀子，有時候還會抓她、打她。而且絕對不會在人前這麼做，一定都是暗著來。

然而，那一年的多賀子非常享受林間學校的生活，幾乎忘了香的存在。那或許是她有生以來最快樂的夏天也說不定。

話雖如此，每天都會感覺到的焦躁、渴望的奇妙情緒並沒有完全消失。在享受與久留美心花怒放的合宿生活時，有一股令人難以忍受、接近恐懼的心情會在毫無預兆地湧上來，她完全無法控制。

不管是在吃飯的時候、唸書的時候，還是就寢的時候，寺裡的門都是開放的，光是那種狀態就令她坐立難安。雖然每年都要經歷一次，多多少少也習慣了，但是每到晚上她還是如坐針氈。

由於寺廟是在山裡，清晨的氣溫非常低。在就寢的時候會把門關起來，不過不會完全關上。因為蚊香是點在另一頭，所以一定會開一個小縫。

祖母在去年冬天去世了，但從小被灌輸的門戶開關問題已完全融入她的生命裡。對於這樣的多賀子來說，到處都有門縫開著的狀態實在是難以忍受。當時的她陷入的精神狀態，說是細縫恐懼症也不為過，就像廣場恐懼症或幽閉恐懼症那樣。

一到了晚上，就算是身邊圍繞著好幾個朋友，她也會覺得自己好像是一個人孤零零地睡在舉目荒涼、寸草不生的空地正中央。甚至還覺得只要有人肯在大家都睡著的時候陪她說說話該有多好，就算是富島香也可以。

那天晚上她也睡不著，裝出想要去上廁所的樣子爬起來。寺廟的正殿被分成兩半，分別睡著男生和女生。因為白天玩累了，所以大家都睡得很熟，沒有人醒著。每天晚上都一樣，所以其實根本不需要假裝上廁所。

儘管如此，多賀子還是刻意避免發出任何聲音，悄悄地溜出正殿。躡手躡腳走在走廊上的

㉚日本的小學或中學，在春秋之間住在高原的住宿設施裡，體驗登山或健行、博物館參觀等由校方主辦的活動之一，在校外教學中屬於規模較大的活動。

時候，才好不容易定下心來。可能是因為離開了到處都是縫隙的空間，終於鬆了一口氣的關係吧！

如果是用來放棉被的小房間，也許就睡得著了……

她的心裡突然閃過這個念頭。只要搶在天亮大家起床之前再偷偷地溜回去就行了。就算被發現，對方也一定會認為自己是剛上完廁所回去的。

可能是因為一心想著這件事，不知不覺中她已經踏入了長明寺的住家部分。

咦？怎麼感覺很舒服呢！

走在點著電燈泡的走廊上，心情突然變好了。原本還以為是冰冰涼涼的走廊貼在赤腳下的舒暢感，然而多賀子馬上就明白真正的原因是什麼了。

因為走廊兩側的紙門全都緊閉著。

看起來就像是一整面牆的紙門在走廊的兩側一直往前延伸。多賀子一面沿著兩排紙門的中間前進，一面感到一股久違又難以言喻的安全感。

感覺真是太愉悅了。

這個上下左右完全封閉的細長形空間要是能夠一直延伸下去就好了。多賀子一面想，一面靜靜往前走。

——突然有種不太對勁的感覺。

當她疑惑地停下腳步，往感覺不太對勁的左手邊望去時，不禁一驚。

紙門是微微敞開的……

大約只有四、五公分吧！紙門並沒有完全關緊，留下一條細細長長的開口。

那裡有個縫隙……

八歲時的記憶在多賀子的腦海中一口氣甦醒，一想到現在有隻眼睛正從那道縫隙裡往外窺伺，她就嚇得簌簌發抖。隙魔出現了……她為此心驚膽顫。

然而縫隙的對面一片漆黑。就算有隻眼睛在窺伺著也無從分辨，是一片深不可測的黑暗。回過神來，多賀子已經主動把眼睛貼向縫隙了，她正打算窺看縫隙的對面。

啊！是久留美……

縫隙的對面是鵜野久留美，而且對方似乎是在學校的女生廁所裡。富島香帶著一抹壞心眼的笑容走了進來。久留美的臉上浮現出快要哭出來的表情，戰戰兢兢地伸出右手，手裡握著一條漂亮的紅色緞帶。

那是以前她跟久留美一起買的緞帶，多賀子買的是紅色的，久留美是藍色的。她很喜歡這條緞帶，曾經偷偷帶來學校，可是就在第一學期的最後一堂體育課下課之後突然不見了。

香接過了緞帶，發出非常討人厭的笑聲，把手伸進廁所，將緞帶丟到馬桶裡……

「啪」的一聲傳來。她回過神來的同時，眼前的紙門已經關上了。

剛才那是什麼？……

多賀子茫然自失地呆立在原地，也不知道自己是什麼時候回到正殿的。當她睜開眼睛的時候，就躺在原本的地方，天已經亮了。

那天下午，多賀子趁著要去採摘加在晚飯裡的山菜時，直接找上久留美。

「妳還留著跟我一起買的那條緞帶嗎？」

「咦？嗯、嗯……不過，我覺得還是不要再帶來學校比較好。」

「說得也是。」

「如果被高年級生看見，會被拿走……」

「也會被老師罵呢！」

「就、就是說啊！」

「話說回來，久留美，妳為什麼要把我的緞帶交給富島同學？」

多賀子本來沒有打算要說這些話的。無論是在開口之前、還是在開口的時候，自己完全沒有半點意識。她把話說出口之後看到久留美僵住的表情，才終於明白自己說了些什麼。

自從那次以後，鵜野久留美似乎就開始避著多賀子。

沒多久，第二學期開始了，就在第一次的體育課下課之後，她的衣服上毫無預警地被人放了一條藍色的緞帶。

多賀子明白了。自己大概是被隙魔看到了隙間，受到隙魔迷惑了吧！所以才會失去久留美這個好朋友……

3

多賀子第三次看到隙魔，是在中學二年級文化祭㉛的時候。

對於隸屬話劇社的她來說，那年秋天的文化祭是很特別的舞台，因為自己也是主角之一。從六月就開始進行前置作業，將夏目漱石的《心》大膽地改編成一部名為「三顆心」的作品。原著裡描寫的是圍繞在寄宿家庭的大小姐身邊的「我」與「Ｋ」之間的心理糾葛，改編劇中則加上了「大小姐」的心路歷程，重點在演出原著所沒有的奇妙三角關係。

多賀子的角色正是那個美麗的「大小姐」，也就是主角之一，她自然是卯足了全力，但理由其實不只這個。扮演身長挺拔、眉清目秀的「Ｋ」一角的是比她高一個年級的和川芳郎，這也是原因。

芳郎對她來說其實是遲來的初戀對象。雖然劇中還有一個扮演五短身材又死氣沉沉的「我」的西部靖，但很多場景都是只有芳郎和她的對手戲，看起來就像是由他們二人主演的作品似的。從唸劇本到走位、在舞台上的彩排，多賀子都處於幸福的頂點。

「三顆心」的劇本是由同為話劇社的木木美嘉子負責撰寫的。她和多賀子都是一進中學就同時入社，所以從那時候開始就是好朋友了。

要在文化祭演出的劇本一再加入細部的更動，在正式演出之前不停修正。對於演員來說固然很辛苦，但多賀子倒是樂見其成。那是因為劇本每改一次，西部靖的「我」和多賀子的「大小姐」之間的交集就減少一點，「大小姐」與和川芳郎的「K」的對手戲反而多一點。

從「三顆心」的內容來看，三個人比重失衡其實是一件很奇怪的事，但社員也了解變動後的劇本比較好，所以包括飾演「我」的西部在內，根本沒有半個人反對。

只不過，多賀子倒是懷疑木木美嘉子是不是發現她對芳郎有意思，才故意增加「大小姐」跟「K」的對手戲……

證據就是：即使排練結束了，美嘉子也常常假藉討論的名義，邀約多賀子和芳郎。同時加入美術社的芳郎即使因為另一邊的社團活動要留校，也會巧妙地調整時間，好和話劇社的她們一起回家。話劇社的討論雖然也會叫上西部，但隨著劇本的變更，邀他參加的次數也跟著減少了。終於，在第一個學期結束之後，她已經製造出就算只有三個人聚在一起也不會不自然的狀態了。

在放暑假之前，美嘉子對她說：「排戲雖然也很重要，但是芳郎學長的事也要加油喔！據我觀察，他對妳並不是完全沒意思呢！」

㉛日本校園類似校慶的活動。

於是多賀子也試著問她，難道是為了自己才改劇本的嗎？但美嘉子只是笑而不答。但是她也沒有否認，所以多賀子便當她是默認了，對她心存感激。

只是她一點也不覺得芳郎有像她說的那樣，對自己有意思。隨著三個人相處的時間愈來愈長，她和他之間的確產生了比較親密的氣氛。但她總覺得，他最多只把嘉納多賀子這個人視為話劇社的夥伴，以及和自己演出同一部話劇的演員罷了。

諷刺的是，事到如今更令她擔心的反倒是這齣戲的腳本。在故事裡因為一些小小的陰錯陽差，不管是「我」、「K」還是「大小姐」，三個人的感情都沒有開花結果就落幕了。當然現實跟戲劇是毫無瓜葛的，但是多賀子卻把它跟自己的戀情混為一談。

話雖如此也不可能去改劇本，就算是美嘉子也不可能答應吧！

多賀子懷著令人心煩意亂的不安，在暑假裡繼續練習著。夏天就在一次次的彩排中結束了。距離正式演出原本還有一個多月的時間，也在轉眼間就過去了。

當文化祭終於揭幕的時候，多賀子感受到兩個突如其來的變化。一個是她對和川芳郎複雜的感情為「大小姐」的演技賦予意想不到的深度，另一個是在繼續排練的過程中，芳郎似乎也開始對她另眼相待。

不過後者可能只是因為排戲讓他陷入了戀愛的錯覺也說不定。儘管如此，兩人之間的關係開始往非常好的方向發展也是事實。

文化祭當天，「三顆心」的演出是從三點開始。下午第一個表演的管樂社演奏結束之後，話劇社全體成員就開始手忙腳亂地把大型道具搬到舞台上，進行布景的設置。

全劇一共有四幕，需要用到租屋處的飯廳、「我」和「K」和「大小姐」的房間。由於當時還是個物資十分缺乏的時代，社員們把家裡的紙門和紙窗拆下來，才努力拼湊出看起來勉強像是房間的場景。

唯有景片倒是非常精緻，同時隸屬於美術社的芳郎充分地發揮實力，就連擔任顧問的老師也被過於寫實的景片嚇得目瞪口呆。劇組已經討論到滾瓜爛熟的地步，也練習過無數次了，所以過場時的布景移動也不用擔心。

就在最後一次簡單確認宣告結束，最令人掛心的觀眾人數也還過得去的時候，舞台劇「三顆心」終於揭開了序幕。

那天的多賀子展現出自加入話劇社以來最動人的演技，就連擔任顧問的老師後來都讚不絕口：「看得我連雞皮疙瘩都站起來了。」完全超越了中學的文化祭裡表演過的演技水準。

至少在她注意到舞台上的**那個空隙**之前是那樣沒錯……

那是第三幕第四場，在「大小姐」的房間裡，多賀子和「K」面對面談話的場景。說是面對面，但其實並不是真正地和對方正面相對，而是彼此都面對觀眾席斜側著身體說出台詞。在那句台詞之後的劇情是：「大小姐」站起來，衝到「K」的身邊。

多賀子按照演出的流程，以稍微背對著觀眾席的姿勢往芳郎的方向走去。他則是低著頭唸台詞，不看移動中的她。多賀子接下來的台詞將會蓋過他的台詞，然後出其不意地往芳郎的方向倒下。

就在她一面往他的方向前進，一面計算說出台詞的時機時，有一扇設置在舞台上的紙門突然映入她的眼簾。

在那扇紙門和柱子之間，有一個空隙……

咻咻咻咻咻……彷彿是被吸過去似的，多賀子的身體往紙門的方向轉過去，雙眼直盯著那個空隙。在短短的一瞬間，她看到了舞台的另一側。然而，漆黑的細長形空隙馬上就往上下散開……

黑暗中浮現出和川芳郎的身影。他正一臉困惑的表情呆立著。木木美嘉子突然從旁邊出現了。兩人只是一逕沉默著，一動也不動。突然，美嘉子遞出類似信的東西。就在芳郎收下的同時，兩個人開始對話。對話持續了好一陣子，芳郎突然吻了美嘉子……

「啪」的一聲傳來。當多賀子回過神來的同時，眼前的紙門已經關上了。

同時耳邊傳來雖然細小，但似乎十分憂慮的聲音，宛如細碎的波浪一般。「怎麼了？喂！怎麼了？」她這才想起自己現在所處的地點，跟她身在這個地點的理由。

表演總算是繼續撐下去了。芳郎和其他的社員以及觀眾們似乎都以為多賀子只是一時之間忘了台詞而已。

「那裡雖然有點可惜，不過整個表演非常完美喔！」

結束之後，擔任顧問的老師一面安慰她，一面對她的演技給予最大的讚賞。

美嘉子也以興奮的語氣說：「真是太棒了！第三幕在大小姐的房間雖然讓人捏了一把冷汗，但接下來的演技完全沒話說，非常精準地表現出大小姐茫然自失的心情。」

那是當然的。因為在多賀子的腦子裡，即使是在舞台上繼續把戲演下去的時候也……

這兩個人到底是什麼時候……什麼時候……什麼時候……做出那種……那種事的？

同樣的問題一直在她的腦子裡徘徊不去，她在台上是真的處於茫然自失的狀態。

文化祭結束之後，三人行動的必要也跟著消失了。各個社團的三年級生也都紛紛退出社團。儘管如此，美嘉子還是淨找些理由，想把三人的關係維持下去。

多賀子什麼也沒說，什麼也沒問。她還記得在小學的林間學校裡，就是因為不小心說溜嘴而失去朋友的。

只不過在她心裡始終擺脫不了「到底是什麼時候」這個問題的苦苦糾纏。想當然耳，這個問題在三個人見面的時候也不曾消失過。

就算嘴巴沒有講出來，心裡的想法還是藏不住。漸漸地，和川芳郎開始拒絕美嘉子的邀約，那年冬天自然而然地跟她們漸行漸遠。

「到底是為什麼嘛？發生什麼事了？」

一開始，美嘉子很想知道他改變態度的原因。然而隨著時間流逝，兩人之間建立起不再提到這個人的默契。她和美嘉子的關係雖然變得有些尷尬，但是並沒有因此疏遠，反而隨著時間流逝漸漸地修復了。

不久後，三年級畢業的時刻終於到來了。一直到畢業典禮當天，多賀子都還在煩惱自己在那個空隙裡看到的光景到底是什麼。她實在不覺得那兩個人曾經瞞著自己偷偷交往。如果那是事實的話，再怎麼遲鈍都會感覺到的吧！最重要的是，那樣就沒有辦法解釋美嘉子的行為了。

學長，這到底是怎麼一回事？……

她把在自己心裡已經問了好幾百遍的問題，投向正在領取畢業證書的芳郎背上。

多賀子打算在畢業典禮之後直接問他。因為她在美嘉子面前怎麼也說不出口，但如果是已經跟自己疏遠的芳郎……

正當她為了尋找和川芳郎而在校內到處跑來跑去，好不容易在體育館的後面找到他的時候，木木美嘉子就在他的身邊……多賀子在那個空隙裡窺伺到的光景正在眼前重現。

原來那並不是過去的事……而是未來的事啊……

即使學校不一樣也要在一起……多賀子聽著背後傳來兩人約定的聲音，離開了體育館。

多賀子再看到隙魔是在高中二年級，去朋友家的時候。

下一次是大學一年級的海水浴場、再下一次是四年級的滑雪旅行、下下一次是親戚家伯母的守靈夜……看見隙魔的間隔愈來愈密集。

隙魔每一次都會讓多賀子看見她不知道的，或者是與她有關且不為人知的人際關係。只不過，就算多賀子知道了，那些關係也從未往好的方向發展過，一次都沒有。反而通常都是往壞的方向發展。而且她在那當下也絕對分不清隙魔讓她在縫隙中看見的光景到底是過去還是未來，只會讓多賀子陷入混亂而已。

而這次她看到的，是前所未見、更恐怖詭異的隙魔。

4

多賀子下意識地想要通知正在圖畫工作室的他——和川芳郎，但是馬上就發現行不通。因為出現過隙魔的恐怖門扉是沒辦法馬上打開的。

無計可施之下，只好去找人在理科教室的山間久男，卻發現門是稍微開著的。

又來了嗎……

她已經不想再看了，但是又無法抗拒縫隙就在眼前的誘惑，一隻眼珠子早就不聽使喚地被吸引過去。

理科教室的後面開著燈，前面則是一片昏暗。裡頭有個身穿白袍、個子矮小的男性背影。那是他在做實驗的時候一定會做的打扮。只不過感覺上靜悄悄的，看起來似乎正專心思考著什麼問題。

「在受到戰火波及的學校裡，『就算想要教課，卻連顯微鏡也沒有』的狀態一直持續著。雖然本校僥倖逃過一劫，但是理科的儀器也絕對稱不上充實。」

這是山間久男的口頭禪。

昭和二十八年制定了理科教育振興法，雖然第二年就訂出設備的標準，但是每個學校可以分配到的預算還是太少，因此教師都必須在創意上多下點工夫。

山間老師肯定又在想什麼點子了。

他不是只會抱怨而已，也常會試圖找出在現今的環境下有什麼可以做的實驗。

像他現在這樣窩在理科教室裡，肯定是埋頭於什麼實驗中，要是打擾他的話可是會挨罵的，所以多賀子悄悄地離開了理科教室。她之所以替他進行守夜的業務（就是晚上八點的第一次巡邏），也是因為他說要在理科教室處理點事情的緣故。

基於安全上的考量，女性值夜班是不被認可的。雖然也有常駐的事務員垣根，但是從戰前就開始在這裡工作的他年紀大了，又是個弱不禁風的瘦高個子，萬一真的發生什麼事的時候還是不太靠得住，所以便由男性教師輪流值夜班。說是輪流，但大部分的負擔難免會落在年輕又單身的山間久男和和川芳郎頭上。

因為覺得這兩個人很可憐，多賀子常常幫他們檢查門窗和一開始的巡邏工作。

問題是，這麼一來就只剩下她了。沒錯，就是此刻人應該在值班室的富島香。

今年春天，當多賀子前往五字小學任教的時候，得知中學時代比自己高一個年級的和川芳郎和在國民學校時代比自己高兩個學年的富島香各自都在這個學校擔任教職；曾經參加過美術社的芳郎擔任的是圖畫工作的教師。

由於這兩個人都會令她想起跟隙魔有關的，悲傷又不愉快的回憶，因此她起先很困擾。只不過，這個世界說大不大，只要她繼續教師這份工作，遲早會在某個小學碰到他們。既然遲早都要碰到，那還是早一點比較好。

更何況，他們兩個都對隙魔的事一無所知……

多賀子下定決心，做好心理準備，開始在五字小學任教。

小時候有點粗壯的富島香已經長成足以讓任何男人看得心癢癢的豐滿女性。只是性格還是一樣地惡劣，興之所至還是會捉弄她一下。話雖如此，兩人表面上還算是維持著良好的關係。

和川芳郎很高興能夠再見到她。只不過，感覺上除此之外什麼都沒有，所以她也很難判斷自己該不該為他的反應感到高興。順帶一提，他跟木木美嘉子至少現在並沒有在交往的樣子。

還有比香高一個學年的山間久男。由於年齡相仿的關係，她和這三個人都發展出還算親近的交情。雖然四個人的性格和思考模式都大不相同，不過有一點是共通的，那就是對戰前和戰時的學校教育的憤怒，以及對當時的教師的憤怒。因為這些教師在戰後翻臉簡直比翻書還快，即使是一百八十度大逆轉的教學內容，也可以面不改色地拿來教導學生。

他們氣的其中一個人就在身邊：因為昭和二十一年的教職追放令而一度逃離教育現場，等到昭和二十六年追放令解除、大眾關切冷卻後，又以校長的身分回到教育崗位上的坂田亮一（回得來是因為他沒有被當作戰犯）。

坂田是在三年前回來的，聽說當時才剛到五字小學任教的山間久男可說是義憤填膺；和川芳郎似乎也知道坂田在職時幹的好事；香當初雖然沒怎麼在意，但是聽了兩人說的話之後，似乎也表示贊同——至少她本人是這麼說的。

校長坂田亮一……此時此刻，在他身上或許發生了什麼事也說不定。

雖然猶豫，但多賀子還是無可奈何地前往值班室。

沒想到，她在那裡看到的，竟又是門的縫隙。不過從富島香吊兒郎當的性格來看，倒也不是什麼意外的風景。

搞不好能看見後續發展也說不定……

在前所未有的微妙期待感驅使下，多賀子靠近門扉。在她把一隻眼睛湊到縫隙之前，房間裡流瀉出來的英文單字就先傳進她的耳朵裡了。

「戰後，孩子們對美軍大喊：Give me chocolate。戰時老師明明教他們對方是『洋鬼子』呢！當然，那只是在逼不得已的情況下，把學得一些皮毛的英語講出來而已。可是啊！今後在日本的社會裡，肯定也是需要英語會話能力的。」

香認為即使是小學也應該要教學生英語。

多賀子則持反對的意見。她雖然也承認英語的必要性，但是還是要先把母語學好才對。

「同時進行不就好了嗎？應該趁小孩子頭腦還很靈活的時候，讓他們學會一些有用的英語會話。」

話雖如此，香也沒有辦法實際授課。不過她還是買了以教師的薪水來說過於昂貴的英語教材，繼續學習著。她還常常趁著校長和教務主任不在的時候大老遠地跑去上課，看樣子似乎在這件事上找到了意義。

可能是嫌教職員室裡不夠安靜吧，她常常利用芳郎和久男值班的時候借用這個房間。

要是打擾她的話，肯定又要被她冷嘲熱諷一番……

一想到這裡，她實在沒有勇氣開門進去。芳郎他們在的話還好，但她其實至今仍很自然地避免跟香兩人獨處的情況……

怎麼辦才好……

當然她並不擔心坂田的安危。因為芳郎和久男已經告訴過她，他在戰時是一個怎樣的教師，戰後又是怎樣鹹魚翻身的。所以在面對校長坂田的時候，她其實是非常痛苦的。

「戰時的學校可以說是用來培養皇民的修練道場。」

在多賀子上任之後，也開始習慣這所學校的某一天，在三個前輩的邀請下，去了一家小餐館喝酒。久男搶先開始娓娓道來：「科目也都被統一呢！」

芳郎馬上接下去說：「沒錯。被整合成修身、國語、地理、國史是國民科，算數、理科是理數科，體操、武術是體育科，音樂、書法、圖畫、工作、裁縫、家事是藝能科，農業、工業、商業、水產是實業科。總而言之，國家的儀式和活動全都和科目合而為一，那就是教育的目的。」

「那個時候也有人喊出莫名其妙的口號，像是『學校即戰場』之類的……」

「為了將大後方一體化，從小就灌輸孩子們學校即戰場的意識是比較快呢！」

「如果不好好珍惜教科書，可是會被竹棍子敲頭的！」

「在打開教科書之前，還得先敬禮，如果不這麼做的話就會受罰。我們學校是這樣教的。」因為香在等多賀子開口，所以她也參與了對話。

「在當時的教育裡……」似乎不只是因為酒精的緣故，紅著一張臉的久男說：「學校被當成是戰場。教科書和文具用品之於學生就像槍之於士兵，是兵器呀。所以要是敢浪費一枝鉛筆或是已經被擦成很小塊的橡皮擦，可是會受到比巴掌還要嚴厲的體罰。」

「忘記帶東西的時候也很嚴重。」

「老師會破口大罵：『你看過忘記帶武器上戰場的日本軍人嗎？』然後把你打到失去意識為止。」

「更別說拿文具來玩會有什麼下場了……」

「就是說啊！」

芳郎的臉色變得十分蒼白。久男雖然還是一張豬肝色的臉，但是在兩人之間出現了尷尬的沉默。

「有什麼不好的回憶嗎？」

一離開學校，香就不再對他們使用敬語了。

「和川老師當時和我唸同一所國民學校。有一天，有個男學生在頭帶的左右兩邊各插上一枝鉛筆，開始玩起捉鬼遊戲。」

「他扮的是鬼嗎？」

「嗯……所以被鬼捉住的人要接過頭帶和鉛筆，把自己也扮成鬼的樣子。」

「沒想到……」

芳郎接著講下去。

「也不曉得是輪到第幾個人當鬼的時候，這個遊戲被坂田看到了。」

「坂田？……是坂田校長嗎？」

久男和芳郎無言地點頭。

「坂田非常生氣，一面大吼：『誰准你們拿神聖的文具用品來玩了？』一面猛打扮鬼的學生。」

「太過分了……」

香情不自禁地低喃，多賀子也深表贊同。只不過她們其實也都目睹過類似的光景。

「但在那個時候……」

香才一開口，久男就搖了搖頭。

「如果只是行使過當的體罰也就算了——不對，當時的體罰都是完全不講道理的暴力。當然體罰絕對不是一件好事，但是就像富島老師所說的，這是非常司空見慣的事情，並沒有什麼特別的。」

「就是啊！」

「問題是坂田把那個學生打死了。」

「什麼……」

多賀子不禁與香面面相覷。

「當時在學校以體罰為名所行使的暴力其實都太過分了。」

久男閉上雙眼，抬頭向著天花板。

「而且重點是體罰的理由根本狗屁不通。因為當日本軍在南方開始節節敗退的時候，就曾經要值星官甩全校學生耳光，還說什麼『全都是因為守著大後方的你們太鬆懈的緣故』呢！」

所謂的值星官，指的是由教師從高年級生中選出的特別優秀的人，也就是類似風紀股長那樣的角色。

「只是在當時，大家都認為那是很普通的事。心中當然也會覺得不正常、很奇怪，但是整個大環境讓人實在不敢多說什麼……」

「因為戰況惡化後，還有人喊出『一億人都去死吧！』的口號呢！無力的孩子們根本只能任人宰割！」

兩人又陷入了沉默。

「可是，殺死學生這種事……」

多賀子小心翼翼地開口，久男這才如夢初醒似的繼續先前的話題。

「想當然耳，坂田並沒有被問罪。反而是少年的父母向他道歉：『我們家的兒子給您惹麻煩了。』」

「哪有這種事……」

由於年齡相仿的緣故，多賀子也感受過當時盲目的氣氛。幸好她唸的學校並沒有那麼嚴重，所以久男的話才會帶給她那麼大的衝擊。

「戰後，包括坂田在內的許多教師們都要學生用墨塗黑『不好好愛惜可是會受罰的神聖教科書』。他們的說法鐵定是『我只是服從GHQ㉜的命令』吧！那麼，你們在戰前和戰時不惜使用暴力，徹底要我們牢牢記住的教育又是怎麼一回事？把墨塗在教科書上，不就等於承認自己的教學是錯的嗎？可是那群人根本也不負起這個責任……」

久男的聲音開始顫抖，就這樣把話吞了回去，反而是芳郎以淡定的語氣說：「當然也有承認自己的過錯，或者是感到羞恥而辭去教職的老師喔！」

「分成三種類型不是嗎？」香一根根地豎起一隻手的手指說：「一種是打從心底後悔執行軍國主義教育、把學生們一個個送上戰場，在戰後卸下教職的人。另一種是同樣反省著自己的過錯，決定從教育上彌補的人。還有一種是一點罪惡感都沒有，若無其事地繼續當老師的人……」

「說得真好。只是我認為第二種之中還可以分成各式各樣的類別……換句話說，只要有第一種的教師，就會有第三種人呢！」

「可是坂田毫無疑問地就是第三種人。」

芳郎不屑地斷言。

從那時候開始，四個人就常常聚在一起，針對戰前和戰時的教師對戰爭責任的問題，以及

㉜駐日盟軍總司令。

接下來他們自己的教育方針進行討論。

大家都希望能對校長坂田亮一問罪。但事到如此，要追究當時的罪行已經是不可能的一件事，這點大家都很清楚。

所以多賀子看到跟那個坂田有關的可怕幻覺後，想搶先告訴這三個人也是再自然不過的一件事。

可是她也不能因此就把巡邏的工作放下。當她完成任務，正打算回教職員室的時候，想起了事務員垣根。他的外表是個正派的老人，再加上工作又很認真，對學生們也很親切，所以很受歡迎。因為他是一個人住在學校裡，看樣子應該是孑然一身。

「垣根先生……」

「嘉納老師，妳這是八點的巡邏嗎？真是辛苦妳了。」

即使是面對年紀可以當自己女兒的多賀子，垣根依舊是畢恭畢敬的，而且還深深低下頭去。

「其他的老師們都已經回去了吧？」

「是的。目前還留在學校裡的就只剩下理科教室的山間老師、值班室的富島老師、圖畫工作室的和川老師這三個人而已。」

他之所以能夠這麼流暢地講出名字和地點，是因為這三個人常常留下來的緣故。

「所以理科教室和值班室以及獨棟校舍的檢查，等到下次巡邏的時候再去就行了。啊！還是妳已經去過了？」

「是的……呃……這個嘛……」

剛當上教師的時候，多賀子為了喘口氣，常常來這個事務員室作客，跟垣根聊一些無關痛癢的瑣事，有點像是身體不舒服的小孩會去找保健室老師那樣。

附帶一提，導入國民學校的制度後，之前的駐校護士先是改名為養護訓導。昭和二十二年制定學校教育法後，又改成保健室老師。

她到事務員室的時候，只提過一次隙魔的事。垣根並沒有特別表示意見，只是靜靜傾聽她的經驗談。不知道他相不相信，但至少沒有當多賀子是傻瓜。

「那個……事實上……」

多賀子鼓起勇氣說出剛才的幻覺。

「校長先生嗎……」

垣根表現出大吃一驚的樣子。

「也難怪嘉納老師會這麼擔心。不如我來聯絡看看吧！」

垣根語帶同情地講完這句話，便往教職員室移動，撥打坂田家的電話。或許是察覺到多賀子的不安，所以在相不相信以前，想要先儘可能地消除她的不安吧！

「喂……請問是坂田校長先生的府上嗎……咦？請問……校長先生他……啊！原來是夫人……什麼？……咦?!喂、喂……夫、夫人，喂……」

電話的那一頭好像是坂田夫人，但是他們的對話很明顯地有些不太對勁。

「我、我知道了。總而言之，夫人，請先冷靜下來。我馬上打電話報警……不，夫人請待在那裡，不要離開。馬上，馬上就到。警方馬上就到了，所以請您再忍耐一下。」

垣根一再地安慰坂田夫人之後終於把電話掛掉，用無法置信的語氣說：「坂田校長在自己家裡被殺了……」

5

「怎麼了？」

垣根報完警，再次拿起話筒，心想還得跟教務主任聯絡的時候，富島香出現了。

「啊！富島老師，發生大事了。」

垣根開始說起可能發生在坂田家的事件，這時換和川芳郎趕到了，是多賀子通知他的。

「山間老師知道這件事嗎？」

見她搖頭，芳郎馬上衝向理科教室，把久男帶來。

「你說校長被殺了?!」

「是的，好像是剛回到家的夫人在會客室裡發現的……只是，夫人的情緒十分激動，所以在電話裡也講得不是很清楚。」

「這也是人之常情嘛！」久男安慰十分認真回答的垣根，並附和他。

「通知教務主任了嗎？」

「正要通知他。」

「我明白了，那麼請垣根先生通知教務主任，我現在就去校長家。我想警方早晚都會通知學校的，所以在那之前乾脆我們直接過去好了。可以請你順便跟教務主任說一聲，說我去了校長家嗎？」

「我會的。」

「山間老師的值班就由我代勞了。」

芳郎自告奮勇之後，香從旁插話：「你一個人不要緊嗎？我們也一起去吧！」

香講完之後還看了多賀子一眼，所以就算再不願意，多賀子也只能點頭。

「不用了，一次這麼多人過去，反而會妨礙警方辦案。我想教務主任應該也會趕過去，所以就交給我們兩個吧！」

還好久男拒絕了她的提議。

他離開學校之後，垣根等四人暫時在教職員室裡聊了一下。時鐘敲過九點之後，多賀子便和香一起回家。

坂田亮一的家位於從學校走路大約十五分鐘腳程的地方。雖然會繞點遠路，但還是過去看一下吧——多賀子沒有辦法拒絕香這樣的要求，只好在回家路上特地繞到剛發生悲劇、周圍警備森嚴的坂田家前。託香的福，那天晚上她做了惡夢。

第二天，教職員室裡亂成一團。雖然還是照常上課，但是大多數的教師們全都人心浮動。畢竟現任的校長是在自己家的會客室裡，被放在那裡的桌上型時鐘打破頭，死掉了……

在這樣的情況下，警方利用教學的空檔對全體教職員進行了偵訊。結果山間久男、富島香、和川芳郎這三個人成了檯面上嫌疑最大的人——這樣的謠言一口氣傳了開來，就連多賀子也嚇了一跳。

的確，大家只要聚在一起，總是會對坂田進行批判，但這點多賀子也不例外。但為什麼只有她沒有嫌疑呢？而且除了他們四個人以外，明明沒有其他人在場，為什麼聊天的內容會走漏出去呢？

「這到底是怎麼一回事？」

事件發生過了兩天的放學後，四個人聚集在圖畫工作室裡。

「或許只是我們沒有注意到，其他老師早就在觀察我們四個人的舉動了。」

久男一臉苦澀地回答她的疑問。
「看來是有人故意把這件事告訴警方呢！」
「也不一定是老師去說的，校方也有可能啊！」
久男同意香和芳郎的見解。
「坂田聽說是被人從正面毆打致死的。案發現場又是在會客室，顯然兇手是認識的人。」
「所以我們才會最先受到懷疑呢！」
「可是，為什麼只有我……」
「呵！可能是嘉納老師看起來要比我們還要純潔無瑕的緣故吧！」
聽見香以挖苦的語氣回答，久男的臉上浮現出苦笑。
「沒有被當成嫌犯還感到不滿，好像有點得了便宜還賣乖呢！」
「說是這麼說沒錯……」
「雖然被懷疑了，不過託嘉納老師的福，我們都有不在場證明，所以就結果來說也算是皆大歡喜了。」
芳郎對她報以微笑，所以多賀子換個角度想，至少在這點真是太好了。
「坂田的死亡時間大約是在八點左右。」久男一面說，一面從公事包裡拿出筆記本。「透過嘉納老師的證詞，可以證明這段時間我在理科教室裡、富島老師在值班室裡、和川老師在這間圖畫工作室裡。從學校走到坂田家大約要花上十五分鐘，再加上犯案時間，就算是用跑的，來回至少也要三十分鐘。」
然後在打開的筆記本上開始寫下與坂田被殺相關的時間表。

八點～十五分　嘉納老師在校園裡巡邏。
八點左右　坂田被殺。
八點五分　坂田夫人回到家，發現丈夫被殺死了。
八點十五分　垣根先生打電話到坂田家。
八點二十五分　警方抵達坂田家。

「驗屍報告指出，當時距離坂田死亡還不到三十分鐘，所以他是在八點左右被殺的。」

「會不會在夫人回家的時候，他其實還一息尚存呢？」

聽到芳郎的問題，久男搖了搖頭。

「不曉得……應該說，她到底有沒有辦法冷靜地確認丈夫的生死？只不過，以死後才過三十分鐘的事實判斷，只能說夫人發現他的時候他才剛被殺。」

「我記得夫人那天的確有插花課……」

「她幾乎每天都有什麼東西要學呢！」

「真是太享福了。」

「言歸正傳，由於死亡時間是八點，當時我們都還在學校裡，自然不可能殺害坂田。」

「只是，距離學校只要十五分鐘的腳程，這點要說微妙還真是微妙呢！」

香自我解嘲地說出自己的意見，卻惹來芳郎的抗議。

「你們兩個倒好，至少一個人的背影被嘉納老師看到了，另一個人的聲音被她聽見。相較之下，我就……」

「才怪！我倒覺得和川老師的不在場證明比我和富島老師的還要有力。」

「是這樣的嗎？」

「嘉納老師在七點半曾經來過這間圖畫工作室。當時是為了幫忙收拾展示在走廊上的學生作品，對吧？」

「是的。因為在暑假前的功課是讓學生們利用簡單的材料做出充滿夏天風味的作品——例如風鈴、水車、走馬燈之類的。」

「我也欣賞過了喔！可是當你知道她還要代替當晚值班的我去巡邏的時候，就拒絕她的幫忙，決定自己一個人收拾。」

「沒錯。因為我想如果動不動就請她幫忙的話，那她也太可憐了。」

「如果你是一個人整理那些從走廊的這頭展示到那頭的作品，再怎麼樣也要花上三十分鐘。」

「我的確是在八點左右才弄好的。」

「對吧！但是當嘉納老師進行八點的巡邏時，走廊上已經收拾得很乾淨了。要是你跑去坂田家的話，走廊上應該還會留下一些學生的作品。還有什麼比這個更牢不可破的不在場證明嗎？」

「啊！經你這麼一說……」

「和川老師似乎認為我們兩個人的不在場證明很完美，但其實不是這樣的。」

「咦？真的嗎？」

香大吃一驚地提高了音量，急切地要求久男把話說清楚。

「死亡時間雖然被推測為八點前後，但是至少可以有前後五分鐘的誤差吧！也就是說，如果假設案發時間是在八點之前，最多可往回推到七點五十分。」

不只是香，就連多賀子和芳郎也都用嚴肅的眼神注視著久男。

「案發當天放學之後，當學生和老師們都回去之後，我們還是老樣子地留在教職員室裡。然後在七點十分左右，和川老師前往這間圖畫工作室；二十分左右，富島老師前往值班室；最後是二十五分左右，我去了理科教室。」

「的確是這樣沒錯。」

多賀子答腔。

「而嘉納老師是七點半在這裡見到和川老師的。由此可知，從離開教職員室的七點十分到七點半之間約二十分鐘的時間，和川老師要往返於坂田家犯案基本上是不可能的。就算真的可能好了，那坂田的死亡時間就會變成七點半左右，而不是八點左右了。」

「是沒錯，但是我跟山間老師的不在場證明並不完美又是怎麼一回事？」

久男與急如星火的香正好相反，以沉著的語氣接著說下去：「在七點二十分左右離開辦公室的富島老師，假如並沒有前往值班室，而是直接前往坂田家的話呢……或者是先進到值班室，再算準時間偷偷溜出去的話呢？

從這時間點到八點過後嘉納老師聽到聲音之前，大約有四十分鐘的時間。要趕在往前推到極限的死亡時間，也就是七點五十分之前抵達坂田家是非常有可能的。」

「把校長殺了之後，再用跑的回到學校裡來——你的意思是這樣嗎？」

「是的，同樣的情節也可以套用在我身上。雖然比妳的時間還要少個五分鐘，但這並不會有什麼影響。不如說因為我是男的，所以跑起來還會更快一點。」

「既然妳要偷窺的話，為什麼不早一點過來呢？」

面對香無理取鬧的指責，多賀子不為所動地回答：「關於這點，請不用擔心。」

「什麼意思？」

「事實上，警方針對兩位老師當時的狀況提出種種問題，我已經被問到快要煩死了。」

「我想也是呢！」

久男大大嘆了一口氣。

「一開始警方也似乎做出跟山間老師講的一模一樣的推理。」

「一開始……也就是後來情況有變嗎？」

「是的。但他們已經反覆向我確認過，從值班室傳出的富島老師的英文朗讀聲音是很平穩的，具有一定的抑揚頓挫；在理科教室看到的山間老師背影也是靜靜的，一動也不動。」

「原來如此。要是在那麼緊湊的時間內犯下殺人案，再跑回學校裡來的話，朗讀的聲音是必會斷斷續續的，或者是肩膀也會因喘氣而起伏……這些都是再合理不過的狀態。」

「我想一定會那樣。」

「我都有想到了，警方會想到也是理所當然的。」

「什麼嘛！不要嚇我啦！」

香喃喃自語，瞪了久男一眼。久男臉上堆著苦笑，彷彿在說：呃……不好意思。不過他臉上的表情馬上又顯露出原來的嚴肅。

「只是啊，如果我猜得沒錯，警方似乎在追另外一條線……」

「你的意思是說，那條線跟學校裡的人沒關係嗎？」

就在芳郎提問，久男點頭的同時，門上傳來敲門的聲音，原來是事務員垣根。

「不好意思，我來晚了，剛好有點事情要處理。」

「別這麼說，是我麻煩你跑這一趟的……請坐。」

「那我就不客氣了。」

香和芳郎全都目瞪口呆地注視著他們兩個人的對話，多賀子似乎也不知道久男找了垣根過來。

「教職員室裡已經沒人了吧？」

「是的，老師們早就已經回家了。」

「這樣啊？算了，事到如今，也沒有必要向其他老師隱瞞我們聚會的事了。倒是把垣根先生也捲進來，真是很對不住呢！」

「我倒是無所謂……」

「話可不是這麼說的。」

「一旦活到這把歲數，已經不會再被什麼事情嚇到了。更何況在座的老師們平常都對我那麼親切……」

久男望著低頭致意的垣根，臉上浮現出有點痛苦的表情，儘管如此還是以下定決心的語氣說：「那麼，我就有話直說了……其實是有件事情想向你請教。」

「是什麼事呢？」

「是關於坂田校長的祕密。」

「……」

垣根嚇了一大跳。不過從他的態度看來，他應該知道久男所說的「坂田校長的祕密」是什麼。

「可以請你告訴我嗎？」

「……」

「你在接受警方調查的時候，不是說了什麼驚天動地的事嗎？」

「……」

「我有個當新聞記者的朋友呢！在這次的事件中，我以個人的身分接受了他的採訪，當時他跟我說了一件從跟他很熟的刑警口中聽來的事。只不過最重要的內容，就連他也還掌握不到。只知道校長被殺一案的背後，的確是有很充分的動機……而且坂田校長的確曾經犯下就算被殺也怨不得別人的罪行……」

「說到罪行，他在戰時就已經犯下嚴重的殺人罪了！」

久男一面安撫忿忿不平的芳郎，一面繼續問垣根：「就算警方不公布、就算你嘴巴閉得再緊，總有一天消息還是會流傳開來的。因為警方應該會針對那條線有所行動吧！一旦事情演變成那樣，再來採取什麼對策都已經太遲了也說不定。」

「山間老師……」

「是的。」

「我、我、我啊……」

「我並沒有要怪你的意思。」

「可、可是……我明明知、知道……校長先生……做、做了那樣的事……卻什麼忙也幫不上……真是太慚愧了……」

「校長做了什麼事？」

「……」

「他到底做了什麼？」

「校長先生他……他對學、學、學生……出、出、出……」

「出什麼？」

「出手了……」

久男先是瞠目結舌，然後壓低音量說道：「對學生出手……也就是說，坂田強暴了自己學校的女學生嗎？」

垣根肯定地點頭，多賀子幾乎快要尖叫起來了。就在這個時候——

「那、那是真、真的嗎？」

聽到香帶著驚人氣勢這麼一問，垣根再次點頭，就快哭出來了。

「你為什麼會知道這件事？」

針對芳郎這個問題，垣根的回答是：之前有幾個女學生常來事務員室玩，也不知道從什麼時候開始，突然覺得氣氛怪怪的，所以便問了她們很多問題，才慢慢察覺到居然發生了那麼可怕的事……

「從什麼時候開始的？被害者有多少人？」

「我、我不知道……」

儘管如此，久男還是鍥而不捨地繼續追問，終於明白這是發生在這一年的事。

「非、非常抱歉！」

垣根深深低下頭去，準備要直接跪下磕頭時，久男伸出雙手阻止了他。

「站在你的立場，的確是很難告發校長。」

「……」

「而且受到傷害的學生們，其實也都沒有說得很明確對吧？」

「是的……話雖如此，行為舉止變得很奇怪的孩子的確是愈來愈多了……所以我還是……」

多賀子心想，既然自己常常去事務員室串門子，要是他能跟自己商量的話就好了……不過她馬上又考慮到除了這裡以外，垣根似乎已經沒有別的地方可去的軟弱立場，心情就變得十分複雜。

「也就是說……警方已經把懷疑的眼光鎖定在被強暴的女學生們的家長身上了是嗎？」

「好像是這樣。」

「可是，如今坂田已死，到底被害人是誰不就搞不清楚了嗎……就連垣根先生也只是感覺到異樣的氣氛，從學生們的談話中察覺到這個可怕的事實……不是嗎？」

垣根軟弱無力地點頭。

「警方目前恐怕會以垣根先生的證詞為基礎，鎖定坂田下手的對象吧！不過這是不能大肆張揚的問題，所以可能得花上很長的時間也說不定呢！」久男陳述完自己的意見之後，又喃喃自語似的說道：「要是找不到犯人就好了……」

多賀子忍不住也同意這句話，不只是香和芳郎，就連垣根也抱持同樣的想法。

「總而言之，令人唾棄的存在消失在教育界了。五字小學尤其獲得了解放，我們應該還是要感到高興才對。」

久男如是說，似乎是在為坂田被殺一案畫下句點。

今後要在不影響到警方辦案的範圍內，儘可能幫助被坂田傷害過的學生——大家達成這樣的共識之後，當天的聚會便結束了。

在那之後，一直沒有嫌犯浮上檯面，一天、兩天、三天地過去了。隨著時間的流逝，學校裡看起來也似乎開始恢復平靜。

然而，只有多賀子一個人跟大家不一樣。當周圍逐漸回復到事件發生之前的生活時，她反而覺得自己一直被拉回案發當天。

不知道為什麼，就是有種惴惴不安的情緒，在腦海中逐漸擴散開來。

是因為隙魔的關係嗎？……

肯定是這樣沒錯。她並沒有把隙魔讓她看見的幻覺告訴警方，因為說了也沒有人會相信，搞不好還會讓自己的證詞受到懷疑。所以她只回答警方，自己是很尋常地把門打開，確認了門裡面的人事物。至今她仍認為自己沒有做錯，但就是覺得很不痛快，有塊沉甸甸的大石頭一直壓在胸口。

那個鬼影？……

沒錯，那不就是殺害坂田亮一的人的影子嗎？也就是校長被殺事件的兇手的影子……

可是，為什麼是鬼呢？

腦海中浮現出坂田在戰時打死了拿鉛筆當成角鬼的玩捉鬼遊戲的學生這件事。他那喪心病狂的過去，跟這次的事件有什麼關係嗎？

問題是，事到如今，也不可能再跟警方說幻覺的事。不僅不會被當一回事，可能還會落得妨礙調查的下場。

但就是放心不下……

最近幾乎是每天晚上，那不斷繞圈、令人毛骨悚然的捉鬼遊戲，都會一而再、再而三地浮現在她的腦海中，讓她徹夜難眠。

再這樣下去，會被隙魔殺掉的……

多賀子真的開始害怕了起來。

6

祖父江偲好奇得不得了。

刀城言耶結束民俗採訪的旅程，回到東京來了。但她沒高興太久，就發現他似乎不是很有精神。

大師發生什麼事了？

這次旅行最大的目的，是去採訪位於瀨戶內海的兜離浦上的「鳥坏島」，對此言耶明明已經期待很久了呀。出發去參觀島上拜殿裡所舉行的「鳥人儀式」時，他還興匆匆的。

兩年前，言耶曾收到他的學長，也就是庶民民俗學者阿武隈川烏寄來的信，上頭寫著「今年夏天會舉行那個儀式」。只不過那是錯誤的情報，使得滿心期待的他一下子就像洩了氣的皮球一樣。所以這次是求證再求證，做好萬全的準備之後才出發的。聽說，他想看的那個儀式真的如期舉行了。

不過，言耶說他在那座島上又遇到了不可思議的事件。巫女忽然從面對懸崖峭壁、沒有任何藏身之處的拜殿裡消失了。而且十八年前也發生過同樣的事件，當時就連前往島上拜訪的民俗學者和學生們也都消失了，這次好像又舊事重演……

如果說是理所當然，言耶可能會生氣，但他大概又像往常一樣，確實把事件解決了——這雖然只是祖父江偲的猜測，但是應該八九不離十。然而，言耶非但不肯告訴她事件的詳情，就連事情是怎麼解決的也隻字不提。

祖父江偲是負責發行推理小說專門雜誌《書齋的屍體》的怪想舍編輯，也是刀城言耶的責任編輯。言耶本身除了是以東城雅哉為筆名，撰寫怪奇幻想小說及變格推理小說的作家之外，還以收集兼顧興趣及實際利益的怪談為畢生職志，經常在全國各地旅行，也因此幾乎都不待在東京。

所以對於祖父江偲來說，在神保町的咖啡廳「石南花」跟言耶碰面（言耶說他很喜歡那裡的咖啡）的時間可說是非常珍貴。

「嗯。我也知道祖父江君很珍惜能在東京見到我的機會……可是，我一定非得跟那個叫作嘉納多賀子小姐的人見面不可嗎？」

刀城言耶露出一臉丈二金剛摸不著頭腦的表情問道，結果祖父江偲以幾乎要一掌拍在面前桌子上的兇猛氣勢說：「大師，人家剛才說的話你是都沒有在聽嗎？」

「有啊……我有在聽。」

每當祖父江偲以「人家」自稱的時候，肯定不會有好事發生。不是得意忘形，就是在生氣——只有這兩種可能性而已。

「人家可是為了讓無精打采的大師打起精神來，才想盡辦法找一些有奇妙體驗的人，結果就找到她了。」

「嗯……話說回來，我其實是不懂妳這麼做的理由……」

「這還用說嗎？我的目的當然是希望最喜歡收集怪談的大師在聽完這方面的體驗之後，可以打起精神來……這可是人家對大師一片體貼的心意，背地裡不知道為大師流了多少擔心的眼淚呢！」

「體貼的……心意嗎……而且還是背地裡的？……」

「對呀！不行嗎？」

「沒、沒有……」

「啊！她來了……」

一直望著店門口的祖父江偲，在丟下這句話的同時也站了起來，迅速上前迎接看來應該是嘉納多賀子的人物。

「真受不了……」

言耶逮住這個空檔，輕輕嘆了一口氣。

他知道祖父江偲是一番好意，但還是希望在突然跟對方見面之前至少能先跟他商量一下。不過這次光是沒要求他務必解決什麼奇怪的殺人事件，就已經要謝天謝地了。

言耶做好了心理準備，老老實實地等待祖父江偲把那個叫嘉納多賀子的女人帶過來。

「你好……」

在打招呼的時候，言耶的心裡悚然一驚。因為多賀子的臉看起來非常憔悴。

彷彿是已經有好幾天沒有睡覺了一樣……

難不成……這件事光是當一個奇妙體驗的聽眾是無法解決的？他的腦中閃過一絲不祥的預感。

東拉西扯地聊一些新聞時事之後，多賀子在祖父江偲的催促下，開始說起與名為「隙魔」的魔物有關的親身經歷。接著，奇想天外的話鋒一轉，發展成極為活生生、血淋淋的校長遇害事件……

「大師，兇手是誰？」

在多賀子長如裹腳布的故事終於講完同時，祖父江偲劈頭就問言耶這個問題。

「咦？……」

「你沒聽懂嗎？我是問你，誰是殺死坂田的兇手？」

「什麼？這跟一開始說好的不一樣吧！」

「你在說什麼呀！眼前有人丟來一個殺人事件的話題，怎麼可以厚著臉皮再推回去呢？」

「祖父江君，什麼叫厚著臉皮……再說，這件事跟我有什麼關係……」

「啊！還是說，畢竟不知道受害少女的身分，其監護人的相關情報也一無所知，所以就連大師也推理不出兇手是誰嗎？」

「不好意思。」

這個時候，多賀子突然低下頭去，開始道歉。

「吉川先生有跟我說，只要說隙魔的事就好了。不過他也偷偷告訴我，說是要聽這個故事的人，表面上是位作家，但其實私底下是很有名的偵探。所以我才會自作主張，想說連這次的事件也請教一下您的意見……」

「咦？咦咦？」

多賀子口中的吉川，大概是祖父江偲和多賀子之間的中間人吧！他可能也跟其他很多人接觸過。問題是，到底是哪個環節出了差錯，害他變成「有名的偵探」啦？

言耶滿腦子問號，改用比較溫和的詞彙來問多賀子。於是她說：「是的，昨天在電話裡，祖父江小姐說……」

「請等一下……」

「有什麼關係嘛！這不是也聽到隙魔的故事了嗎？」祖父江偲輕而易舉地就堵住了言耶的抗議，轉而對多賀子說：「在那之後，妳總覺得心神不寧，後來有好一點嗎？知道是什麼原因了嗎？」

「沒有，一直還是那個樣子……」

看見一面搖頭、一面低下頭去的多賀子，言耶難免有些同情。終於把想到的問題講了出來：「令妳在無意識中耿耿於懷的東西，會不會是門的縫隙呢？」

「什麼？門的……縫隙嗎？」

聽見言耶正中下懷的發言，祖父江偲暗自竊喜著。因為那是言耶對多賀子的話感興趣的證據，一旦出現這種反應，他就一定會對事件奉陪到底，肯定沒有閒工夫再垂頭喪氣了。

言耶一點也不知道祖父江偲內心的想法，繼續把話說下去。

「恐怕妳滿腦子都是隙魔的事吧？因此才沒有注意到案發當天那道不自然的縫隙。」

「什麼意思？」

「就我這麼一路聽下來，以富島香的性格來說，她待的值班室的門稍微打開一條縫是件很稀鬆平常的事。」

「是的。」

「就算真的是這樣好了，加上通往特別教室所在的獨棟校舍的門，和理科教室的門，就有三個縫隙，妳不覺得有些不自然嗎？」

「啊！說得也是。如果只有兩個的話，還可以說是巧合……」

「嗯。三個的話就會讓人覺得這其中是不是有哪一個是故意的。原本警方應該也會注意到這一點，可是她並沒有跟警方提到過隙魔的事，所以肯定是被解讀成是她打開門，對走廊和理科教室、值班室進行過確認。」

言耶回答完祖父江偲的問題，重新凝視著多賀子說道：

「我想請教妳一件事，關於看到隙魔的體驗，妳以前有跟那三位老師提過嗎？」

「有、有的……在我上任之後不知道第幾次去喝酒的時候，終於不小心……咦？您的意思是……」

「三人之中有人利用了妳的習慣，也就是眼前有縫隙就一定會去看的習慣，為自己製造出不在場證明。」

太好了！

祖父江偲忍不住在心裡歡呼了起來。當初讓言耶聽他最喜歡的怪談，的確是為了讓他打起精神來。但是當她得知怪談居然還牽涉到殺人事件時，心想這下子又有錢賺了，不禁喜上眉梢，可是又覺得這個事件似乎不太能吸引他。

沒想到言耶似乎已經察覺到校長遇害事件中兇手設下的圈套，真可以說是天上掉下來的禮物。

「怎麼會……」

多賀子與歡天喜地的祖父江偲恰恰相反，臉色變得十分蒼白。

「兇手就在那三個人裡面嗎……」

「如果可以的話，可以請妳針對那三個人的人格和個性再說得仔細一點嗎？」

「這……」

「嘉納小姐，既然妳人都來了……」

要是多賀子這時打退堂鼓可就麻煩了，所以祖父江偲連忙從後面推她一把，於是她便以欲言又止的語氣說：「山間老師是一位很有正義感，最討厭不公不義的事，非常認真的人。在所有科目中最喜歡理科，明明有很多學校不要說是器材了，就連理科教室都沒有，但是本校卻可以進行各式各樣的實驗，這全都是山間老師的功勞。」

「學生的風評呢？」

「我想大家都很尊敬他。只不過，對於孩子們來說，也許不是那麼容易親近的老師，但這是好的意思……」

「我懂了。那富島小姐呢？」

「她嘛……性格很潑辣。不過也因此黑白分明，黑就是黑，白就是白，沒有所謂的灰色地帶。只不過……小時候……其實感覺更陰險一點……」

「這麼說來，她也很受孩子們喜愛囉？」

「是的。她最拿手的科目是英語，當然在小學裡沒辦法教就是了。」

「聽起來是個很有意思的人呢！」

「和川老師是個很溫柔的人，和山間老師一樣，會花很多精神在準備教材上。」

「他和富島小姐不一樣，應該是受到另一群學生歡迎吧？」

「真要說的話，比較早熟、會一個人默默作畫的學生常常在下課之後跑去圖畫工作室。」

「原來如此。」

「話說回來，大師……」等多賀子介紹完那三個人之後，祖父江偲提出她從剛才就一直感到耿耿於懷的問題：「就算事先把門打開一條縫，也不能保證嘉納小姐一定會去看吧？」

「嘉納小姐說過，當輪到那兩位男老師值班的時候，她常常會代替他們進行晚上八點的巡邏。換句話說，兇手是可以預測得到的，只要在那之前把門打開一條縫，就會在將近八點的時候被她看到。」

「啊！說得也是。」

「可、可是，大家的不在場證明都很明確不是嗎？」

看得出來，多賀子雖然這麼說，但是就連她自己也不知道，到底該相信什麼才好了。

的。」

「的確是這樣沒錯。」祖父江偲也同意她的說法。「雖說山間久男只有背影，但還是被清楚地目擊到了。富島香雖然只有聲音而已，但聽得出來是英文的朗讀。和川芳郎雖然既沒有被看到背影、也沒有被聽見聲音，但是他的確把學生的作品都整理好了。」

「嗯。山間先生也提到過這點，而且和川先生的不在場證明的確是三個人裡面最有力的。」

「這句話是什麼意思？」

「八點過後，山間先生和富島小姐一個在理科教室、一個在值班室，是所謂點的不在場證明。但和川先生從七點半到八點左右之間都在走廊上收拾，也就是線的不在場證明。兩者的差異是很大的喔！」

「這麼說來……」多賀子似乎想起了什麼。「我是後來從刑警先生那裡聽來的，山間老師在七點四十五分的時候打算去找和川老師，好像有看到正在走廊上收拾的他，想說不好意思打擾他，就回理科教室了。」

「因為山間先生的證詞，和川先生的不在場證明可以說是完全成立了。」

「剩下的兩個人，哪一個才是兇手呢？」雖然迫不及待地追問，不過祖父江偲馬上不解地說：「可是大師，就算只是點的不在場證明，他們兩個也不可能往返於案發現場不是嗎？」

「是嗎？」

「可是……啊！可以騎腳踏車嘛！」

「要是騎腳踏車的話，一定會上氣不接下氣的吧？再加上又是往返於學校和坂田家之間，也很容易讓附近的人留下印象。更何況是平常沒有在騎腳踏車的人。」

「山間老師和富島老師都不會騎腳踏車。」

雖然壓低了聲線，不過多賀子還是斬釘截鐵地加以否定。
「既然如此，那這兩個人不就完全不可能犯案了嗎？」
「那就要看富島小姐八點的時候是不是真的在值班室了……」
「咦？不是有朗讀的聲音嗎……」
「她買了以教師的薪水來說過於昂貴的英語教材來學習，但如果那是錄音機的話呢……」
「所以她是把英語的朗讀錄在錄音帶裡囉！」
「七點二十分左右離開教職員室的她，把錄音機拿進值班室，開始放錄音帶，然後馬上前往坂田家。抵達的時間大概是四十分左右吧！在那裡和被害人扯了十幾分鐘，在五十分到八點之間將他殺害之後，再回到學校，出現在教職員室裡。」
「這不是很有可能嗎？」
「只不過，一個女人有辦法用桌上型時鐘從正面把被害人打死嗎……」
「如果是有什麼理由害她突然抓狂，要打死一個男人有什麼難的！」
「嗯，如果是妳的話……」
言耶只是在自言自語，但祖父江偲可是一個字都沒漏地聽了進去。
「你剛剛說什麼……是在說我嗎？」
「沒、沒、沒什麼……言歸正傳，她有殺人的動機嗎？她的確是對被害人有所不滿、感到憤怒，可是如果沒有什麼動機就突然轉成殺意的話，不是太奇怪了嗎？」
「說得也是呢！」
祖父江偲很輕易地就被他的話題帶開，所以言耶忍不住鬆了一口氣。
就在這個時候，多賀子的臉突然繃緊了。

「該不會，那個動機是……」

「沒錯，就是坂田對女學生犯下的卑劣又無恥的罪行。」

祖父江偲嚇了一跳。因為就算對方是殺人犯，言耶通常還是會稱男性為「先生」、稱女性為「小姐」。

「妳說山間先生是一位很有正義感，最討厭不公不義的事，非常認真的人。所以他得知被害人對戰時提倡的學校教育沒有任何反省之意後，肯定抱持著非常強烈的憤怒。」

「加上這次又發現校長居然幹出那麼豬狗不如的事……」

「一下子就轉變成殺意了。」

「可是大師，山間先生可不是聲音，是整個人都被目擊到了喔！」

「只有背影不是嗎？」

「你是說……那不是本人嗎？」

「是有這個可能性。」

「話雖如此……」

「嘉納小姐從門縫裡看到的理科教室前面非常昏暗。裡頭有個身穿白袍、個子矮小的男性背影背對她站著。那是他在做實驗的時候一定會做的打扮。只不過感覺上靜悄悄的，看起來似乎正在專心思考著什麼問題。」

「可是，有誰會代替他……」

「不一定是人類。」

「什麼……」

「只要把假髮戴在頭上，再把白袍披上，就可以用來當成替身的東西不就在教室裡嗎？」

「什麼東西？」

「人體模型……」

「啊……」

「山間先生知道，只要讓嘉納小姐看到打扮成那樣站在那裡的身影，她就絕對不會來打擾自己。所以他就變了一個用來騙三歲小孩也行得通的把戲。」

「山間老師他……」

一時語塞的多賀子以複雜的表情注視著言耶。

「只不過，身材矮小的他如果要毆打身高跟他一樣矮小的坂田，傷口應該會出現在額角，而不是頭頂上吧！因為不曉得這兩個人的正確身高，所以這個推理便有些薄弱……」

「身高或許是一樣的……」

「話說回來，他是怎麼知道坂田那些人神共憤的罪行的？」

「咦？……」

「除了事務員隱隱約約地察覺到之外，誰也沒發現坂田做的壞事。垣根先生之所以會起疑心，也是從被害學生的言行舉止中觀察出來的。換句話說，只要她們自己不說，他應該是不會知道坂田的所作所為。更何況山間先生雖然受到學生的尊敬，卻散發出一股難以親近的氛圍。」

「如果他不知道的話，不就沒有動機了嗎……」

「就是說啊！」

言耶接在祖父江偲的後面繼續說道。

「這麼一來，既有動機和機會，而且不在場證明事實上也還不夠明確的人物，就只剩下一個人了……」

「誰？」

「事務員垣根。」

「什麼?!」

「怎麼可能……」

祖父江偲發出錯愕的驚叫聲，多賀子則是死都不肯相信似的大大搖頭。

「垣根先生既然長得瘦瘦高高，不是很有可能把兇器砸在坂田的頭頂上嗎？」

「那個人可是個老人耶……怎麼可以打得死校長……」

「實在很難想像呢！」

「咦……」

言耶十分乾脆地點頭。

「而且他也有無法殺害坂田的理由。對於從戰前就開始在學校裡工作的他來說，校長的存在是無可動搖的。所以即使懷疑學生們受到禽獸般的對待，也不敢告發校長。要是他有殺害校長的勇氣，早就在那之前把校長的罪行公諸於世了吧！」

「說、說得也是呢！」

多賀子的臉上浮現出目瞪口呆的表情。另一方面，祖父江偲則是一臉不耐煩的樣子。

「大師，你也識相點吧。你其實早就已經看穿事件的真相了吧？」

「竟然說『識相點』……祖父江君……我說妳啊……」

「怎樣？」

「沒、沒怎樣……既然如此，最有可能從學生們口中問出這件事的人，妳猜是誰？」

「很受歡迎的富島小姐？」

「不對。從她的性格來看，喜歡她的應該主要都是男學生吧！縱使有女學生，恐怕也不會跟她說這麼嚴重的事。」

多賀子馬上就幫他背書了。

「您說得沒錯。」

「反而是比較早熟、會一個人默默作畫的學生常常在下課之後跑去圖畫工作室找他的和川先生比較適合吧！」

「他嗎……」

「如果是和川先生的話，個子也夠高，足以打破坂田的頭。而且據我猜測，他可能還有其他更大的動機。」

「什麼動機？」

「替那個在戰時被坂田打死的男學生報仇。」

「……為什麼？」

「接下來完全是我的推測。那個學生說不定是他的親戚，例如年紀差很多的哥哥之類的。」

「也就是說，在和川先生的內心深處一直存在著對坂田的殺意。當他知道自己的學生被坂田強暴的時候，那股殺意就一口氣浮上檯面了？」

「嗯。正因為如此，他才會讓嘉納小姐看見一個很像鬼的影子正在追逐另一個很像坂田的人影喔！那個鬼影就是用來代表被坂田殺死的男學生。」

「請、請等一下！」

祖父江偲驚慌了起來，一旁的多賀子也露出驚訝的表情。

「讓她看見很像鬼的影子……也就是說，那並不是嘉納小姐的幻覺囉？」
「不是，是和川先生變的把戲喔！」
「他為什麼要這麼做？」
「從嘉納小姐說的話聽起來，在這之前的幻覺裡全都會出現跟她有關的人，而且還清楚得就像是看見本人一樣。別說是人影了，就連妖魔鬼怪、異形之類的東西都一次也沒有出現過。換句話說，這個幻覺實在太可疑了。」
「就算是這樣好了，他又是怎麼辦到的？」
「我想可能是利用走馬燈的原理。」
「啊！在課堂上有提到過……」
「所以那兩個影子才會一直繞圈。」
「可是，為什麼要做這種事呢？」
「當然是因為如果不讓嘉納小姐看見隙魔的幻覺，她可能會把門打開也說不定啊！」
「咦？……」
「這就是最大的理由了。只是，他也有可能是利用這種方式來表達自己接下來的犯罪其實是有很正當的理由……」
「我問的不是這個啦！大師。我是問就算嘉納小姐把門打開，那又怎樣？」
「學生的作品還留在走廊上的事實就會曝光了。」
「可是，那個時候走廊上的確已經什麼都沒有了啊！」
多賀子扯著嗓子強調，然而言耶卻只是搖搖頭。
「妳從縫隙裡看到的其實只是利用遠近法畫成的大張圖畫罷了。」

「……」

「在中學時代也加入過美術社的他，當時就已經為話劇社的舞台布景描繪過非常精緻的景片，還因為太過於寫實，就連擔任顧問的老師也被嚇得目瞪口呆。要畫出在除了走馬燈的蠟燭以外就沒有其他光源的走廊、讓從門縫裡窺看的人產生錯覺的畫，對他而言應該不是一件太難的事吧？」

「騙人……」

「我猜他恐怕只有收拾好門口到一、兩公尺遠的地方，接下來就用一幅巨大的畫塞滿，讓妳產生全部的學生作品都已經被拿下來的錯覺。原本只要這麼做就夠了，但是我剛才也說過了，如果不讓妳看見幻覺的話，門可能會被打開。想了半天只好出此下策，也就是讓妳看見宛如犯罪預告一般的光景。」

「那個奇妙的光景是……」

「沒錯。妳之所以會看見中途天花板和兩旁的牆壁、地板像是互相融合，走廊扭曲成平面的樣子……是因為那的確就是一張平面的畫。因為是走馬燈在一大張畫的後面發出光芒，畫布同時也要扮演螢幕的角色，所以才會形成那種異樣的空間。」

「……」

「他可以說是下了一著險棋呢！走馬燈可能會讓想要呈現出立體感的畫露出馬腳，可是如果不讓妳看到一些幻覺的話，又擔心妳會把門打開，走到走廊上來。因此無論如何都要動一點手腳。我想他在值大夜班的夜裡，肯定曾把畫和走馬燈的位置前後移動過無數次，拚命設法找出從門縫裡看起來最幾可亂真的地點。」

「嗯……如果以時間的經過來說的話……大師，麻煩幫忙整理一下。」

三兩下就放棄自己動腦的祖父江偲，又把問題丟給言耶。

「和川先生在七點十分左右的時候離開辦公室。然後嘉納小姐在七點半前往圖畫工作室，這時學生們的作品都還在走廊上。」

多賀子一言不發地點頭。

「再問一下，和川先生是不是事前有先跟妳說過，請妳大約七點半的時候過來幫忙？」

「是的……」

「那是為了要讓妳看到走廊上的樣子，他本來就打算隨便找個理由把妳打發走。仔細想想就知道了，就算妳之後還要幫忙巡邏，距離巡邏時間的八點也還有三十分鐘的時間，因為這個理由拒絕實在有點說不過去呢！」

「經您這麼一說……」

「因為特別教室位於獨棟校舍，所以也不用擔心進出的時候會被別人發現。就算他在四十五分的時候抵達坂田家、五十分犯下罪行、八點五分回來，距離他出現在教職員室的八點十五分到二十分之間，也還有十到十五分鐘的空檔。他之所以要自己過去，也是為了避免讓你們去叫他。」

「否則那幅畫就會穿幫了……」

「沒錯。話說回來，坂田夫人去學才藝的事在學校裡似乎也很有名呢！」

「是的。」

「所以和川先生就算知道夫人那天幾點會回家也絕不奇怪。」

「所以才做出那樣的不在場證明……」

「七點半先讓妳確認一下走廊、八點之後再讓妳窺看同一條走廊，坂田夫人回到家、發現丈夫的屍體則是在八點的時候……他是先掌握了這三個時間，才開始想要怎麼製作不在場證明的。」

「可是學生們的作品是真的都收起來了……」

「那是當天晚上才收的。他不是自告奮勇代替山間老師值班嗎？時間充裕得很。」

「啊！可是大師……山間先生不是說他在七點四十五分左右想去找和川先生，結果看到他正在走廊上收東西嗎？」

「那是偽證喔！」

「為、為什麼要幫他做偽證？」

「山間先生跟和川先生上的是同一所國民學校。他或許早就知道坂田在戰時所殺害的那個男學生就是和川先生的親人。只是事到如今才想要報仇也很奇怪，所以他一開始並沒有起疑。然而，隨著坂田禽獸不如的惡行浮上檯面，他對和川先生的懷疑或許也就逐漸地在腦海中成形了。」

「所以就想要包庇他嗎……」

「一開始他並沒有說出這樣的證詞，這是第一個疑點。再加上七點二十五分才離開辦公室，前往理科教室認真地思考教學內容的山間先生，突然在四十五分這種不上不下的時間想要去找和川先生，妳不覺得很不自然嗎？」

「這麼說也是……」

在祖父江偲去幫三個人的咖啡續杯之間，誰也沒有開口。

言耶靜靜地品味新送來的咖啡，並呼出一口氣之後說：「像這樣被隙魔的手法利用，對妳來說……」

「沒關係，那已經不重要了。」多賀子回答的語氣雖然低沉，但卻是非常堅定的。「比起那點，我……」

「我想警方遲早也會注意到的。」

「咦？……」

「目前警方可能想要找出被害學生的家長也說不定，但如果一直不能鎖定嫌犯，遲早還是會把調查重點放回學校內部的。一旦知道妳的目擊證詞全都是從門縫裡看到的話就更不用說了。」

「……」

「妳不妨先跟山間先生商量一下，然後再跟和川先生聊聊如何？當然，如果可以借重富島小姐的力量，也可以試試看……」

有很長的一段時間，多賀子一直低著頭，如今終於抬起頭來，像是下定了決心。

「好的，我會的。真的是非常謝謝您。」

多賀子又深深低下頭去，然後就這樣告辭了。

「怎麼覺得比起被害人，你更同情這起事件的兇手啊！」

完蛋了……話才剛說出口，祖父江偲就後悔了。原本是要替言耶加油打氣設的局，眼看著就快要前功盡棄了，實在犯不著再補上這一箭。

得趕快說點什麼好聽的話才行……她雖然絞盡腦汁卻一句好話也想不出來。

「啊……我想起來了！」

這時她忽然想起寄到怪想舍編輯部的那張奇怪的明信片。只要把那張明信片給他看，或許又可以激起言耶的好奇心也說不定。所以她連忙從皮包裡把明信片拿出來交給言耶。

「事實上，編輯部收到一張很奇怪的明信片……」

「嗯？」

那是一張很普通的標準明信片，正面寫著怪想舍的地址和「編輯部轉交　刀城言耶大師」，完全沒有寄件人的名字。翻過來背面是……

「這、這是……」

也難怪言耶會大吃一驚了。

在雪白的明信片背面，只描繪著一座看起來像是汪洋中的孤島，和兩隻從小島上飛起的鳥，除此之外什麼都沒有。

然而不知道為什麼，言耶微笑了。自從民俗採訪的旅行回來之後就不曾出現在他臉上的笑容，如今又映入祖父江偲的眼簾。

「大師，那是……」

那是什麼？……她把這個問題吞了回去。

管它是什麼。只要能讓大師打起精神來就好。

因為祖父江偲期待的只有一件事，那就是刀城言耶能恢復原本的開朗……

如密室牢籠之物

第一章　異人

繼母真的是人類嗎……

巖的心裡之所以會出現這種令人難以置信又可怕的懷疑，其實並沒有什麼特別的理由。

在距今剛好一年前，她在豬丸家待了一陣子，一個月後重新嫁進這個家裡，成了父親岩男的第三任妻子。從那之後一直到今天，他始終覺得有她在的日常生活有點不太對勁。只不過，她的那些言行舉止倒也還算不上離人類太遠就是了。

當然，讓狐狗狸大人透過她傳達各種指示，不是任何人都辦得到的。但若只是從事同樣行為的祈禱師，應該隨便找都可以找得出一堆。

不是這樣的……不只是這個問題……

她是在更根本的地方、更核心的部分，散發出一種非人感。他在繼母身上感覺到一股人絕對不會有的氛圍。

是從什麼時候開始的呢？……

如今回頭想想，似乎在第一次見面的時候，他就已經產生這股膽顫心驚的懷疑了。又或許是在與繼母朝夕相處的日常生活中，那種膽顫心驚的不安才慢慢在他心裡滋長。

但不管再怎麼說，至少在一年前的三月下旬，在**那裡**看到她的那一瞬間起，他就已經開始懷疑了……

那天傍晚，巖正在找同父異母的弟弟月代。月代平常多半都是一個人在家裡玩，外出的時候一定黏在奶媽染的身邊，可是那天屋子裡卻到處都找不到他的人影。

「糟了！少爺。小少爺不見了！剛才明明還在緣廊㉝上玩的，突然不知道跑到哪裡去了……求你行行好，幫我找一下小少爺。」

染至今仍稱巖為「少爺」，在第三者面前則稱他為「大少爺」、月代為「小少爺」。

「不要再叫我少爺了，我都已經十歲了。」

巖不知道抗議過多少次，可是染完全沒聽進去，不僅如此——

「你在說什麼啊！每個小學生看起來都是少爺呀。」

看樣子她似乎還打算至少再叫個兩年，讓巖有些無力。

只不過眼下可不是跟她抱怨這個的時候。從小就很聽話、非常怕生，還有些體弱多病的月代應該不太可能一個人跑出去玩，既然如此，在家裡到處都找不到他的話就有點不正常了。

事情一旦牽扯到小少爺，會變得狼狽也不是沒有道理的，即使她原本就有小題大作的性格。

「我去外面和院子裡找找看，染嫂妳就再把屋子裡……包含店鋪那邊仔細檢查一遍吧！」

「我、我知道了。」

像這種時候，染就會變得非常老實，把巖當成是個可以獨當一面的男人、豬丸家的長男。

「不可以跟徹太郎伯父說喔！因為他肯定會把事情鬧大的。」

川村徹太郎是月代的伯父，住在豬丸家裡。沒有固定的工作，整天遊手好閒，偶爾幫父親

㉝屋簷下的走廊。

做點事，拿點零花錢，只是那些錢似乎全都拿去賭博了。套一句染的形容詞：「那傢伙只是個地痞流氓罷了。」

除了向父親伸手要錢，若要說他對豬丸家還有什麼感興趣的對象，就是月代了。只要是跟這個外甥有關的事，無論是什麼事他都要來湊上一腳，煩不勝煩。

巖從玄關出去，在轉角處往右轉，順著石板路往前走，把頭伸出冠木門㉞外，將門前的馬路看過一遍。

果然不在外面呢！

在他們家的產業「豬丸當舖」前的北邊馬路上林立著各式各樣的商店，因此人潮也很多，月代應該不可能跑到這麼熱鬧的地方來。

這麼說來，就只剩三個院子的其中之一了……

巖從門口轉身，沿著來時路往回走，讓視線越過左手邊的圍牆，望向「前院」。只不過月代幾乎從來沒在這個從大馬路上就看得到的院子裡玩耍過。果然，到處都見不著他的人影，反而只看到巖的伯父小松納敏之站在那裡。

再套用一句染的形容詞，伯父是個落魄的文人。所謂落魄的文人，指的是只會寫一些賣不出去的小說，所以出版社也不願意幫他出書，沒辦法只好自費出版，但果然還是賣不好的人。儘管如此，他還是自比為大作家，只會虛張聲勢。會這麼稱呼他也可能是因為，他明明都已經三十多歲快四十了，看起來還是一副書生樣。

這樣的人當然是把生活過得亂七八糟，只能靠跟周圍的人借錢來勉強餬口，但是又還不出錢來，如此惡性循環下去，最後只能一個人孤零零地死在路旁。雖然比徹太郎稍好一點，但自尊心莫名強烈的他，反而更難相處……染苛刻地做出了這樣結論。

常聽人家說，作家沒拿過比筆還重的東西，伯父這點倒是挺像個作家，單薄的身子骨給人弱不禁風的感覺。跟雖然矮小，但身材十分結實的徹太郎剛好相反。

還好，對本人來說還是有個好消息，那就是他有個很照顧哥哥的妹妹，也就是巖的母親。這點徹太郎也一樣，因為月代的母親也是很照顧他。所以敏之和徹太郎就雙雙住進妹夫家裡，而且從此賴著不走。

如今，母親和繼母都已經去世了，父親居然還願意收留他們，這點也令巖覺得不可思議。難道是因為那兩個伯父看起來雖然那副德行，其實對店裡的生意還是有幫助呢？還是因為死去的兩任妻子生前都向父親說過「我哥哥就拜託你了」，所以父親覺得必須要信守承諾？

總而言之，巖不只對跟自己沒有血緣關係的徹太郎很感冒，就連對親伯父也一樣，所以他想趁自己還沒被發現的時候趕快離開，只可惜馬上就被叫住了。

「怎麼了？」

「你有看到小月嗎？」

「他不是在屋子裡嗎？」

「那是什麼時候的事情？」

「下午……大概兩點左右吧！怎麼了？他不見了嗎？」

伯父的語氣聽起來彷彿很期待月代不見似的。

「我想一定是在『中庭』裡。」

「啊！說得也是。不過在找到他之前，最好不要告訴徹太郎君他那個寶貝得不得了的外甥不見了喔！否則他可是會搞得雞飛狗跳的呢！真是的，不就是個吃閒飯的人嗎？還自以為是那個孩子的監護人。」

這麼說別人的伯父其實也跟川村徹太郎一樣，是賴在豬丸家白吃白住的人。雖然沒有徹太郎那麼嚴重，但也還是密切留意著身為外甥的一舉一動，這點其實也跟徹太郎半斤八兩。

「還有啊……」

「如果你有看到他，麻煩通知染嫂一聲。」

巖明知對方還有話要跟他說，卻裝作不知道，轉身回屋子裡。

沿著走廊往東走，然後直接從緣廊下到中庭。這裡剛好是儲藏室的後面。儲藏室坐落於庫房以南，庫房則蓋在店鋪的正後方。

咦？也不在這裡。

就連長在院子角落裡的巨大橡樹後面都找遍了，還是不見月代的人影。巖還以為他一定是在這邊玩，沒想到居然猜錯了，害他一下子沒了主意。

他還不可能爬到這棵樹上去吧！

巖還記得明明也沒有人教他，可是不知道從什麼時候開始，自己就會開始爬到橡樹上玩。他記得那個時候月代也在，不過月代畢竟年紀還小，應該還爬不上去。

接著打開圍牆上通往中庭東側的木門，看了一下和隔壁鄰居中間的那條路，依舊不見月代的人影。

如果不在這裡的話，接下來就只剩「後院」了……

位於店鋪、庫房、儲藏室三個相接房間西側的，是豬丸家由南向北延伸的木造主屋。只不過就構造而言，以中庭為界的房子前半部是會客室和客廳，所以被視為店鋪的一部分。相對的，與中庭平行的後半部則相當於所謂的住家部分。

主屋以南、中庭繼續往西延伸的那一塊區域就是後院。話雖如此，和經過空間設計、光線充足的「前院」及「中庭」比起來，只有一片空地的「後院」不只殺風景，而且在其南側還有味噌倉庫、醬油倉庫、酒倉庫等三間大倉庫，所以總是彌漫著一股陰森森的昏暗氣息。

再加上倉庫後面就是一大片鬱鬱蒼蒼的雜木林，雜草帶著一股壓迫感，彷彿就要長到三個倉庫之間了，和前面人聲鼎沸的店舖比起來可以說是天壤之別，所以總是籠罩在靜寂清冷的氛圍裡。

由子繼母曾經非常討厭後院。

由子是岩男的第二任妻子，也是月代的母親、徹太郎的妹妹。或許因為原本是藝妓的關係，特別喜歡華麗的東西，也特別討厭陰森森的東西，這點就連巖也印象深刻。

年紀尚幼的月代，雖然還不能理解母親的好惡，但是自從他懂事以來，也不曾自己跑到後院裡去。

可是，既然沒有在中庭裡，那就肯定是在後院了。

啊！該不會是跟徹太郎先生……

他可能又把月代偷偷帶到沒人的地方，跟他講一些沒安好心的話了。

一思及此，巖趕緊加快腳步。萬一月代真是被那個不懷好意的伯父帶走，就得趕快把他救出來才行。

然而他也不在後院裡。換作是其他的小孩，可能會闖進三個倉庫之間的雜木林，但他是不會這麼做的。

什麼嘛！會不會是染嫂搞錯了，他根本就還在家裡？

豬丸家平面圖

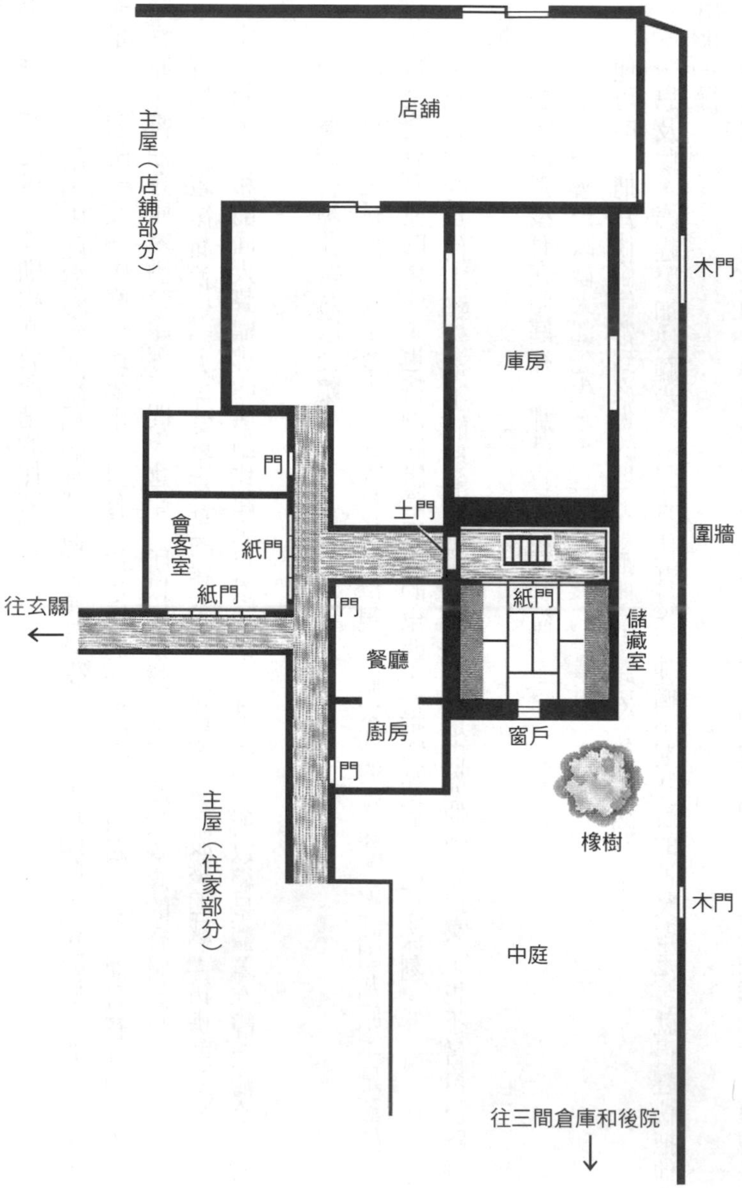
店舖
主屋（店舖部分）
木門
庫房
門
土門
會客室
紙門
紙門
往玄關
紙門
門
儲藏室
餐廳
廚房
窗戶
門
圍牆
橡樹
主屋（住家部分）
木門
中庭
往三間倉庫和後院

心裡雖然這麼想，但是巖馬上又想起另一個可能性。月代最喜歡以前由子彈三味線、詠俳句、把漂亮的和服拿出來欣賞的儲藏室。只不過從一年前開始，那裡已經變成封閉不開的房間了。

那孩子到底跑到哪裡去了呢？

腦海中雖然浮現出神隱㉟這個名詞，但他可從來沒聽過在家裡遭到神隱的孩子。還是其實是有這樣的例子，只是他不知道而已？

接近黃昏時分的後院愈來愈昏暗了，就在一股筆墨難以形容的不安密密實實地把巖籠罩起來的時候——

卡沙卡沙……

聲音是從後面傳來的，而且聽起來就像是**某種東西**正撥開草叢的聲音。

巖反射動作地回頭，往三個倉庫之間的縫隙裡定睛一看，發現**有個東西**正從右端的味噌倉庫和正中央的醬油倉庫之間茂盛的草叢裡往這邊靠近過來。

看在巖的眼中，**那個東西**就跟怪物一樣……

「咿！！……」

他明明是打算要尖叫的，但是聲音卻發不出來。明明是想要逃跑的，但是雙腿卻不聽使喚，只能一動也不動地呆站在原地。

過了一會兒……

那個東西離開草叢，正要開始往這邊前進的時候，他終於知道怪物的真面目了。

㉟意指神祕的失蹤。

是鬼婆！

被抓到的話會被吃掉……他雖然馬上想起這個恐怖的傳說，但身體還是動彈不得。就在這個時候，像是鬼婆的怪物確確實實地往這邊靠近了。而且在她的兩側還跟著好幾條蛇。

一旦等她進到院子裡，再想要逃就太遲了。

巖領悟到這點跟鬼婆從倉庫的陰影現身，幾乎是同一時間的事。

啊……

這時，他終於想到**那個東西**或許是人類也說不定。而且還很意外地是個看起來很年輕的女性。

他只能用猜測的，是因為對方的外表所致。亂七八糟的頭髮、彷彿塗上一層煤灰似的髒兮兮的臉、已經破爛到無法分辨原來顏色的衣服和同樣襤褸的草鞋……這樣的容貌和打扮，比偶爾在路上看到的乞丐還要誇張。

咦？……

原本應該在她兩旁的蛇，不知道什麼時候消失了。

「請、請等一下。」他打算請染準備一些食物和衣服。「我馬上回來。」

就在巖轉身的時候，突然從女子身後冒出個東西來。

什麼？……

雖然又被嚇了一跳，不過在發現那是個小孩之後就放心了。然而，他也只放了一下子的心，因為他發現那個孩子就是月代之後，差點沒嚇得魂飛魄散。

「怎、怎麼會？……」

他忍不住問月代，但月代卻只是露出一臉怔忡的表情，一句話也不說。那個樣子簡直像是三魂丟了七魄一般，巖又開始感到心裡不踏實了起來。

就在這個時候，染終於也找到後院來，事情自此變得一發不可收拾。因為她誤以為月代被來路不明的乞丐婆抓住了……

巖連忙說明狀況，再加上染向女子逼問事情的來龍去脈，這才知道原來是她把在雜木林裡迷路的月代給帶回來的。

這下子染的態度突然急轉彎，先是捧來了裝有熱水的臉盆和舊衣服，還讓她進入搭建在後院裡放東西的小倉庫，不僅幫她擦身體，還幫她換衣服，最後甚至還讓她從主屋南端的後門進到沒鋪地板的小房間裡，給她一點東西吃。

過程中，月代沒有離開女子身邊半步。既不是因為喜歡她、也不是想要跟她撒嬌、更沒有什麼特別親暱的感覺，可是他卻一直黏著她。

被迷惑住了嗎？……

巖的腦海中突然閃過這個念頭。在雜木林裡到底發生了什麼事？……光是想到這個，不知道為什麼兩條手臂就開始起雞皮疙瘩。

然而，染卻完全沒有注意到月代不太對勁的態度，反而熱情地招呼女子，一直問她一堆問題。

「妳是打哪兒來的？」

「一個人嗎？沒有人陪妳嗎？」

「在這裡可有認識的人？」

「一路上肯定吃了很多苦吧？」

然而女子卻一句話也不說，只是一副茫然的表情，看起來像是完全不明白染在說什麼的樣子。

當染問起她的名字的時候，女子終於輕聲細語地開口：

「我叫葦子……葦是蘆葦的葦……」

剛好就在這個時候，父親岩男意外地出現了。平常這個時間他應該都在前面的店鋪裡才對，而且他也很少會走到後面的廚房來。

面對父親沉默的質詢，染開始把事情娓娓道來。

只是，這時巖已經確定，父親一定會命令染讓這名女子在豬丸家住下。關鍵在於名字。巖的母親叫「好子」、月代的母親叫「由子」，而這個女子自稱「葦子」㊱。當然這只不過是偶然的巧合，但是父親的確有他偏執的地方，肯定不會放過這個意外的巧合。

父親把染叫了過去，在她耳邊說了些話，在這個過程中還一直偷偷地打量著葦子。

另一方面，可能是父親的命令太過於意外，染一時半刻說不出話來。

「……遵命。」

過了好一會兒才終於低頭領命。

父親到底對染下了什麼命令，在當天晚飯的餐桌上就揭曉了。

葦子似乎洗過澡了，不只洗淨滿身的汗垢，還化上淡淡的妝，就連身上穿的美麗和服也是由子生前視若珍寶的和服裡最好的一件。化妝及和服的穿戴或許是由染幫忙的也說不定，但是想也知道，肯定是完全遵照父親的指示。

「這真是……」

「太美了……」

設置於主屋前半部的西式餐廳裡，早已在餐桌前就座的小松納敏之和川村徹太郎幾乎同時發出讚嘆的聲音。

巖雖然沒有表現出來，但心裡其實比他們兩個還要震驚。那個看起來髒兮兮又一臉窮酸樣的乞丐婆，居然可以打扮得判若兩人，完全超乎他的想像。

「別理他們，這邊坐……」

只有坐在上位的父親一個人情緒高漲，要求她在自己右手邊的位子坐下。

附帶一提，那裡一直到昨夜都還是巖的位子。至於父親左手邊的位子，當然是給月代坐的。然後巖的旁邊是敏之、月代的旁邊是徹太郎。

如今因為父親的命令，所有人都移動了一個位子。座位的順序變成上位是岩男，他的右手邊是葦子、左手邊是巖、葦子的旁邊是月代、月代的前面是空位、然後旁邊是徹太郎、對面則是敏之。

父親早就知道她的美了……

巖看到葦子宛如脫胎換骨的樣貌之後，明白了這點。

即使用熱水洗過臉，也把破破爛爛的衣服換掉，葦子看起來還是一個乞丐婆。但父親恐怕當場就一眼看穿，在那麼不堪入目的外表底下，其實藏著一個如花似玉的美人。

葦子看起來雖然只有二十出頭，但從她稚嫩的五官絕對想像不到，她竟然有副令男人心癢難耐的肉感身材。證據就是敏之和徹太郎似乎沒有辦法把視線從她的身上移開，只不過前者的目光略有顧忌、閃閃爍爍；後者則是明目張膽、肆無忌憚。

當大家開始享用染送上來的晚餐時，敏之和徹太郎皆積極地沒話找話說。

㉚好子、由子、葦子這三個名字的日文發音皆為よしこ。

「妳是哪個國家的人？」
「為什麼會來到這個城市？」
「妳家裡是做什麼的？」
「為什麼會出現在後面的雜木林裡？」
「妳有父母或者是兄弟姊妹等家人嗎？」
「妳打算要去哪裡？」
雖然兩位伯父輪流把這些問題問了個遍，但葦子只是從頭到尾一臉的茫然，還是一樣一句話也不說。
父親沉默地看著他們三個人的樣子好一會兒，突然定睛地盯著她的臉問道：「妳該不會是失去記憶了吧？」
葦子慢慢點了點頭……那模樣宛如孩子般地楚楚可憐，就連巖也忍不住被激發出幾分父性本能。
「完全想不起來嗎？自己的名字和故鄉總記得吧？」
「真的什麼都想不起來了嗎？」
或許是不能接受這樣的說法吧！敏之和徹太郎還在繼續追問。這時父親就像頒布聖旨似的說：「葦子小姐的話題就到這裡為止吧！」
於是兩位伯父同時閉上了嘴巴。
「話說回來，妳是在什麼樣的情況下發現這孩子的？」
儘管如此，徹太郎還是對葦子找到月代的過程很有興趣……不對，毋寧說是還有什麼放心不下的地方，所以又繼續追問下去。

「他迷路了。」

「在自己家後面的雜木林裡嗎？」

當然，月代從來不曾踏進那片雜木林，所以就算真的迷路也無可厚非，不過她並不知道這件事。那麼，她為什麼會知道眼前的孩子迷路了呢？關於這點，巖也覺得不可思議。

「他當時在哭嗎？」

葦子搖搖頭。

「還是在叫人呢？」

繼續搖頭。

「還是不知所措地呆站在那裡呢？」

葦子還是搖頭。

「那麼，妳到底是怎麼……」

「因為他迷路了……」

「我就是在問妳怎麼知道他迷路了呀？」

「因為他就是迷路了……」

「……」

兩隻眼睛瞪得大大的徹太郎仰天長嘆，用右手的食指敲敲自己頭，似乎不知道該拿她怎麼辦。

他可能是想說：這女人不要緊吧？腦袋瓜子是不是壞掉啦？

「月代君，你是一個人進後院的嗎？」

聽敏之這麼一問，月代的表情雖然不是很有自信，但是仍舊微微地點了點頭。

「然後又一個人進了後面的雜木林嗎？」

月代又微微地點頭。

「可是你以前不是很討厭去後院嗎？」徹太郎立刻插嘴說：「你不是說那三間倉庫很可怕、從倉庫間看到的草叢和對面的雜木林很恐怖，所以一直很討厭後院嗎？」

「……」

徹太郎直盯著閉上嘴巴、低頭不語的月代，突然改用安撫的語氣說：「不要害怕，一切都有伯父在呢！而且大家也都在這裡，根本沒有什麼好害怕的。說吧！到底發生什麼事了？其實是有人要把你帶走對吧？剛好那時候巖哥哥出現救了你，對吧？」

不用說也知道，那個人指的就是葦子。

「請問義兄，您到底想說什麼呢？」

用詞遣字雖然很有禮貌，不過父親肯定覺得不高興了。

「沒有什麼……只是你不覺得怪怪的嗎？」

對於川村徹太郎來說，岩男雖然是妹婿，但是論年齡，其實是三十多歲的徹太郎比較小；這點小松納敏之也是一樣的。只是相較於敏之不管對誰都是畢恭畢敬地說話，徹太郎就顯得粗魯無禮多了。只不過礙於自己寄人籬下的身分，在豬丸家也只有對父親講話是比較有分寸的。

「不就是這孩子跑進平常絕對不會靠近的後院裡的雜木林裡，迷了路嗎……」

「就算真的是這樣好了，為什麼她會……」

「如果不搞清楚這個女人是誰？從哪裡來的？為什麼會出現在豬丸家……」

「她失去記憶了嘛！這也是沒辦法的事。」

「到底發生什麼事會讓人失去記憶呢？……光是想到這一點就已經夠恐怖的了。」

「太可笑了！」

「這一點也不好笑……」

「總而言之，她現在是豬丸家的客人。」

就在兩人爭執不休的時候，葦子本人彷彿不能理解對話內容似的，臉上浮現出曖昧不明的表情。

「巖，你告訴徹太郎先生，你是怎麼找到月代和葦子小姐的吧。」

這時父親突然這麼說。可能是想藉由他的話堵住徹太郎的嘴，讓他不再懷疑葦子有拐走月代的念頭吧！

一切正如父親所料，在聽完巖的話之後，徹太郎閉上嘴巴，終於沉默了下來。

反而是敏之又確認似的問了一句：「你的意思是說，是她先從倉庫間的草叢裡走出來，然後才是月代君嗎？」

「是的……」

「這不就表示是葦子小姐把月代從後面的雜木林裡帶出來的嗎？」

父親以「這下你沒話說了吧！」的表情瞥了徹太郎一眼之後，對葦子露出一個笑容。

在那之後幾乎是父親一個人的獨腳戲，主要是把豬丸家的歷史和家業介紹給葦子聽。

敏之和徹太郎捺著性子聽父親講那些他們已經聽過無數次的話。敏之會在各個重要的地方加油添醋，用附和的語氣把父親捧得高高的，徹太郎則像先前那樣一臉不高興，由始至終都用充滿懷疑的眼神注視著葦子。

至於葦子本人，從她的表情完全看不出她到底聽不聽得懂父親所說的內容。但她始終側著頭面向父親的方向，所以看在岩男眼裡應該是個專注聆聽的聽眾。再加上她曖昧不明的表情也一直散發出一股難以言喻的性感魅力，不光是父親，肯定就連兩位伯父也都受到了她的影響。

然而，巖卻漸漸開始覺得不太對勁。起初他也不知道是什麼東西不太對勁。父親自吹自擂、敏之和徹太郎在一旁敲邊鼓的畫面在這之前已經看到不想看了。今晚只不過是再加上一個葦子，跟平常並沒有什麼太大的差別。而且她從頭到尾都扮演著聽眾的角色，幾乎可以說是完全沒有開過金口。

就在這個時候，葦子突然往自己的方向瞥了一眼。雖然只有一瞬間，但他和葦子的眼神確實對上了。

這時巖終於知道是什麼東西不太對勁了。背上突然竄過一陣惡寒，一把冷汗沿著背脊涔涔地直往下流。

她其實都知道？……

她其實非常清楚自己是什麼人？從哪裡來的？是為什麼而來的？如今又處在什麼樣的立場上？茫然的表情其實只是偽裝。

瞥了巖一眼的雙眸深處，明確地閃爍著智慧的光芒。不對，不是這樣，而是無比邪惡的黑暗包圍著智慧的光芒。也就是說，深藏在她兩隻眼睛裡的黑暗底下，其實散發著另有目的的光芒。

她的腦袋非但沒有壞掉，相反地，可能還非常聰明也說不定……

滔滔不絕地講個沒完的父親、拚命炒熱氣氛的敏之、像是在跟誰嘔氣的徹太郎、露出天真無邪表情的葦子、再加上自從在後面的雜木林裡被找到後，就一直顯得魂不守舍的月代……這些人之中，巖不禁懷疑是不是只有自己注意到在這一瞬間發生了什麼事。

什麼事？……是什麼不好的事……

一直到第二天傍晚，月代還是怪怪的，而且又不見了。巖急忙找到後院的時候，發現他就站在那裡，對著味噌倉庫和醬油倉庫之間的草叢方向。

「小月……」

聽巖這麼一叫，他終於回過神來，卻少掉了一整天的記憶。只記得昨天傍晚他也是像這樣站在三間倉庫前，就只有這樣而已。

「你昨天為什麼會來這裡？」

他說一開始是在中庭，突然聽到有人在叫他，往後院一看，又從倉庫裡傳來呼喚他的聲音，走過去一看，發現草叢裡有隻手在向他招手……

然後月代開始尖叫起來。

接下來不管再怎麼問他，他都再也答不出個所以然來了。

第二章　儲藏室

巖的母親好子是在戰爭中嫁進豬丸家的。當時岩男三十歲，好子二十二歲。第二年生下了巖，好不容易等到戰爭結束，終於要鬆一口氣的時候，好子卻在他三歲的時候病死了。關於母親去世的詳情，巖可以說是一無所知。完全不知道母親得的是什麼病，又是在什麼樣的情況下去世的。

好子去世的第二年，岩男就和二十四歲的由子再婚了。當時巖雖然只有四歲，但是卻也懵懵懂懂地記得，繼母原本是「最有姿色的花魁」，是父親為她贖的身。

因為那樣的出身，所以繼母擅長各式各樣的表演，唯獨對家事好像一竅不通，所以在嫁入豬丸家的時候還帶了芝竹染一起進門。聽說染年輕的時候好像也曾在花街柳巷裡打滾，後來被人贖了身，還擁有過一般的家庭。只是因為細節本人不是很願意提起，所以巖知道的僅止於此，至少在由子去世之前的確僅止於此……

當初，染是為了照顧由子才被找來的，但是不知道從什麼時候開始，除了一手打理豬丸家的飲食起居之外，還成了巖的奶媽。事實上，就連巖也認為自己受到染的照顧遠比受到繼母的照顧還要多。

隔年，同父異母的弟弟月代出生了。對自己的名字「巖」與父親「岩男」[37]發音相同一事始終感覺到無法言說的沉重壓力的他，十分羨慕弟弟能取這樣的名字。雖然取名的並不是岩男，而是由子。

月代之夜，手置於膝。

她是根據她最喜愛的芭蕉㊳俳句來為兒子取名的。順帶一提，「月代」似乎是指月出東方，照亮天際的樣子。不過敏之伯父告訴他，其實綁著髮髻的武士，把額頭剃得光光的部分也叫作「月代」。所以巖有點擔心，不知等到弟弟上小學的時候，會不會因為名字的關係而受到排擠。

就在月代三歲、巖八歲的時候，由子突然猝死。陳屍地點就在儲藏室的二樓，發現的人是染。巖偷聽醫生和父親的對話中得知，死因是心臟麻痺。

身體不算特別虛弱的繼母，有可能突然心臟病發作死掉嗎？……巖從小就對這件事抱著懷疑，更不敢相信的是，父親居然輕易接受了醫生的說法。

與此同時，流傳在下人之間的蜚短流長也悄悄地傳進他耳裡，令巖驚恐萬分。

跟五年前一樣……

都是在儲藏室的二樓……

明明兩個人都還很年輕……

怎麼又是心臟病發作……

說到五年前，母親好子就是在五年前去世的。明明兩個人都還很年輕……不就是指母親和繼母嗎？怎麼又是心臟病發作……意思是說母親也是死於心臟病發作嗎？而且死亡的地點也是在儲藏室的二樓嗎？

㊲兩者的日文皆為いわお。
㊳亦即日本一代詞人松尾芭蕉。

他沒有問父親，因為知道問了也得不到任何答案。還不如裝作什麼都不知道的樣子，自己調查還比較快。

然而，當他想要開始調查母親去世的真相時，卻突然不知所措了起來。因為他完全不知道下一步該怎麼做。就算想要問人，可以講心裡話的也只有染一個人。然而，她是在母親去世之後才來到豬丸家的。

既然如此，也只好去問從以前就在店裡工作的下人了……結果是一無所獲。尤其當大家意會過來巖想要問什麼的時候，更是一個跑得比一個還快。

只有一個人——從祖父那代就在豬丸家當掌櫃的園田泰史壓低了聲音警告巖：「聽好了，少爺。絕對不可以上儲藏室的二樓喔！萬一真的進了那個房間，也絕對不可以伸手去碰屋子裡的任何東西喔！更不要說打開了……」

泰史雖然也快四十歲了，但是和他的祖父、父親比起來，在豬丸家工作的資歷尚淺。據說他從小就生性放浪，還曾經潛入一個旅行劇團裡，到各個地方巡迴表演。戰後即使退伍返鄉，也還是離開園田家在外面晃蕩了兩年。據說他繼承父親的衣缽，開始在豬丸當舖當差的時間，剛好跟巖的母親去世、由子嫁進來續弦是同一個時期。

「對我來說，已經沒有什麼好怕的了。」

可能是因為在流浪及戰亂的時候經歷過太多事，所以泰史經常把這句話掛在嘴邊。如今就連他都一副害怕的樣子，巖更是嚇得簌簌發抖。

雖然泰史並沒有具體地告訴他到底要提防那個房間的什麼，但是從此以後，巖就開始對儲藏室的二樓保持警戒。

繼母的葬禮結束之後，父親就馬上把儲藏室封起來。別說是上二樓了，就連一樓也進不去，已經完全變成一個封閉的房間了。

在那之後又過了一年……有一天，掛在儲藏室沉重土門上的大鎖被打開了。那是葦子住在豬丸家的第二天，因為她對那個特別的房間顯得很好奇才開給她看。

父親雖然很得意地帶她參觀了一樓，卻也不太樂意讓她看到二樓的樣子。但是因為她執意要上去，父親迫於無奈，最後還是只好帶她參觀。

只不過在上樓之前，父親特別叮嚀她：「絕對不能碰放在架子上的××箱子。」這句話剛好傳進從走廊上偷看儲藏室裡面的巖耳朵裡。

××箱子？……××箱子是什麼意思？

雖然沒有聽到最重要的「××」部分，但他其實心裡有數。

以前趁繼母在使用儲藏室的時候，巖曾經有一次上了二樓。那個時候，有個古老的木製箱子就放在一個左右高低不同的架子上。他為什麼會記得，因為那個箱子看起來就像是沒有蓋子的奇妙木塊。

之所以會覺得奇妙，是因為箱子表面上的花紋。那並不是普通的木頭紋路，而是由四角形和三角形的幾何圖案所構成的，各自都有不同的顏色。看起來彷彿是把許多分散的木片組合成一個箱子，所以才令他留下深刻的印象。

一定是**那個**箱子……

泰史要他小心的東西，肯定是指**那個箱子**沒錯。

可是，為什麼？……

箱子看起來是有些年代了，但是跟陳列在店鋪貨架上或者是收藏在庫房裡的東西比起來，並不覺得特別值錢。再說，如果是典當物的話，應該不會像那樣擺在儲藏室的二樓吧？

他不知道父親和葦子之間到底有些什麼對話，但是從那天起，儲藏室就成了她的房間，而且她還從二樓的櫃子裡翻出非常不可思議的東西。

那天吃完晚飯，大家都在會客室裡休息的時候，葦子突然把那個東西拿出來。

「咦？這是什麼？好特別的形狀啊！」

也難怪父親會感興趣，因為那是一塊心形的板子。上頭兩個圓形部分的背面各裝著一個小小的輪子，下面的三角形部分則有一個小小的洞，怎麼看怎麼古怪。

「這是一種叫作『自動筆記板』的東西。」

「妳是從哪裡找出來的？」

葦子的臉上浮現出一抹微笑，對徹太郎質問的語氣似乎絲毫不以為意。

「儲藏室的二樓。」

「什麼？」

「不會吧！」

不光是徹太郎，就連敏之也對這個答案表現出過大的反應。兩個人同時皆透出「你跟她說了什麼」的表情望向父親，但父親卻回以「我也不知道」的表情。

「那裡頭收藏著很多很有意思的東西呢！」

「對了，這個叫作自動筆記板的東西是做什麼用的？」

父親不理會徹太郎和敏之的反應，要求葦子解釋一下。

「可以用來召喚狐狗狸大人。」

「什麼？……」

「當然，這是西洋的東西，不過行使的內容跟召喚狐狗狸大人差不了多少。」

昨夜的沉默彷彿是假的一樣，今晚的葦子非常健談。
「哦？外國也有狐狗狸大人嗎？」
「據說原本是美國的東西，後來才傳到日本的。」
「什麼時候的事？」
「開始流行大概是在明治二十年前後，但是因為眾說紛紜，有人說第一個召喚狐狗狸大人的日本人是織田信長，也有人說那是基督教傳進來的邪法等等，也不知道哪種說法才是真的。」
「從那麼久之前嗎……」
「也有幾個比較具體的說法。根據專門研究妖怪的博士井上圓了，最初是明治十七年的時候，在伊豆的下田沖有艘遇難的美國帆船，獲救的船員們將召喚方法傳給救了他們的下田村民，當時在下田的漁夫們回到各自的家鄉之後又繼續推廣開來。」
「妳還真清楚啊！」
「另外還有一種說法是，曾經在美國留學的理學博士增田英作在明治十六年的時候把他在美國使用的專用桌面帶回日本。第二年和朋友在新吉原的引手茶屋㊴涼亭裡使用這個桌面，這成為最早的起源。」
「早了一年呢！」
「據說，增田是根據『告訴我們道理的東西』的意義才取名為『告理』，後來因為發音的關係被填上『狐狗狸』㊵這三個漢字，後來又在後面加上『大人』二字。」

㊴專指吉原遊女的茶屋。
㊵「告理」的日文為こくり，而「狐狗狸」則為こっくり。

葦子寫出漢字藉此說明後，父親狀甚佩服地點了點頭。

「聽起來不是很合理嗎？」

「還有一種說法是同樣在明治十七年，狐狗狸大人在美國大為流行，第二年傳進日本的橫濱，當時就連品川的娼妓們也都很熱中。『狐狗狸大人』這個名字據說也是她們取的。」

「喂……」

徹太郎插進來打斷了葦子的話。

一開始聽說她上了儲藏室的二樓，先是嚇了一跳，後來又被她突然變得口若懸河的態度給壓制住的徹太郎，看樣子終於回過神來了。

「妳好像對狐狗狸大人很清楚嘛！請問那些知識妳是從哪裡得來的？」

「……」

「岩男兄，這女人可能是畸形秀小屋㊶的算命師也說不定。」徹太郎把視線從突然沉默下來的葦子臉上移開，轉向父親身上繼續說道：「我以前有看過那種表演。小屋招牌上畫著蛇腹女、河童小僧、熊娘等光怪陸離，但是卻能勾起觀眾好奇心的圖案。走進小屋裡面，實際看到的卻是生吞蛇或青蛙之類的荒唐怪誕的雜耍，再加上根本還沒開始發育的半裸少女，硬是一些要營造出淫靡風情的表演。」

敏之也對徹太郎所說的話點頭表示同意。

「雖然沒有那麼恐怖，但是我也看過。還有像恐山㊷的巫女那種，專門帶人觀落陰的靈媒……」

「沒錯！就是那種小屋喔！這個女人可能是在那裡惹出什麼問題，所以被趕了出去，迫於生活只好一個人招搖撞騙地幫人占卜吧！可是因為那樣實在賺不了什麼錢，所以就開始打起有錢人家的主意，使出各式各樣偷矇拐騙的手段潛入，狠狠向冤大頭訛詐一大筆金錢再換下一個目標。如今終於來到我們這裡了。」

「義兄，如果她真是這樣的人，又何必戳穿自己的身分呢？」

巖還以為父親肯定要動怒了，沒想到他的臉上反而浮現出些微笑意。

「說不定是看到以前營生的工具，不小心就說溜嘴了。」

「原來如此。」

「而且她才一來就打算把我們當冤大頭……」

「豬丸家歷代的一家之主從來沒有被別人利用過……還是義兄，你想說我豬丸岩男會成為那史上第一人嗎？」

「不、不是……我當然不是這個意思！」

一看到笑容已經從現任的豬丸家當家的臉上消失，徹太郎忙不迭地否認。只可惜父親早就已經面向葦子的方向，用眼神示意她把話繼續說下去。

「雖然都統稱為狐狗狸大人……」

她居然也像什麼事都沒有發生過似的繼續說下去。與其說是令人傻眼，還不如說是令人不寒而慄了。巖偷看了一下，發現敏之臉上也浮現出複雜的表情。

「在歐美流行的狐狗狸大人有各式各樣的種類，包括稱為『翻桌』的方法在內，還有使用像這種自動筆記板或『靈應盤』等特殊道具的例子。」

㊶以反常現象、畸形生物為主題，展示奇珍異獸以及表演雜耍魔術等的小屋。
㊷下北半島中部的靈場。與高野山、比叡山並列為日本三大靈場之一。

「哦?哪裡不一樣呢?」

父親卻絲毫不以為忤的樣子。

「所謂的翻桌，指的是由好幾個人圍著桌子坐好，與神靈進行溝通。神靈一旦降臨，就會利用或傾斜、或旋轉桌子的方式通知大家。這時桌子如果只動一下，就表示神靈的回答是『是』，如果動兩下就表示『不是』。利用這種方法來對神靈提出問題，神靈也會利用桌子的震動來回答。」

「真有趣!」

看樣子，父親是真的對葦子的話開始產生興趣了!

「『靈應盤』則是在上頭寫著英文字和數字的木板上裝上一個三腳指示器;有的做法是把加上『是』和『不是』的三十六張紙牌沿著桌子的邊緣擺放，這時候就不是使用三腳指示器，而是使用倒扣的玻璃杯或葡萄酒杯。但原理還是一樣的，參加者把手放在三腳指示器或玻璃杯上，任其自然移動，指示出文字或卡片，再串連成具有意義的句子。」

「比第一種方法複雜多了呢!不過好像可以提出更具體的問題就是了。」

「而這個自動筆記板則是比轉桌子更具體、比靈應盤更直接的方法。」

「要怎麼使用?」

「把鉛筆插進這個洞裡……」

葦子指著開在心形下方前端的那個洞，接著再把自己的左右兩隻手放在上面的兩個圓形上。

「事先把紙墊在板子底下，再由兩個人像這樣各自把手放上去。這麼一來，當板子開始自己動起來的時候，就會自然而然地寫下文字。」

「這玩意兒肯定是騙人的嘛！」徹太郎終於忍無可忍地插嘴了：「放在上面的一隻手是客人的，另一隻手是占卜師的對吧！既然如此，肯定是占卜師在移動板子嘛！」

「……」

「管他是翻桌子還是靈應盤，說到底不都是一樣的嗎？只不過是招搖撞騙的靈媒或算命仙配合自己的演出操縱著桌子或板子罷了……」

「來試試看吧！」

父親的提議一下子就把徹太郎堵得說不出話來。

「可是她會把一隻手放上去對吧？那就算試再多次也是白搭……不是嗎？」

徹太郎望著敏之，似乎要他表示同意。敏之考慮了一會兒之後說：「就我所知，普通人……也就是沒有特殊靈感的人是無法召喚狐狗狸大人的吧？那麼這個自動筆記板又如何呢？就算不是所謂的通靈者也可以使用嗎？」

語氣雖然既平穩又彬彬有禮，但很明顯就是在對葦子挑釁。徹太郎露出「這下子有好戲看了」的表情，不懷好意地盯著她看。

然而葦子卻意外地搖頭。

「什麼？……妳是說普通人也可以嗎？就算兩個都是外行人也沒問題嗎？」

葦子毫不遲疑地點頭。

「那好，就由我和小松納兄來試試看吧！」徹太郎先邀請敏之，然後再轉頭望著父親的方向問：「可以嗎？」

「兩位義兄要嘗試嗎？」

「當然岩男兄如果想要參加的話，等一下可以跟我們其中一個換手。如果她想要參加的話，一起來也無所謂。」
這時巖馬上就明白徹太郎的用意了。
他一定早就料到事情很有可能會演變成板子在他們兩個或父親試的時候一動也不動，可是葦子一加入就開始動……而他想要得到的結果是：如果板子只在她加入的情況下才會動，而且是一定會動的話，父親肯定也會覺得可疑吧……
這次換成徹太郎用挑釁的眼神瞪著葦子，敏之則輪流注視著父親和她的臉。父親臉上雖然浮現出考慮的神情，但其實是在等待葦子的反應。
曾幾何時，不只是徹太郎，就連父親、敏之、巖和月代，所有人全都直盯著葦子。
但葦子彷彿完全不在意這五個人的視線，還是靜靜點了點頭，一副有聽沒有懂的樣子。
「那就開始囉？」
徹太郎補上一句，不容她反悔。
「除了一個字都沒有的白紙跟插在那個洞裡的鉛筆之外，還需要什麼東西？」
而敏之以冷靜的態度開始準備需要的東西。
葦子完全不理會他們兩個，就只是看著父親，緩緩地說：「在這個房間是不行的。」
「是嗎？那要在哪裡？」
「儲藏室的二樓……」

第三章　儀式的準備

「別開玩笑了！那裡才不行吧！」

「而且什麼事不好做，居然要在那個房間裡搞這種招靈的事……」

徹太郎和敏之馬上異口同聲地反對。

「在這裡進行就好了。」

「在哪裡進行還不都一樣嗎？」

看樣子，不只是繼母由子，就連母親好子似乎也真的是在儲藏室的二樓去世的……巖沒有辦法不這麼想。所以對於兩位伯父來說，那裡可是妹妹英年早逝的地方。要在那樣的房間裡召喚狐狗狸大人，怎麼樣也不可能答應吧！

然而，父親卻似乎一點都不在意的樣子，轉頭問葦子：「在那裡比較好嗎？」

見葦子點頭，便乾脆地決定了。

「岩男兄，你這個人……」

徹太郎忍不住站了起來，一副要跟父親大打出手的樣子。同一時間，敏之問葦子：「妳為什麼會想要使用那個房間？為什麼在這個會客室裡就不行呢？」

「……」

「不能在客廳、餐廳或儲藏室的一樓嗎？」

「……」
「難道就沒有其他的房間可以用了嗎？」
「……」
面對始終一言不發的葦子，父親溫柔地開口：「妳之所以選定儲藏室的二樓，一定有什麼原因吧？」
「是的……」
「那是什麼原因？可以告訴我嗎？」
「因為那裡是這個家裡面最容易降靈的場所。」
不只是徹太郎和敏之，就連父親似乎也呆住了。巖的兩條手臂瞬間爬滿了雞皮疙瘩。
她知道母親和繼母死掉的事嗎？……巖腦海中突然閃過這個可能性。問題是葦子昨天才出現在這個家裡。不可能是染說的，也不可能是父親告訴她的。兩位伯父就不用說了，月代更是不在考慮範圍內。想當然耳，包括掌櫃的泰史在內，所有的下人都不可能多嘴，所以她是不可能從任何人口中聽到的。
難道是在那個房間裡感應到的？……
沒有人知道她是不是曾經在畸形秀小屋當過靈媒，只不過，以她對狐狗狸大人的歷史那麼了解的情況看來，至少的確有過這方面的經驗是不會錯的。不對，說不定她以前真的是靠此維生的。
像是祈禱師之類的嗎？……
葦子身上會散發出那股異於常人的氣氛，也是因為這個緣故嗎？
就在巖陷入沉思的過程中，召喚狐狗狸大人的地點已經訂為儲藏室二樓了。徹太郎和敏之看起來也已經放棄無謂的抵抗了。

最容易降靈的場所……

聽到自己胞妹陳屍的房間被理應不知情的葦子以這種方式來形容，想必受到相當大的衝擊吧！

只不過，葦子說她之所以會選擇儲藏室的二樓，其實還有另一個原因：儲藏室的窗戶在構造上是完全封閉的，可以讓室內處於一片黑暗。

「在黑暗中召喚狐狗狸大人……我可從來沒聽說過這種說法喔！」貌似好不容易又打起精神來的徹太郎，馬上又窮追猛打，緊咬不放。「非得把房間弄得暗暗的不可，不就是為了要耍什麼詐術嗎？」

根據葦子的說明，首先要在房間的中央鋪上地毯，在上頭放張單腳小圓桌。然後大家圍著圓桌坐下，相鄰的兩個人各把單手放在自動筆記板上，開始召喚狐狗狸大人。

「既然如此，不如這麼辦吧！」敏之似乎有什麼錦囊妙計，把臉轉向父親和徹太郎說道：「把圓桌放在儲藏室二樓的正中央，我們兩個並肩坐在屋子裡面的位置上。」

所謂的我們指的當然是小松納敏之和川村徹太郎。

「請岩男先生和巖君分別坐在從我們的角度看出去的左右兩邊。」

「巖也要參加嗎？」

父親一臉詫異，同時以不打算同意的語氣反問回去。

巖本人看著伯父和父親的對峙，內心裡百感交集。因為在他的心裡，想要參加的心情和不想跟這件事扯上關係的心情剛好一半一半。

「他是一定要的。還好現在正在放春假，所以稍微晚一點睡應該不要緊吧？」

「你葫蘆裡賣的什麼藥？」

好不容易才又坐回椅子上的徹太郎從旁插嘴。

「假設只有在座的大人圍著桌子坐下，一定會間隔相等地排排坐對吧？」

「是沒錯啦！」

「把圍著圓桌的四個人連起來，剛好會形成一個正方形。」

「原來如此。」

「可是因為我和川村君要把一隻手放在那塊板子上，所以不可能離得太遠，必須坐得靠近一點才行。」

「嗯。」

「這麼一來，把我們四個人連起來的形狀就會變成梯形。」

「我和小松納兄會連成上邊的短線，而岩男先生和那個女人則會連成下邊的長線……這有什麼問題嗎？」

敏之的視線先從徹太郎掃向父親，再從父親身上掃向葦子身上，繼續說明：「不管她在下邊的哪一個角，都有可能在黑暗中自由活動。」

「你說什麼？」

不只是徹太郎提高了嗓門，就連父親、甚至是巖也忍不住想要問個清楚。

「我想說的是，她可以在自己坐的位置與我們其中一人的位置之間自由來去。也就是說，她也可以從旁邊出手，讓自動筆記板照她的意思移動。」

「嗯，你說得很有道理。」

說著說著徹太郎又生龍活虎了起來，父親則無所謂地說：「那麼照義兄的意思，你想怎麼做呢？」

「就像我剛才說得那樣，我們坐在房間靠裡面的位置。然後請她隔著圓桌，坐在我們對面的位置。最後再請岩男先生和巖君分別坐在介於我們跟她之間的那兩個空位上。」

「可是啊，就算這樣那個女人還是可以從他們兩個人的後面輕易地繞到我們旁邊來啊！」

「為了不讓她有機會這麼做，得麻煩岩男先生和巖君坐得稍微離桌子遠一點。就那個房間的面積而言，只要這麼坐，我和桌子之間、以及我和後方牆壁之間就只會剩下剛好能讓人通過的空隙。一旦她真的試圖闖過來，不管是從前面經過，還是從後面經過，肯定都會被發現的……」

「也就是讓他們兩個當障礙物對吧！」

徹太郎發出了「這真是個好主意」的叫聲，但父親還是從頭到尾都一樣冷靜。

「可是義兄，葦子小姐只要從正面伸出手，不也一樣可以移動板子嗎？」

「那就請她把手放在後面，為了慎重起見乾脆綁起來好了。」

在瞬間的沉默之後——

「既然要綁，要不要直接綁在椅子上算了？」

與其說是建議，徹太郎的語氣根本是已經打算要這麼做了。而且他似乎又想到了什麼更好的點子。

「對了，乾脆我們幾個男人自己來做不是更好？」

「這個嘛……」

敏之猶豫不決地望著父親。

「如果葦子小姐不參加，會不會根本請不來狐狗狸大人？」

「可是岩男兄，即使像我們這樣的外行人也可以請到狐狗狸大人……這可是那個女人說的。換句話說，根本不需要專家不是嗎？」
「是這樣的嗎？」
父親問葦子，簡直像是在請示她的意見。
「如果由各位自己進行的話，是非常危險的。」
「喂喂……妳剛才明明就說即使是普通人也可以的不是嗎？」
徹太郎馬上得理不饒人地說，可是她卻一點反應也沒有。
父親又問：「妳說的危險是什麼意思？」
「絕對不可以在那個房間裡以玩票性質的心態召喚狐狗狸大人……」
「妳的意思是說，如果是在儲藏室的二樓進行，一定要有像葦子小姐這樣的人陪同才行嗎？」
葦子點頭。
「既然如此，那在別的地方進行不就好了嗎？」
徹太郎馬上又一口咬上去。
「可是義兄，在這個家裡還是以那個房間最適合。」
「這只不過是那個女人故意這樣講的吧！」
「只要是在儲藏室的二樓，就可以請出狐狗狸大人對吧？」父親又確認一次。
葦子只說了一句：「是的。」
「好啦！我知道了。」徹太郎突然站起來說：「那就照小松納兄建議的方法來召喚狐狗狸大人總行了吧！」
「你是說在儲藏室的二樓，讓她也參加嗎？」

敏之再次確認，而徹太郎點點頭說：「既然她都說如果她不在場我們會有危險的話，那就請她待在房間裡吧！只不過條件是要綁在椅子上。」

徹太郎邊說邊用挑釁的眼神看著葦子。

「怎麼樣？」

父親再度請示她的意見。

「我無所謂。」

「很好，但我還有另一個條件。」似乎是在等待對方的承諾，徹太郎接著說：「萬一狐狗狸大人沒有降臨，就請妳馬上離開這個家。這個條件岩男兄也同意吧？」

父親突然露出苦悶的表情，看樣子是真的看上葦子了。

「可以嗎？」

徹太郎繼續緊迫盯人地步步進逼，父親迫於無奈只好答應了。

「那要問什麼呢？」

敏之的眉頭皺了起來，顯然認為這是一個很重要的問題。然而父親和徹太郎卻一臉呆滯，不明白他在傷什麼腦筋。

「我是指要請示狐狗狸大人的問題。」

「哦？隨便問問就好啦！」

徹太郎對這個問題嗤之以鼻，父親則是好聲好氣地說：「不，既然都要請示，如果還問一些無關緊要的問題，不是很浪費嗎？應該問一些比較具體的問題……」

「原來如此，那不如就問問看這個女人的來歷，你覺得怎樣？」

「咦……」

「既然她說她失去記憶，不曉得自己的來歷。那麼乾脆就請示狐狗狸大人，請祂告訴我們吧！」

徹太郎可能是自己也很滿意這個充滿諷刺性的建議，才露出不懷好意的奸笑，惡狠狠地瞪著葦子。

然而，葦子還是不為所動地凝視著父親，彷彿在說一切任憑你們處置。

「那麼就明天晚上，吃過晚飯以後……大概從九點開始……」

父親把大家看了一遍，見大家全都點頭表示同意之後，那天晚上就散會了。

第二天中午之前先準備要用的工具，可是家裡並沒有適合的圓桌。於是父親便到庫房去找。

結果從典當的物品裡找到一張葦子認為大小剛剛好的單腳圓桌。

「這樣不太好吧！」

畢竟還不是流當品，所以敏之有點不放心地問。

「用完再放回去不就好了嗎？」

徹太郎倒是半點心虛的樣子也沒有。由於父親也贊成他的意見，所以就連五張椅子和地毯也都是從庫房裡拿來的。

「這個大小剛剛好。」

敏之用兩隻手分別拿著圓桌和椅子，徹太郎只搬了自己的椅子，而巖光是要拿椅子和圓形的地毯就已經分身乏術了，所以最後葦子的椅子是父親搬自己的椅子時順便搬過去的。

當他們從庫房裡把圓桌和椅子搬出來之後，染便過來幫忙，可是一聽到他們要在儲藏室的二樓召喚狐狗狸大人，突然開始唸起佛號來：

「南無阿彌陀佛、南無阿彌陀佛……」

在她身後站著一臉不安的月代，一隻手緊緊地抓著染的衣服。

「什麼嘛！真不吉利。」

一聽到那六字箴言，徹太郎馬上露出厭惡的表情，從齒縫裡吐出這句話來。

被由子請到豬丸家當差的芝竹染，跟拜託妹妹讓自己住進豬丸家的川村徹太郎只要一碰到面就會槓上，兩人唯一的共通想法就是希望月代能平安健康地長大。只不過就連這點，雙方的動機似乎也略有出入。

比起這兩個特立獨行的伯父，巖覺得染好相處多了。儘管如此，也不見得就能對她百分之百地推心置腹。

儲藏室的土門是大大敞開的。昨天父親帶葦子來參觀的時候，她決定要在這裡待上一陣子，所以就一直處於門戶大開的狀態。

眾人從土門進到走廊上，再沿著樓梯往上爬，先把地毯、圓桌和五張椅子搬到二樓的走廊上，再按照敏之的提議，把家具放在各自的位置上……

在打開二樓房間的紙門時，巖的視線幾乎在那一瞬間就釘在進門右手邊，左右高度不同的架子上了。

因為**那個**箱子就在那裡。

看到箱子的瞬間，巖隨即想起「××箱子」的「××」二字。

是紅色箱子！

箱子呈現偏咖啡色的紅色。也許原本塗的是紅漆，但是經過漫長的歲月，已經褪色了也說不定。

箱子的大小比他印象中的還要小一點，感覺上大概是女孩子拍著玩的球那樣。

果然沒有蓋子……

那不像裡面可以收納東西的箱子，反而更像是巨大的骰子或積木。只不過因為是長方形的，所以成不了骰子；所有的角都被削成圓形，所以也不像是積木。

那到底是什麼東西……

從父親叮嚀葦子、泰史警告自己的語氣上聽來，實在不認為會是什麼好東西。相反的，感覺上是非常危險的東西。話雖如此，卻又沒處理掉，而且還像現在這樣放在架子上，到底是為什麼？

而且架子上還不只那個紅色的箱子而已。箱子前面還放著兩把小刀，各自套著黑白兩色的握柄和刀鞘，宛如要把箱子封印起來似的擺放成「×」字形。

既不能隨便亂放，也不想好好收藏，但是又不敢直接丟掉……這個東西似乎就是這麼棘手的存在。

父親和伯父他們呢……難道都不在意嗎？

仔細一看，他們不約而同地把視線望向別的方向。明明就在視線的一隅，可是這三個人看起來都像是刻意避免直視那口箱子的樣子。

看見父親和伯父們這樣的態度時，巖突然從腳底一路涼到頭頂。

大人們默默進行著準備，沒有人注意到在走廊上發抖的他。

首先在房間的中央鋪上地毯，再把圓桌放在上面，敏之和徹太郎並肩坐在靠窗的南方，敏之在東、徹太郎在西。然後在桌子的東西兩邊各自放上一張椅子，在桌子與椅子之間隔開一道僅容人通過的距離。椅子後面東側是壁櫥的紙門、西側則是那個左右高度不同的架子，而且兩邊的寬度也同樣僅容一人通過。

「可以先請岩男先生和巖君坐下來一下嗎……」

聽到敏之的催促，父親便在西側的椅子上坐下，巖則在東側的椅子上坐下。至少不用坐在紅色箱子的前面，巖不禁鬆了一口氣。

「可以請兩位閉上眼睛嗎？」

巖老實地閉上眼睛之後，馬上就覺得有人先從他的前面、接著又從他的後面經過。

「是不是哪一位義兄從我的身邊走過了？」

聽父親這樣說，他好像也有同樣的感覺，於是巖便也說出自己感覺到的情況。

「好的，兩位可以把眼睛睜開了。」

只見徹太郎站在巖的旁邊，而敏之則站在父親身旁。

「剛才我和川村君試著儘可能不發出任何聲音，分別從岩男先生和巖君的前後經過，結果還是被兩位發現了。」

「也就是說，就算房間一片黑暗，還是可以充分扮演好監視人的角色對吧？」

徹太郎再確認一次，敏之用力地點頭。

「因為如果置身於伸手不見五指的黑暗中，全身的神經反而會代替視覺提高感受力呢！同樣地，她在黑暗中也什麼都看不見，所以就算想要從哪裡偷溜過去，也很難不碰撞到任何東西吧！」

「沒錯，那樣她就不能偷偷摸摸地靠近我們了。」

至於葦子的椅子，就放在桌子的北側，而且同樣隔開僅容一人通過的距離。

接下來眾人開始討論起實際步驟，這才知道還需要兩個台子。一個是為了要讓狐狗狸大人進行自動筆記的放紙台，另一個則是用來放置寫好的紙的台子。

父親和伯父又從庫房裡搬出適合的台子，分別放在敏之和徹太郎椅子的兩側。

準備好所有需要的東西之後，葦子走進儲藏室，劈頭就說了一句：「我有個請求。」

「什麼請求？」

「我想要使用那口箱子。」

「……」

父親瞠目結舌地噤口不語，沉默了好久好久。

「別、別開玩笑了！」

「妳在說什麼鬼話……」

敏之和徹太郎異口同聲地表示抗議。

可是葦子卻對紅色箱子表現出異常的執著。

「一定要有那口箱子才行。」

結果是父親他們屈服了。得知她只是要在圓桌和自己的椅子之間擺一張台子，把箱子放在上面而已，這才心不甘情不願地答應了。

然而，巖卻感到很不安。把那口箱子和看起來像是用來封印的黑白小刀分開的話……

最後，眾人從下午開始，在會客室裡針對召喚狐狗狸大人討論出以下的決議事項。

一、要問什麼問題由小松納敏之和川村徹太郎決定。

二、召喚狐狗狸大人、問問題、請祂回去的儀式全由葦子負責執行。

三、儀式在儲藏室的二樓進行，屆時的設定就採取小松納敏之的提議，將葦子的雙手綁在椅子後面。

四、全體就座之後就把房間裡的燈光關掉，要等到儀式完全結束之後才會再開燈。在那之前絕對不可以有人離開座位，也嚴禁竊竊私語。

五、在尊重第四點的前提之下，一旦小松納和川村兩人確定儀式失敗的時候，就可以敲打桌面通知其他人。敲打桌面的暗號為三下、兩下、三下，緊接著葦子必須馬上終止儀式。

討論完這些之後，巖遵照伯父的指示，前往附近的文具店一趟，買回了粗紙、鉛筆和麻繩。雖然他說這三樣東西家裡應該都有，但是敏之卻不以為然地說：「全部都從外面買新的回來用吧！」

伯父似乎是希望所有要用到的東西，之前都沒有被葦子的手碰過。

吃過晚飯，大家各自打發了一下時間之後，九點準時上了儲藏室的二樓。

敏之手腳俐落地開始準備。先把一張粗紙放在圓桌上，粗紙彷彿被吸住似的貼在桌面上。然後在那張紙的右下角寫上「一」的編號，剩下的紙也全都在同一個地方依序寫上「二」以後的編號。接著那些紙疊好，放在敏之坐的椅子右手邊的台子上，再把插入鉛筆的自動筆記板放在桌面的粗紙上。召喚狐狗狸大人的前置工作完成了。

「接下來……」

徹太郎拿起麻繩，對葦子大大地點了點下巴，示意她趕快坐到椅子上。

「真的可以嗎？」

父親不放心地又再問了一次，葦子卻十分乾脆地點點頭，坐在椅子上，自動把兩隻手繞到椅背後面。

「人最重要的就是要懂得放棄啊！」

徹太郎冷冷地丟下這麼一句話，不只是雙手，還把她的雙腳也綁在椅腿上。

「義兄，不需要連雙腳……」

「需要，小心駛得萬年船嘛……」

徹太郎輕描淡寫地擋掉父親不悅的質問，迅速坐回自己的位子上。敏之也接著就座，父親也只好跟著無奈地坐下。

「巖君，可以請你把走廊上的燈關掉，再把紙門關上嗎？」

巖依言關燈關門之後，也回到自己的座位上。

「請問大家都準備好了嗎？」

聽到敏之的確認，徹太郎「哦」了一聲，父親「嗯」了一聲，葦子和巖則是默默點了頭。

「那麼就開始囉！」

敏之把左手放在自動筆記板其中一邊的圓形上，徹太郎也連忙把右手放在另一邊。

「巖君，麻煩你把房間裡的燈關掉。」

巖拉了一下從天花板上垂下來的電燈拉繩，儲藏室的二樓頓時陷入了黑暗。

在靜寂無聲的沉默持續了好一會兒之後，開始可以隱隱約約地聽見彷彿是從地底湧上來的聲音。

「狐狗狸大人、狐狗狸大人……請您出來吧……」

第四章　狐狗狸大人

儀式在黑暗中開始了。

房間裡真的是伸手不見五指。伯父們身後唯一的窗子就連外面的百葉窗都關上了，所以星光也完全照射不進來。葦子後方的紙門也關得密密實實的，就算還有縫隙，走廊上也沒有窗戶。一樓的燈也已經關上了，所以光線不可能從樓梯口透出來。

不僅如此，就連儲藏室的土門也從裡面鎖上。換句話說，任何人都進不來，屋子裡的人也絕對逃不出去，形成完全密閉的空間。

在這樣的黑暗中，持續縈繞著令人打從心底毛起來的誦唸：

「狐狗狸大人、狐狗狸大人……請您出來吧……」

「如果您已經降臨的話，請務必賜予我們一個記號……」

這裡會稍微間斷一下下——

「狐狗狸大人、狐狗狸大人……請您出來吧……」

「如果您已經降臨的話，請務必賜予我們一個記號……」

——如此不停重複著。

巖非常緊張。平常這個時候他早就該上床睡覺了，如今卻混在這群大人裡，參加這種詭異的儀式。光是這樣已經夠令他吃不消，居然還要他負責監視有沒有人私下動手腳，也難怪他的神經會如此緊繃。

這也就罷了，偏偏睡意又在此時此刻來襲。明明很緊張，卻又很想睡……這種矛盾不已的情況讓他感覺到難以形容的不安。

為什麼會這樣？……

為了保持清醒，他試著自問自答。可是耳邊一直傳來葦子的誦唸，讓他實在無法集中精神。別說是集中精神了，反而愈來愈想睡。

啊……

這時巖突然回過神來。因為他發現到，耳邊不斷重複的誦唸正是害自己想睡的罪魁禍首。

簡直就像催眠一樣嘛……

不對，說不定葦子是真的打算催眠巖他們。

我一定得振作一點才行……

巖用右手狠狠捏了左手的手背一把。因為實在太痛了，終於清醒過來。

不要緊，並沒有被催眠。

而且葦子的聲音是從他的右邊傳來的，也就是說，她並沒有離開自己的座位。

「狐狗狸大人、狐狗狸大人……請您出來吧……」

「如果您已經降臨的話，請務必賜予我們一個記號……」

葦子還在喋喋不休地誦唸著，這時從左手邊突然傳來倒抽一口涼氣的動靜，同時還聽見貌似身體動來動去的聲響。

是伯父他們嗎……

非常細微的聲響是從黑暗中傳來的，害他一開始還以為是伯父他們動了。

那是非常細微的聲響，聽起來就像是有什麼異形之物正在厚厚的牆壁對面磨爪子的聲音，腦中不禁浮現出令人心驚膽顫的畫面。

從屋子外面？……

巖豎起耳朵，想要聽清楚那聲音到底是不是從屋外穿過儲藏室厚厚的牆壁傳進來的。

不對……聲音是從室內發出來的……

而且還是從正面……也就是從圓桌擺放的方向……傳來了那個聲響。

啊……！是自動筆記板在動！

察覺到這一點，巖馬上清楚領悟到，那是硬質鉛筆在粗紙上移動的聲音，透過桌子的表面，在黑暗中響起。

伯父他們之所以會出現奇妙的反應，肯定是因為各放著一隻手的板子突然動了起來，被嚇了一大跳的緣故。說不定全身的寒毛都跟著豎起來了。

不多時，聲音靜止了，屋子裡滿溢著無邊無際的寂靜。

「狐狗狸大人、狐狗狸大人……非常感謝您的大駕光臨……」

葦子開口，語氣跟之前一模一樣。只是，在那之後又恢復了寂靜。只有時間靜靜流過，靜到讓人連吞口口水都不免猶豫再三。

「狐狗狸大人、狐狗狸大人……請回答我們的問題……」

葦子繼續說道。

過了一會兒，伯父們的方向又傳來身體動了一下的聲音，還有紙的沙沙聲。

把紙拿掉了嗎？

狐狗狸大人每回答完一個問題，徹太郎就必須把桌子上的粗紙拿開，放到自己左手邊的台子上。不過他恐怕也被自動筆記板自己動起來的現象嚇呆了，一時半刻忘了自己的任務吧！如今回想起來，葦子之所以要多說一句「請回答我們的問題」，是有道理的。她一邊在跟狐狗狸大人對話，一邊其實也在喚起徹太郎的注意。

接著又感覺到敏之似乎正從自己右手邊的台子上拿起一張新的紙，鋪在自動筆記板下。這時兩人絕對不可以讓手離開板子，所以在一片漆黑中要完成這件事，似乎會非常花時間。

儘管如此，敏之仍以最快的速度補充上新的粗紙，然後沙沙的聲音便突然停止了。

「狐狗狸大人、狐狗狸大人……」似乎已經久候多時了，葦子緊接著開口：「請問我是什麼人？」

隔了一會兒，空氣中開始響起鉛筆在粗紙上移動的細微聲響。

聲音靜止之後，可能是為了謹慎起見吧，又過了幾秒才聽見徹太郎收回紙、敏之補充紙的聲響。

接著葦子又丟出新的問題，自動筆記板跟著移動……如此你來我往地持續了一段時間。

「請問我是從什麼地方來的？」

耳邊傳來鉛筆在紙上移動的聲音。

「請問我應該要往何處去？」

粗紙被拿開的聲音。

「請問我在豬丸家後面的雜木林裡到底做了些什麼？」

補充粗紙的聲音。

「請問我接下來該怎麼辦才好？」

葦子提出問題的聲音。

「請問豬丸家的事業繼續這樣下去沒問題嗎？」

接下來問題的內容突然大轉彎。

「請問豬丸家應不應該把現在的事業規模再擴大一點？」

這麼說來，父親以前的確是跟泰史討論過成立新店鋪的問題。

「請問為了豬丸家日後的發展，是不是應該要開創新天地？」

葦子丟出一個又一個的問題，彷彿打從一開始就是要問狐狗狸大人這些問題似的。

「請問誰比較適合繼承岩男先生的事業？」

這才是兩位伯父最關心的事情。不用想也知道，敏之希望由巖繼承，徹太郎希望由月代繼承。

「請問豬丸岩男先生的前妻好子為什麼會死在這個房間裡？」

咦？……

巖情不自禁地驚呼出聲。

「請問豬丸岩男先生的續弦由子為什麼會死在這個房間裡？」

伯父們到底只是開玩笑，還是認真的想要知道這些問題的答案？

「請問這兩位妻子的死跟紅色箱子有關嗎？」

依然分不清是認真的還是在開玩笑，但是那口箱子跟母親及繼母的死到底有什麼關係呢？

「請問今後這個房間裡還會有人死掉嗎？」

這樣的問題差不多可以到此為止了吧？

「請問紅色箱子到底是什麼？」

肯定還是不要知道比較好。

「請問紅色箱子裡到底有什麼東西？」

巖感到愈來愈害怕。

「請問可以把紅色箱子銷毀嗎？」

就算這些問題都是經過討論之後才決定的，葦子能在半點猶豫都沒有的情況下請示狐狗狸大人，也真的很了不起。

這時，問題突然戛然而止，室內又恢復一片寂靜。

結束了嗎？……

兩位伯父那邊也沒有傳來特別不對勁的反應，看來葦子已經把他們準備好的問題全部問完了。

但是巖的安心只存在於一瞬間。

「請問可以把紅色箱子讓給我嗎？」

耳邊響起葦子鏗鏘有力的聲音，抑揚頓挫跟之前問的那些問題完全不一樣。

同一瞬間，敏之和徹太郎都不約而同地動了一下。顯然她擅自問了一個不是他們授意的問題。

然而，自動筆記板還是出現了同樣的反應。然後鉛筆不再動，寂靜再度降臨。過了好一會兒之後，葦子又開始慢條斯理地誦唸：

「狐狗狸大人、狐狗狸大人……非常感謝您賜予我們這麼多問題的答案……」

雖然黑暗中什麼都看不見，但是從音調的變化可以感覺得出來，她把頭垂得低低的。

「狐狗狸大人、狐狗狸大人……請您回去吧……」

頭還是垂得低低的。

「狐狗狸大人、狐狗狸大人……請您回去吧……」

葦子繼續行著禮。

然而，巖的前方卻傳來細微的聲響。那是自動筆記板移動、鉛筆在粗紙上寫字的聲音……

狐狗狸大人還沒回去嗎？

「狐狗狸大人、狐狗狸大人……請您回去吧……」

是他的錯覺嗎？葦子的語氣裡好像稍微帶了點焦躁……

「狐狗狸大人、狐狗狸大人……請您回去吧……」

他甚至感覺在這之前完全沒有表現出任何情緒化的言行舉止的葦子，第一次出現了失措般的反應。

「狐狗狸大人、狐狗狸大人……請速速回到您原來的地方。」

從她嘴裡唸出來的台詞也漸漸地加快速度。

「狐狗狸大人、狐狗狸大人……請馬上回去您原來的地方。」

原本非常謙卑有禮的口吻，也逐漸開始轉變成命令式的語氣，最後終於變成經文一樣的東西。到完全聽不懂她在唸什麼的程度時，狐狗狸大人終於回去了。

「結束了。」

配合葦子這句話，巖把屋子裡的電燈打開。刺眼的光線一下子驅走了黑暗。巖在下意識地眨眼同時，也把屋子裡的情況確認過一遍。

坐在對面的父親第一眼先望向葦子，然後才轉頭看巖和兩位大舅子。

兩位伯父則都各自一瞬也不瞬地凝視著自己離開自動筆記板的手，彷彿手上還殘留著板子自顧自動起來時，那一瞬間驚心動魄的觸感……

葦子的雙手還綁在椅子後面，筋疲力盡地側著頭，身體一動也不動。

巖鉅細靡遺地觀察眾人的樣子，然後視線突然停在一點。只見他目不轉睛地盯住擺放著紅色箱子的台子。

動了？……

台子擺放的位置好像和開始召喚狐狗狸大人之前不太一樣。不過真要說的話，就連圓桌和大家的椅子看起來也都比最初的時候還要凌亂幾分。

可是……

自動筆記板在桌子上轉動，人又坐在椅子上，所以就算位子稍微有點跑掉也沒有什麼好不可思議的。

問題是……

放那口箱子的台子明明完全沒有被碰到才對。葦子碰不到，父親和伯父們也碰不到，當然巖也沒碰過。

離開了用來封印箱子的小刀，所以在召喚狐狗狸大人的時候，那口箱子配合自動筆記板的動作，在黑暗中的台子上跳躍舞動——這樣的想像光景活靈活現地浮現在巖的腦子裡。

「那口箱子……」

正當巖想要指出這個令他心驚膽顫的事實時，父親卻從椅子上站了起來，一面走向葦子，一面關懷備至地說：「不要緊吧？我現在就幫妳把繩子解開……」

「岩男先生！請等一下。」敏之連忙衝到父親旁邊。「要解開繩子，還是由綁的人來解吧！」

敏之邊說邊向徹太郎招手，顯然事到如今，伯父還在懷疑葦子使詐的樣子。

「看樣子繩子並沒有被解開呢！」繞到椅子後面的徹太郎雖然百般不情願，但也不能不面對現實。儘管如此，還是要雞蛋裡挑一下骨頭地說：「不過好像有點鬆了就是。」

父親馬上幫腔：「最後要讓狐狗狸大人回去的時候似乎費了好大一番工夫，可能是身體下意識動了一下吧！」

「也許是吧……」

「不光是雙手，就連雙腳也還綁在椅子上喔！絕對不可能偷偷跑去操縱那塊板子的！」

敏之一邊聽著父親和徹太郎的對話，一邊仔細觀察葦子的樣子說：「我記得提出問題的聲音的確都是從這邊傳來的呢！」

「喂喂，你到底站在哪一邊啊？」

正在解開葦子雙腳繩子的徹太郎忍不住抗議。

然而敏之只是直盯著葦子。

「當那塊板子開始動的時候，我曾用右手在板子的上面和周圍撈了一下……」

「啊……！原來那是你的手喔！我還以為……」是有什麼來路不明的東西讓自動筆記板動了起來……徹太郎似乎是這樣想的，可是要承認這點實在是太丟臉了。「沒、沒什麼……這麼說來，我的確有感覺到好像是你在動的氣息從旁邊傳來喔！結、結果呢？」

「什麼也沒有……」

「……」

「板子的周圍什麼也沒有。當時有碰到板子的只有我跟川村君……也就是你而已。」

「說、說不定是在我們之間……」

「岩男先生還有巖君……請問兩位有察覺到誰從椅子前後通過的動靜嗎？」

「沒有，我並沒有感覺到。」

就在父親回答的同時，巖也點了點頭。

「更何況她還被綁在椅子上……」敏之繼續眼睛一眨也不眨地注視著葦子，轉身回到桌子旁邊說：「可以讓大家看看狐狗狸大人到底給了我們什麼指示嗎？」

敏之把一大疊粗紙從自己坐著的椅子旁邊的台子上拿起來，對著大家搧了搧。

所有人都圍著圓桌集合之後，敏之把那一疊粗紙攤開成扇形，讓所有人都能看到狐狗狸大人寫在紙上的答案。

「這是什麼鬼玩意兒？」

徹太郎發出不可置信的叫聲，因為紙上爬滿了宛如蚯蚓般的鉛筆線條。

「……這不是平假名嗎？」

大家全部看過之後，敏之窺探著葦子的反應，只見她十分乾脆地點了點頭。

「嗯……這算是平假名嗎？……不過倒也還不至於看不懂呢！」

「不如再把我問的內容整理一下，把寫著答案的粗紙依照『一』『二』『三』……的順序排列在桌面上，大家再根據上頭的文字進行討論如何？」

「這個方法很不錯，非常清楚。」

父親贊成敏之的提議，於是便開始宛如對考卷答案一般的作業，結果出現了以下的結果。

問：狐狗狸大人，請問您已經降臨了嗎？

答：是的

問：請問葦子是什麼人？

答：外人

問：請問葦子是從什麼地方來的？
答：外面
問：請問葦子應該要往何處去？
答：裡面
問：請問葦子在豬丸家後面的雜木林裡到底做了些什麼？
答：外　出　去
（只有寫在這張紙上的字多半無法辨識。再怎麼努力辨認，也只有這樣而已。）
問：請問葦子接下來該怎麼辦才好？
答：留下
問：請問豬丸家的事業繼續這樣下去沒問題嗎？
答：沒有
問：請問豬丸家應不應該把現在的事業規模再擴大一點？
答：不用
問：請問為了豬丸家日後的發展，是不是應該要開創新天地？
答：不用
問：請問誰比較適合繼承岩男先生的事業？
答：無
問：請問豬丸岩男先生的前妻好子為什麼會死在這個房間裡？
答：箱子
問：請問豬丸岩男先生的續弦由子為什麼會死在這個房間裡？

答：箱子

問：請問這兩位妻子的死跟紅色箱子有關嗎？

答：有

問：請問今後這個房間裡還會有人死掉嗎？

答：會

問：請問紅色箱子到底是什麼？

答：咒

問：請問紅色箱子裡到底有什麼東西？

答：死

問：請問可以把紅色箱子銷毀嗎？

答：不可

問：請問可以把紅色箱子讓給葦子嗎？

答：成

第五章 繼母

在召喚狐狗狸大人的儀式結束大約一個月以後，父親迎娶了葦子過門。即使年齡相差將近二十歲，但這對他們來說完全不成問題。不對，至少對父親來說似乎是不成問題吧！至於葦子到底是怎麼想的，根本沒有人知道……

不用說也知道，這決定當然遭到巖的伯父小松納敏之和月代的伯父川村徹太郎反對，因為葦子萬一生下男孩，將來豬丸家的所有財產很有可能就會落入她們母子倆的手中。

站在外人的角度來看，或許會覺得他們太過於瞎操心，不過也不知道為什麼，父親明明在其他事情上都很有常識，唯獨對自己的妻子不是這麼回事，會表現出一種異於常人的偏執。那既不是溺愛，也不算是過度保護，而是一種說不上來的奇妙態度。

當伯父們看過父親對待自己妹妹的態度之後，會感到不安也就不難理解。

但先別提那些遙遠的未來，眼下還有更令巖耿耿於懷的事。因為掌櫃的園田泰史告訴他，父親之所以決定要娶葦子續弦，主要關鍵似乎是那天召喚狐狗狸大人的事。

他還說父親從很早以前就已經跟兩位伯父以及掌櫃的討論過好幾次關於拓展豬丸當舖事業的事。什麼時候伯父們也開始插手店裡的經營了？這個事實非但令巖難以置信，同時也令他大吃一驚。

據泰史說，兩位伯父是激進派，而他是保守派。父親雖然聽取雙方的意見，不過硬要說的話，還是比較重視掌櫃的慎重派意見。

然而，大約從一年前開始，理論派的敏之和只有嘴巴厲害的徹太郎兩個人聯手，開始在氣勢上逐漸壓過泰史。因為伯父之所以希望店舖擴張，主要是指望分店可以交給自己管理，從中間撈點好處，這點就連巖也隱隱約約感覺得出來。可是泰史並不認為他們兩個有經營管理的才能，就算事業版圖真的擴張，也不應該交給他們打理。

再這樣下去可能真的會讓他們強行通過荒唐的展店計畫，泰史卻只能在一旁乾著急。還好聽說這個計畫後來被父親推翻了。

「我也不知道到底應不應該告訴少爺這件事……」

在沒有其他人的庫房裡，泰史依舊壓低了聲音。

父親之所以放棄開分店的計畫、之所以決定要讓葦子進豬丸家，全都是因為狐狗狸大人的旨意……

「我實在不覺得那兩個人有在為店裡著想，所以我其實非常感謝狐狗狸大人的旨意。」

泰史的聲音雖然細如蚊蚋，但語氣卻很認真。那兩個人指的當然是兩位伯父。

「泰叔相信狐狗狸大人嗎？」

在某方面，這個掌櫃的或許是巖在豬丸家裡最信得過的人物也說不定。

「嗯……因為我是個迷信的人，所以就算只是民間信仰，我還是寧可信其有。」回答完這個問題之後，他的臉上浮現出難以形容的表情說：「只是……話是這麼說沒錯，但是到底該不該全面地相信那個狐狗狸大人……實在很難判斷。」

「狐狗狸大人有很多種類嗎？」

「這個嘛……恐怕會因為召喚的場所和召喚的人而有所不同吧……」

那麼葦子在儲藏室二樓所召喚的狐狗狸大人不只怪怪的，同時也不太對勁。因為扯上了那口箱子，就更讓人有這種感覺。泰史肯定也是這樣想的吧！

話雖如此，破壞伯父們的計謀這點還是值得讚美的。既然開分店會失敗（泰史擔心）的可能性存在，就代表狐狗狸大人做出了正確的指示。

至於父親決定要跟葦子結婚的關鍵，據說是因為「她接下來該怎麼辦才好？」的問題出現了「留下」這個答案的緣故。父親將其解釋成「葦子要留在豬丸家」。另一方面，關於「誰比較適合繼承岩男先生的事業？」的問題，答案雖然是「無」，但似乎又被父親解讀為「因為還沒有生下適合繼承的兒子」。

巖不禁懷疑是不是葦子故意把答案引導到這個方向，泰史卻否定了這答案。

「是老爺自己要想成那樣的。」

結果不光是泰史，就連巖也完全無法判斷葦子的狐狗狸大人究竟會為豬丸家帶來吉？還是凶？

反倒是奶媽芝竹染難得對父親提出了異議。

「老爺……那個女人不是人，是妖怪。」

這句話真是一針見血。巖在後來和繼母生活的過程中始終抱著的淡淡懷疑，原來她早就感受到了……

據染所說，跟葦子有關的那幾個問題的答案其實應該是要這樣解讀的——

「她是什麼人？」的答案「外人」，指的應該是相對於「人類」的「外人」。因此「她是從什麼地方來的？」的答案「外面」指的當然是「異界」。「她應該要往何處去？」的答案「裡面」則是相對於「外面」的「裡面」，也就是「人世」的意思。只有「她在豬丸家後面做了些什麼？」的答案有太多無法判讀的文字，那是因為從「外面」侵入到「裡面」的目的太多又太複雜，所以沒辦法只用一句話表示的緣故。

「老爺，絕對不可以讓外面的東西進來裡面，更別說是娶進家裡來當老婆了！如果無論如何都一定要搭理她的話，就要在外面和裡面的中間……啊！不就是後院三個倉庫後面的那片雜木林嗎？早知道當初在那裡就應該把她趕出去了……」

最後染開始哭了起來，說什麼千錯萬錯都是自己當初不該讓她進入豬丸家裡。

由於染的解釋充滿了獨斷與偏見（而且還專往某個方向偏），所以就算是兩位伯父也無法苟同。只是，關於葦子肯定是個來路不明的可疑女人這點，三個人的意見倒是挺一致的。

「太可笑了。」想也知道，父親對染的忠告只是一笑置之。「妳為什麼不能想得再單純一點呢？所謂的『外面』和『外人』指的肯定是『別的地方』或『以前在其他地方的人』嘛！」

雖然巖也覺得父親的解讀比較自然，但是也沒辦法因此就完全放下心中的大石。因為他覺得，父親似乎也只專注在問題與答案中比較符合己意的部分。

然而，最令巖耿耿於懷的，還是那口紅色箱子。狐狗狸大人明明說那口箱子跟母親及繼母的死有關，而且放著那口箱子的儲藏室二樓還會有人死掉……可是父親卻一點也不在意。

即使巖把自己擔心的事告訴父親，父親也說那些都不成問題，根本不當回事。

「只要別打開那口箱子就不要緊。」

即使巖問父親那口箱子是什麼時候出現在家裡？為什麼會放在儲藏室的二樓？父親也只是沒好氣地回答：「從很久以前就有了。」

雖說父親表現出來的態度是把那口箱子視為可有可無的存在，但是巖認為實際上正好相反。父親根本是太在意了，所以才刻意不去想它。

至於針對那口箱子所提出的最後一個問題「可以把紅色箱子讓給葦子嗎？」，答案是「成」。染的解釋是「會成為她的」，也就是意味著「箱子遲早會變成她的東西」。

巖還以為就算是父親也應該會覺得事有蹊蹺，畢竟最後這個問題並不是伯父他們準備的，而是她自己提出來的……

可是父親卻似乎完全不疑有他。

「其他還有很多跟『成』有關的意思吧！她之所以會提出這麼奇怪的問題，只不過是受到當時的氣氛影響。而且她也已經答應過我，絕對不會把箱子打開的。」

結果誰也阻止不了父親，葦子就這麼進了豬丸家的門，成為岩男的第三任妻子、巖的第二任繼母、月代的第一任繼母，過著共同的生活。

與新繼母的生活可以說是一段非常不可思議的經驗。之前和第一任繼母由子生活的時候，也曾經讓巖覺得十分困惑。因為出身自花街柳巷的由子繼母的日常生活和母親實在差太多了。

母親是父親的妻子、豬丸當鋪的老闆娘、巖的母親、豬丸家的主婦、有時候還要身兼年輕下人們的母親……其實扮演著好幾種不同的角色。

相較之下，由子繼母只扮演父親的妻子。除此之外……不對，比這個角色還要重要的，是身為藝妓的由子。再說得清楚一點，是專屬於父親一個人的藝妓。不過由子繼母的表演聽說對於豬丸當鋪的生意也很有幫助。這麼說來，由子繼母其實是用一種完全不同於母親的方法在扮演著豬丸當鋪的老闆娘也說不定。

巖還算是可以理解由子繼母的言行舉止。當然，看在對於花街柳巷的營生還一無所知的他眼裡，的確是有很多行為讓他覺得莫名其妙，但是也還沒有到完全不能接受的地步。說不定是因為染在私底下補足了由子繼母不周到的部分，所以在日常生活中倒也沒有什麼不自在的感覺。

然而，新來的繼母卻不一樣。不只像是母親和第二任繼母之間的不同那樣，她的感覺還要更特別一點。

從起床到洗臉、煮飯、吃飯、收拾、打掃、洗衣服、買東西、洗澡乃至於日常生活的對話，總之全都跟別人不一樣。

沒錯，感覺上就像是還不習慣如何當一個人類似的……

每次都要靠染心不甘情不願的幫忙。由於受到父親當面的請託，所以也不能裝作不知道的樣子吧！

「真受不了……為什麼我都到了這把歲數還要做這種事？」染一開始的時候經常這樣抱怨著，有一次則像是突然想到什麼，說了一句：「不知道晚上的工作她做得怎麼樣？」

巖當然無法完全理解染喃喃自語的言下之意，不過當他想像父親在被窩裡抱著一個詭異到無法形容的異形之物睡覺的樣子，不由得打了一個寒顫。

在扮演好父親的妻子、豬丸當鋪的老闆娘、巖和月代的繼母、豬丸家的主婦之前，她得先徹頭徹尾變成一個人類才行吧……

巖的腦海中突然浮現出這種荒誕不經的念頭，可見她在日常生活的言行舉止有多不合常理。

結果，繼母完全不管店裡的事，甚至不曾跟任何一個下人打過照面，包括掌櫃的園田泰史在內。至於家裡的家事、照顧巖和月代的事，也和之前一樣，還是染的工作。

什麼都不用做（其實是什麼都不會做）的繼母每天都是渾渾噩噩地度過。總是呆呆佇立在三個地方：面對前院的緣廊上、貫穿主屋中心線的走廊正中央、後院的三間倉庫前。再不然就是在家裡漫無目的地走來走去，一聲不吭。明明前一秒鐘應該還在那裡，下一秒鐘卻已經出現在這裡……看次看到她神出鬼沒的樣子，巖都會搖頭嘆氣。

常常不經意地回頭一看，總是能夠在走廊的轉角、紙門的縫隙、院子裡的樹蔭底下看到繼母直盯著自己——再也沒有比這更令人嚇破膽的事了。

有一次他終於忍不住告訴染。

「少爺也是嗎？我也常看到她用那種眼神盯著月代少爺……害我老是提心吊膽，擔心月代少爺會不會被那個女人吃掉……」

得知染和兩位伯父並沒有類似的感覺，反而讓巖感到更害怕了。

家裡有個怪人……

即使過了幾天、幾個禮拜、幾個月、一年，那種不對勁的感覺還是沒有消失。

若說繼母什麼事都不做，倒也不盡如此。她還是有唯一會做的事、唯一想做的事，那就是召喚狐狗狸大人。

幾乎不會一個人出門的繼母，如果沒有站在屋內的什麼地方，或者是沒有看見她在家裡晃來晃去的身影，那就肯定是窩在儲藏室的二樓召喚狐狗狸大人，之後突然把狐狗狸大人的開示告訴當事人。

「鶴會帶來災禍。」

有一天，有人拿了一個很珍貴的古伊萬里壺來店裡典當，父親高興得不得了。但是一想到她說過的話，突然覺得有哪裡不太對勁。因為壺的頸部細細長長的，俗稱「鶴首」。經過再三仔細鑑定之後，終於發現那是個贗品。

「山雲，落選。」

那是在大約半年之後，敏之伯父才終於告訴大家，當時他曾投稿到文學雜誌《拓榴》，結果好像連初選都沒有通過。當時得獎者的名字就叫作「天山天雲」。

「是的，會輸。」

川村徹太郎拿錢去賭博並不是一件稀奇的事，不過聽說他當時是在已經很久沒打的麻將上輸了一大筆錢。

「月亮，下沉。」

要是讓染聽到「月亮」這個單字，她百分之百只會想到月代，她也真的大鬧了一場。不過葦子仍說中了，月代突然發起高燒來，結果手忙腳亂地趕緊請醫生來看。

還好一個晚上燒就退了，不過染好像認定月代一定會死似的，一口氣就老了十歲。

「小心你的腳。」

有次巖上完廁所，正在洗臉檯洗手的時候，葦子突然附在他耳邊輕聲說道，害他全身的雞皮疙瘩全部浮了出來。心驚肉跳地回頭一看，眼前只有繼母正從走廊上離去的背影。當時他雖然也發了好一陣子的抖，不過馬上就忘了她說的話。

幾天之後，他才又回想起來。那天巖在放學途中正在和朋友玩少年偵探團的遊戲，由於團員們一致認為之前無意中發現的廢墟肯定是怪人二十面相的祕密基地，因此便決定要去探險。他負責調查二樓，卻不小心踩破了已經腐朽的樓梯，樓梯碎片插進了右腳。在那之後有三、四天的時間，他都處於一跛一跛的狀態。

並不是豬丸家的所有人都相信葦子的狐狗狸大人。尤其是兩位伯父，老是說「那都是騙人的」。但如果只是這樣的話也就算了。

問題是，很快就出現了以下三個大問題。

第一，父親就連生意上的一些重大決定也開始請示起狐狗狸大人的意見。第二，曾幾何時，葦子的行為已經被左鄰右舍得知，而且還傳遍整個鎮上，開始有人專程來請示狐狗狸大人的意見，沒多久甚至傳出「很靈驗」的好評。第三，不知為何，月代竟然開始幫忙她的狐狗狸大人了。

該說是不幸中的大幸嗎？據泰史所說，第一個問題如今似乎正往好的方向發展。也就是說，狐狗狸大人的指示（其實是父親的正確解讀）在生意上的確是大有助益。

第二個問題對豬丸家來說，則是比什麼都難處理的問題。既然要開門做生意，就不能不給鎮上的人好臉色看。再加上父親受到喜歡熱鬧的由子繼母影響，已養成好客的性格，讓問題變得更加棘手。而且大家都是以個人的名義來拜訪葦子，所以就算明知大家的目的是狐狗狸大人，也不可能因此就把客人趕出去。

隨著上門請示的人愈來愈多，召喚狐狗狸大人的儀式也跟著改變。一開始是由繼母和上門請示的人一起在二樓進行，過程中請下一個人在一樓等待。後來發現有些前來問問題的人跟狐狗狸大人的八字不合，或者是從一樓傳來聊天的聲音會干擾到儀式進行。

這時，繼母是這樣說的：「因為召喚過太多次狐狗狸大人了，儲藏室已經變成一個神聖的空間。」

於是除了身為巫女的繼母以外，不准任何人進出儲藏室，上門請示的人變成要在會客室裡等待。

從這個時候開始，每當繼母要召喚狐狗狸大人的時候，都會穿上從庫房裡找到的神父服。那是一種稱為教士長袍的黑色衣服，長度一直蓋到腳踝，穿在娃娃臉的繼母身上，馬上散發出一股不知道該怎麼形容才好的異樣氛圍，看起來簡直跟新興宗教的教主沒兩樣。

雖然巖想不通為什麼會有人把神父的衣服拿來典當，不過巖倒不是完全不能理解繼母選這件衣服當「制服」的原因。肯定是為了把儲藏室塑造成神聖的空間。她先從這個想法聯想到神職人員，剛好又在庫房裡看到這件衣服，所以便拿來穿上了。

請示的方法也改成以下方式。

首先請上門請示的人把想要問的問題寫在紙上，再統一交給繼母。繼母會窩在儲藏室裡，召喚出狐狗狸大人，一個一個把問題提出來，讓狐狗狸大人利用自動筆記板把答案出示在紙上。等全部的問題都問完之後，繼母便拿著上頭寫有指示的紙出現在門口，一張一張發還給當事人。最熱鬧的時候往往可以看到第二個請示者站在玄關的前面、第三個請示者等在介於玄關和冠木門之間的通道上的盛況。

巖有時候也常會爬到中庭的橡樹上，從儲藏室的窗戶偷看二樓的樣子。所以他很清楚繼母如何召喚狐狗狸大人，過程中又出現過什麼樣的變化。

巖最擔心的還是父親的問題。不過從園田泰史的話聽來，並沒有發生過會讓兩位伯父大吵大鬧的大事。當然巖對生意上的事可以說是一無所知，但也不認為光靠狐狗狸大人的指示就可以生意興隆了。儘管如此，他相信掌櫃的泰史。既然泰史認為沒問題，那應該就沒問題吧！

就在一陣兵荒馬亂之際，繼母已經變成是狐狗狸大人的使者，也就是所謂的祈禱師一般的存在了。除了傻眼以外，他還真不知道該如何形容這狀態。附帶一提，上門請示的人全都稱她為「巫女大人」。這麼說倒也沒錯，繼母的確是散發出一股凜然不可侵犯的氣質。

只有染相當不以為然地大聲駁斥：「少爺，你可別被她騙了！那個女人的本性才不是這麼回事，她只是在裝神弄鬼而已！老爺已經完全被她迷惑住了，至於兩位少爺的伯父也都是靠不住的傢伙。千萬要記得，如果連大少爺也不能保持清醒的話，這個家就完了！」

別說一開始了，葦子在豬丸家待的時日愈長，染對她的觀感還是愈往負面發展，這點就連旁觀的巖也感覺得出來。尤其當父親決定娶她過門的時候，更是一發不可收拾。

對染來說就像命根子一樣重要的月代，可能會因此被繼母搶走也說不定……至少染本人是這麼想的。

為什麼染會盲目地寵愛月代到這個地步呢？巖其實隱隱約約地知道原因，但知道原因也只是讓巖覺得更痛苦而已。

那是由子繼母去世的第七七四十九天傍晚……

「那個老太婆也真是不幸呢！」

當時巖一個人站在中庭裡，在結束齋戒的酒宴上喝得醉醺醺的徹太郎突然出現了，並且還冒出這句話來。

「你是說染嫂嗎？」

聽巖這麼一問，徹太郎嚇了一跳，好像現在才發現他的存在，看樣子是醉得不輕。

「對呀！你應該也知道那個老太婆以前跟我妹妹由子一樣，都是在花街柳巷裡打滾的人吧？」徹太郎說著說著，露出有些遲疑的表情。「這種話……好像不該說給小孩子聽呢！」不過他好像也只是裝裝樣子而已，馬上就開始口若懸河地娓娓道來。

「雖然有點難以置信，不過那個老太婆年輕的時候可是個非常標致的美人。所以很快就被贖了身，還生了小孩，小孩長大之後娶了老婆，還生下了孫子……以她的出身來說，可以說是過了非常幸福的人生呢！」

巖只是單純地感到驚訝，原來染也有過這樣的家庭啊！

「可是啊……是什麼時候來著？大概是五年前吧？……強盜闖入那個老太婆的家，把她的丈夫、兒子、媳婦、孫子全都殺個精光。」

「什麼？……」

徹太郎不理會錯愕的巖，繼續說道：「當時那個老太婆正在隔壁的房間收拾晚飯的碗筷。雖然因此逃過了一劫，但也從此變得無依無靠。不知該如何是好，也不知該往何處去。沒辦法，只好回到老巢工作。剛好就在這個時候，被我妹子找來這裡工作。」

那實在是太過悲慘的故事，讓巖一句話也說不上來。

「那個殺了她一家的兇手啊……」徹太郎冷不防地突然把臉湊到巖的旁邊。「並不是一個人，而是一家人喔！你懂我意思嗎？就是一家子都是強盜殺人犯呢！其中居然還有十幾歲的小孩子……而且那孩子好像還從紙門的縫隙裡看到老太婆。要是他當時把老太婆的事告訴父母……恐怕那個婆娘也一起被做掉了。」

徹太郎突然又把臉轉開說：「雖然我們這裡自從戰後發生了很多兇惡的犯罪，但是像那麼駭人聽聞的事件還是非常少見。順便告訴你好了，兇手那一家人直到現在還沒有被抓到。明明一家人都是強盜、又殺了人、還在逃，應該馬上就會被發現才對啊……到底是用了什麼辦法把自己藏起來呢？」

聽完染悲慘的過去之後，巖嚇得要死。光是想像自己的家人就在隔壁房間裡被殺死的慘狀就足以令他簌簌發抖了，兇手居然是一家人的真相更是讓他打從心底發毛。

與此同時，他也稍微了解到染的心情。對染來說，由子恐怕就像自己的女兒一樣，那麼月代肯定就是孫子了。

然而，先是好不容易失而復得的女兒死了，如今連孫子都要被搶走。正因為她鑽進了牛角尖裡，才會沒有辦法冷靜下來，這實在不難理解。

月代的日常生活還是一如往常地由染照顧。從這個角度來看，葦子和巖、月代之間始終無法建立起親如母子的關係。但是繼母在儲藏室的二樓召喚狐狗狸大人時，月代也一起加入的話，看起來就像一對令人不禁會心一笑的親子……

最早看見這個畫面的是巖。連日的狐狗狸大人風潮終於告一段落的時候，月代又不知道跑到哪裡去了。巖和染分開來在屋裡屋外找了一遍，最後只剩下儲藏室，所以就去碰碰運氣。

推開沉重又堅固的土門，走到儲藏室的走廊上，隔著右手邊的紙門喊了幾聲，沒有任何反應。慎重起見還把屋子裡看了一遍，還是沒有看到繼母和月代的人影。

二樓又在進行召喚狐狗狸大人的儀式了吧。

那天並沒有任何人來請求開示，但是又想不出繼母還會做什麼其他的事情，於是他便上了二樓。果不其然，紙門另一頭傳來了繼母的聲音。

「狐狗狸大人、狐狗狸大人……」

巖想說要是吵到她就不好了，就躡手躡腳地把紙門拉開一條縫，悄悄往房間裡一看，不由得大驚失色。

因為眼前的畫面實在是太令人難以置信了。上頭放著自動筆記板的圓桌旁，坐著把右手放在筆記板上的繼母，以及有樣學樣地把左手放在板子上的月代。

回過神來，他發現自己已用力地拉開紙門，一腳踏進房間裡了。

巖進了儲藏室之後一直沒有出來，等得不耐煩的染也上了二樓，接下來就是一場大騷動。染抓住月代的右手想把他帶出去，但是繼母說在狐狗狸大人回去之前不可以離開座位，而月代只是愣愣地杵在她們兩個人中間……看不下去的巖只能建議先把狐狗狸大人請回去再說，他一邊得安撫染，另一邊還得說服繼母。

那場騷動後來總算是平息了，不過自從那次以後，月代就常常進入繼母住的儲藏室裡。最不可思議的是他的態度。

「少爺！狐狗狸大人是非常可怕的東西！你絕對、絕對不可以再請第二次！」

每次被染狠狠地警告時，月代總是露出一臉驚恐的表情，不住點頭。可是一到第二天就又和繼母在儲藏室裡召喚狐狗狸大人。

巖一面觀察月代的樣子，一面試著從本人口中問出一點端倪。

「召喚狐狗狸大人好玩嗎？」

說不定是月代覺得自動筆記板自己動起來很有趣，所以巖便這麼問他。

「很恐怖……」

「那你為什麼要玩呢？」

「我也不知道……可是會有一種輕飄飄的感覺……」

「你還想繼續玩嗎？」

月代似乎就連自己也不清楚的樣子，困惑地低下頭去。

巖想起繼母第一次召喚狐狗狸大人的時候伯父說過的話。當自動筆記板開始動起來的時候，會產生輕微的浮遊感。從指尖傳來的感覺會蔓延到四肢百骸，讓人忍不住打一個冷顫。不管經過幾次，恐怕都絕對不會習慣那種感覺吧！伯父是這麼說的。

難道就連小月也沉迷於那種陰陽怪氣的感覺嗎？……

可能是性格內向的關係，月代很喜歡作白日夢。以他的年紀來說，或許可以說是理所當然，但是月代的情況十分嚴重，也許就自然而然地迷失在狐狗狸大人的詭異世界裡了。

就在巖想遍各種可能性的時候——

啊！難不成……

他終於後知後覺地想到一個非常單純，又非常自然的可能性。正常來說應該馬上就會想到才對，可是因為狀況一扯上繼母就會變得很複雜，所以在這之前誰也沒有想到。

其實月代對狐狗狸大人根本一點興趣也沒有，他只是想要待在儲藏室的二樓而已。因為他其實是想要跟繼母在一起。

然而——

「你覺得新媽媽怎樣？」

巖抱著期待與不安的心情問道，沒想到月代卻露出不知道該怎麼形容的困窘表情。

「我也不是很清楚……」

「喜歡？」

「嗯……我想應該不討厭……可是……我還是不知道……」

沒想到居然猜錯了，巖不免有些失望。不過他馬上又想到那可能是因為有染在的關係。她一天到晚都在月代的耳邊灌輸繼母是妖怪的觀念。還說狐狗狸大人的預言之所以會靈驗，也是因為繼母不是人的關係。隨著他進出儲藏室的次數變得頻繁，染的壞話也愈難聽。即使月代再想跟繼母撒嬌，也還是會回到染的身邊。所以這一切周而復始地持續著。

老實說，巖其實也不是很了解繼母的事。雖然沒辦法像染那樣自信十足地說她不是人，但是隱隱開始感覺到繼母身上似乎藏有一股不知底蘊的東西。

只不過……只要小月喜歡的話……

無論那是多麼可怕的魔物也無所謂。月代還那麼小，對他來說，母親的存在還是不可或缺的吧！就算是沒有血緣關係的繼母（就算她根本不是人）也沒關係。

三歲就失去了母親，四歲時嫁過來的繼母雖然不是壞人，但是也沒有為他做過幾件母親該做的事，八歲又再度天人永隔……正因為有過這樣的經驗，所以不管是以什麼樣的形式，他都希望能給月代一個母親。

雖然巖自己也覺得這種想法實在很莫名其妙，但這是真心話。

只是他作夢也想不到，在這位新來的繼母嫁進豬丸家約莫過了一年以後的某一天，在完全是密室狀態的儲藏室中，發生了不可思議的兇殺案。上天又從月代以及巖的身邊奪走了名為母親的存在，這是第三次了。

第六章　紅色箱子

「啊！在這裡。」

刀城言耶忍不住發出了叫聲，抬頭望著眼前的建築物。

地點是終下市目蓮町的大馬路上，一塊寫著「豬丸當鋪」的招牌底下，外牆鋪著咖啡色現代化磁磚的店舖前面。

說老實話，他其實不太想來這個地方。因為去年秋天到今年年初之間，在終下市的鬧區裡發生了一起離奇的連續殺人事件——俗稱「西東京的割喉魔人事件」，而且還被他父親冬城牙城兩三下就解決掉了。

被譽為「昭和名偵探」的父親當時才剛解決火鶴邸殺人事件，大氣都還沒來得及喘上一口，就又趕到案發現場，而且只花兩天就揪出警方花了將近兩個月還被整得人仰馬翻的割喉魔人的真面目。

在那之後連三個月都還不到……也就是說，眾人的腦海中肯定都還清晰地烙印著喪心病狂的割喉魔人犯下的悽慘事件，以及颯爽登場、一下子就為連續殺人事件畫下休止符的冬城牙城。

一想到要在那種地方恬不知恥地露臉，言耶就覺得難以忍受，真想馬上轉身逃往別的地方，例如去年秋天和學長阿武隈川烏一起前往的神戶地方的奧戶聚落之類的……

父親跟自己沒有關係。刀城牙升只是名為冬城牙城的私立偵探，而刀城言耶也只不過是名為東城雅哉的怪奇幻想作家罷了。偵探與作家……根本八竿子也打不著不是嗎？心裡雖然這麼想，但無論如何就是會意識到。再說，就算他自己不在意，世人也會將他二人做比較。

言耶為了收集兼具興趣及實質利益的怪談旅行於日本各地，但是也不知道為什麼，總是會在旅行途中遇上不可思議的離奇事件。而且基於千奇百怪的理由，最後總是會插上一腳，等他回過神來的時候，已經把事件解決了……諸如此類的經驗多不勝數。

由於他也會以諸如此類的事件為題材寫成小說，所以在不知不覺之間，世人似乎認為他不只是個作家，還是一位偵探。所以換個角度來看，說他是自作自受也不為過。

只不過，冬城牙城是個職業偵探，一接受委託就一定會把事件解決，所以廣受好評。另一方面，刀城言耶的本業是爬格子的，每次都是迫不得已才被捲入事件裡，所以他總覺得事件能獲得解決都只是湊巧。

父子之間的矛盾原本只是刀城家的家務事導致的，但最後演變成當事人才了解的複雜關係。本來就已經夠棘手的，偏偏這次又加上父子推理對決的要素，也難怪言耶避之唯恐不及。

儘管如此，言耶仍然被豬丸家的「紅色箱子」傳說給吸引住了，所以還是來到了終下市。

豬丸家的祖先出身會津的喜多方，相傳先祖是自明治中葉移居到這裡，在此興建喜多方特有的附有倉庫的大住宅，開始經營味噌和醬油的買賣，不久後酒也被納入商品之一。戰後從現任老闆岩男這一代開始，改成經營當舖，一直到今天。因此在主屋後面據說還保存著氣派的味噌倉庫和醬油倉庫、酒倉庫。

豬丸家的大宅還有間儲藏室，這在京都的住宅裡很罕見，是十分具有特色的空間。是把倉庫式的房間直接蓋在屋子裡，可以說是令人感覺莫名其妙的構造。

在那個房間裡，有個上一代祖先從故鄉帶來的**有問題的箱子**。從流傳的故事來判斷，與其說是帶來，還不如說是硬被塞了這口箱子或許還比較貼切。

那是因為，在喜多方的本家，過去已經有好幾個住在擺放過那口箱子的儲藏室裡的媳婦莫名其妙地死掉了。

就連豬丸家也發生了一樣的情況。距今二年前和七年前，當時岩男的兩任妻子皆分別以同樣的方式猝死……

「簡直就跟費爾波茲㊸的《灰色房間》（The Grey Room）一樣嘛！」

聽到那些傳說的時候，言耶是這麼想的。

伊登．費爾波茲是位英國的作家，收錄在由江戶川亂步和森下雨村審訂的《世界偵探傑作全集》第一集裡的《紅髮的雷德梅因家族》被視為他的代表作品。該作品也被譽為是本格推理小說的傑作，受到亂步的激賞。

不過言耶還是比較喜歡描寫投宿者必將死於非命的《灰色房間》，和退休名偵探在他靜養的飯店裡因為半夜聽見嬰兒的哭聲而展開調查，最後發現那個孩子早在一年前就已經死掉的《暗夜哭聲》（A Voice from the Dark）。

《灰色房間》書中將房間本身視為危險的象徵，不過就豬丸家的情況而言，紅色箱子的問題似乎比儲藏室還要大。只不過曾幾何時，就連用來保管箱子的儲藏室也成了眾人避之唯恐不及的對象。

此外，聽說在去年晚春的時候，岩男又娶了一個來路不明的第三任妻子，而且那個女人什麼地方不好選，偏偏選在儲藏室裡頻繁地召喚狐狗狸大人。一聽到這裡，言耶簡直站也不是、坐

㊸英國作家，據說推理女王克莉絲蒂就是受到他的啟發而開始創作推理小說。

也不是了。

居然讓他打聽到這麼具有吸引力的消息，怎麼捨得放過呢……

言耶一面欣賞著在會津的喜多方民宅中也算是很少見的現代化建築物，一面回想著那些事情，突然覺得有人在看他。往店鋪的右手邊一看，有座冠木門，門前站著一個十歲上下，看起來很聰明伶俐的少年。

「你好，請問你是豬丸先生家的孩子嗎？」

「是、是的……你找老闆有什麼事嗎？」

「嗯，有一點事……」

「店鋪對面的左手邊有一條馬路，可以請你從那邊的入口進去嗎？」

「咦？……」

至此，言耶終於發現對方誤以為自己是來典當的客人了。對方明明是個孩子，似乎卻以為自己是因為不好意思從前門進去，所以才在店門前茫然佇立著……

「不、不是……你誤會了。呃……請問豬丸岩男是你父親嗎？我有事情要找他……」

「啊！你找家父嗎？你是要請他私下幫你估價嗎？真不好意思。」

「你不用跟我道歉……而、而且我也……」

「因為典當物通常都是由掌櫃的負責處理，當然家父也會過目……」

「但還是交給掌櫃先生處理對吧？」

言耶終於忍不住順著他的話回答。

「不光是店頭，就連到府回收，敝店也都是由泰史先生……不對，是掌櫃的負責處理。」

看樣子，少年已經完全相信言耶是來典當的客人了。

刀城言耶把自己的樣子從頭到腳看過一遍，到底哪一點看起來像當舖的客人了？真是令人百思不解。

如果怪想舍的責任編輯祖父江偲在場，肯定會樂不可支地這麼說：「看在那個孩子的眼裡，你那箱子般的四方形皮包裡，一定藏著什麼要拿來典當的東西喔！生活陷入困境的大師雖然拿了東西要來典當，可是連走進當舖的勇氣也沒有……誰叫大師橫看豎看都不像是個暢銷作家呢？不對，搞不好看起來根本不像個作家……」

得在造成更大的誤會之前把話說清楚才行，於是言耶連忙解釋：「呃……我……那個……我不是貴店的客人……我是透過某個人的介紹來找你父親的。」

「啊！跟店裡沒關係，是家父的客人嗎？」

「是、是的。」

少年頻頻地把言耶從頭打量到腳，才突然回過神來似的說：「對、對不起！我太失禮了。請往這邊走……」

少年說道，領著言耶從冠木門穿過小徑，一路走到玄關前。

「你幾歲了？」

「我是長男巖，今年十歲。」

不僅回答得十分有朝氣，而且還解釋了漢字要怎麼寫，讓言耶感到佩服不已。

「請問你找家父有什麼事呢？」

「啊……呃……我叫刀城言耶。那個……我想應該已經有人幫我帶話給令尊了……令、令尊應該知道我今天會來拜訪他……」

反而是已經老大不小的言耶，一句話講得吞吞吐吐、顛三倒四的。

一進入家門，言耶就被帶到會客室去。這時巖突然自言自語似的說：「還好今天沒有上門求助的人。」

他指的或許是前來請示狐狗狸大人的人也說不定。言耶對其空前的盛況早就有所耳聞了。

馬上就有個老太太送上茶和點心，不過看起來並不像是巖的祖母。態度雖然很有禮貌，卻很露骨地用懷疑的眼光打量著言耶，所以言耶也只是微笑著打了個招呼。

喝下一口茶之後，有個四十開外，親切有禮，看起來就像是個大老闆的男人出現了。

「讓您久等了。您就是刀城言耶大師吧……我是豬丸岩男。」

言耶打過招呼，遞出介紹信，可能是之前已經轉達得很清楚了，岩男突然就開始講起跟紅色箱子有關的怪談。而且還從會津地方的本家到目前的豬丸當鋪之間的歷史、再到自己娶了三個老婆的事，全都一五一十地娓娓道來，不免令言耶有些受寵若驚。

「不好意思，讓你連這麼私人的事情都告訴我。」

「不要緊，反正這一帶的人應該也已經告訴您一個大概了，所以請無需介懷。」

「我想請教一下，是關於那口紅色的箱子，當初怎麼會出現在會津的本家？」

「這個嘛……完全沒有人知道。」岩男臉上露出困惑的表情，然後以膽怯的語氣回答：「我想可能是從江戶時代傳下來的吧……不過到底是誰？什麼時候？為什麼會帶到會津的本家？就連我祖父也不知道。」

「那麼『不可以打開』的規定呢？」

「從以前就有了。好像自從那口箱子出現在本家的時候開始，就已經被這樣告誡著了。」

「那是一口什麼樣的箱子呢？」

「啊！瞧我滿腦子只記得那些怪談，都忘了要介紹最重要的箱子了。等一下我會讓您看，太小差不多是這樣吧！」

岩男用兩隻手比劃著箱子的體積。

「……但是沒有蓋子，所以外表看起來就像是被削成四方形的木頭。」

「表面還保留著木頭紋路嗎？」

「不，是由幾何圖案的花紋拼湊起來的……」

「像是木片拼花工藝品的密碼箱嗎……」

「真不愧是大師，都還沒有看到實物，就可以猜得如此準確。」

「哪裡哪裡。我想，一聽到沒有蓋子，表面又是由幾何圖案的花紋拼湊起來的箱子，應該有很多人都會聯想到密碼箱吧！」

「您真是太謙虛了……」

「那麼，那箱子曾被打開過嗎？」

「別、別開玩笑了！」

激動地否定之後，岩男像是被誰抽走了全身的力氣。

「當然還是有被人開過……只不過那些人後來都死了……」

接下來要說的話對當事人來說可能會非常沉重，但卻是言耶最想知道的部分。

「請容我問個冒昧的問題……」

「沒關係，有什麼問題您儘管問好了。我事前就有聽說大師對怪談……可以這樣說嗎？這一類的話題非常有興趣。既然您是為此事前來，我也做好心理準備要把我所知道的事情全都告訴您了。」

或許是察覺到言耶的遲疑，岩男先起了個頭，讓言耶比較好發問。

「謝謝你。那我就不客氣了……請問實際上總共有幾個人過世呢？」
「就我所知，最早一個案例是我的祖母。不過祖母早在祖父來到這裡之前，就已經在那邊去世了，所以詳細的情形我也不是很清楚。只是我記得家母在提到祖母去世的事情時，有提到過以前有好幾個媳婦都是打開那口箱子就死掉了。」
「去世的全都是媳婦嗎？」
「是的……」
「令堂沒事吧？」
「家母已經去世了，不過是很普通的病死。家母就算進到儲藏室的一樓，也絕對不會上二樓。現在回想起來，祖母的死恐怕給家母帶來相當大的刺激吧！」
「關於在你祖母之前去世的那些人，令堂有說過什麼嗎？」
「沒有，她只提了祖母的事。肯定是不小心說溜了嘴吧！不過我想家母是真的很怕那口箱子。」
「哦……」
言耶下意識地把身子往前傾。
「好子曾經跟我說過……啊！好子是我的第一任妻子。她嫁過來的時候好像曾經被家母狠狠地警告過一番，叫她儘可能不要進儲藏室。就算有什麼事情一定要進去，也絕對不可以上二樓。萬一真的非上二樓不可，也不要自己一個人上去，一定要找她——也就是家母一起去。一旦上了二樓，更是絕對不能靠近放在架子上的紅色箱子。」
「那位好子女士……尊夫人是在七年前去世的嗎？」
「是的……那一年家母才剛過世，好子好像是去儲藏室打掃的樣子。也許是從以前就覺得明明有那麼氣派的房間，如果不善加利用的話未免太浪費的緣故。」

「原來如此。」

「好子是非常聽話的媳婦。先不管她到底相不相信跟那口箱子扯上關係就會死掉的說法，總之她絕對不會違抗家母的意思。所以她就算上儲藏室的二樓打掃、就算去擦拭那個架子，也絕對不會去動那口箱子，頂多只會想要擦掉箱子上的灰塵，應該不會想到要去打開它。」

「更何況那還是個密碼箱，不諳此道的人應該沒有辦法輕易打開不是嗎？」

「沒錯，就是這麼回事。好子肯定是有生以來第一次看到那種機關箱。」

「可是尊夫人還是打開了？……」

或許是想起當時的情形，岩男一時半刻說不出話來。

「……當我找到她的時候，她已經斷氣了。在她的右手裡還拿著那個大約被打開了五分之一左右的箱子……」

「你、你有看到裡面嗎？」

「沒有。我馬上就轉過身去，想辦法把箱子闔上了……」

岩男雖然鄭重否認，但是語氣似乎有點不太自然。

「豬丸先生……」

「什麼……」

「雖然你把視線移開了，但是在那之前，箱子裡的東西該不會已經映入眼簾了吧？」

言耶猜得沒錯，岩男有氣無力地點頭。

「雖然我真的不覺得自己有看到，再說我壓根兒也不想看……但還是瞄到了紅色和黑色的東西……」

「那是什麼？」

「我猜紅色的應該是箱子的內裡，而且是接近朱紅色的那種紅呢！看起來是非常濃豔的顏色……至於黑色的東西則像是什麼東西的固體，與其說是黑色，更像是非常骯髒的灰色和咖啡色混在一起的感覺……總之就是讓人看了想吐的顏色……對了，還有一股非常淡，不知道該怎麼形容的噁心臭味。」

「嗯……看來那口箱子還是不要打開比較好呢！」

「對呀……那您還要看嗎？」

「要的。還是讓我看一下好了……」

接下來岩男開始說起第二任妻子由子的死，令人驚愕的是，情況幾乎跟好子一模一樣。

「但葦子……啊！她是我現在的妻子，不僅沒有對那口箱子敬而遠之，反而還把它供奉起來……」

「從以前就有藉由供奉瘟神來尋求庇佑的做法，所以葦子夫人的做法也不算是太離經叛道……」

「可是，還是有問題嗎？」

「以瘟神來說，通常都知道其作祟的原因，也就是明白瘟神本身的底細。然而關於那口箱子的一切都還是謎呢！這一點，葦子夫人說過什麼嗎？」

「她說那口箱子就是狐狗狸大人……狐狗狸大人是從箱子裡面出來的……」

「什麼……」

「關於這點我也稍微想了一下……我想大師之所以會來到我們這裡，或許也是有什麼機緣，所以我想趁這個機會請示一下狐狗狸大人，到底該拿那口箱子怎麼辦才好。屆時還請大師務必要賞光參加。」

「剛才我聽你大略提到，葦子夫人第一次召喚狐狗狸大人的時候，曾問起紅色箱子的問題……」

「那是義兄們在半開玩笑的情況下想到的問題，只是透過葦子的嘴巴講出來而已。這次我想認真地把問題集中在紅色箱子上，以她本人的意思請示。」

「這麼一來，狐狗狸大人的開示會有根本上的不同也說不定呢！」

「一直以來，那口箱子在豬丸家始終被視為禁忌的東西、邪惡的存在。然而葦子卻尊敬、供奉著那口箱子。」

「剛好相反呢！」

「既然如此，乾脆一次問個水落石出不是比較好嗎？我是這麼想的。」

「水落石出嗎？……」

「當然，對我們來說，那口箱子至今仍是邪惡的存在。但是如果透過狐狗狸大人的開示，讓那口箱子變成是會給豬丸家帶來幸福的箱子……不是一舉兩得的結果嗎？」

「原來如此……」

「而且，這是那口箱子自己決定的答案。所以無論出現什麼樣的答案，我都會照做。不知大師您怎麼看？」

「我啊……」

就在這個時候，有個男人進了會客室。來人乍看之下給人文藝青年的感覺，沒想到還真的是個作家。當言耶隨後知道那個人是做什麼的時候，不禁嚇了一跳。

「我從巖君那邊聽說有個同行的客人來了……」

岩男的臉上露出雖然很細微，但顯然不是很愉快的表情。看樣子是對闖進來的人感到不耐煩，不過表面上還是笑嘻嘻地說：「這位是我第一任妻子的兄長，名叫小松納敏之。義兄，這位是刀城言耶大師。大師其實是透過某位認識的人，聽說了那口紅色箱子的事，所以今天是特地遠道來看的。」

「你好，不好意思前來打擾。」

言耶主動先打招呼，於是敏之也回了一個禮。

「不好意思，請恕我孤陋寡聞，請問您都寫些什麼樣的作品？」

「主要是怪奇小說，偶爾也寫一些偵探小說，也就是戰前所說的變格推理小說……」

「哦？怪奇小說加推理小說嗎？也就是所謂的通俗小說嘛！」

「嗯……」

言耶不由自主地搔了搔頭髮。要是祖父江偲也在場的話，肯定會有一場好戲可看也說不定。以她的個性，肯定會馬上跳起來，用準備要吵架的口吻說：「你說什麼？那種不屑的說法是怎麼回事？通俗小說！那又怎麼樣？這可是大眾娛樂喔！讓讀者害怕、大笑、驚訝、哭泣……這可不是誰都辦得到的。你以為你是誰？再說……」

因為她可是推理小說的專業雜誌，亦即俗稱娛樂雜誌《書齋的屍體》的編輯，所以恐怕會暴跳如雷吧！

「我也有在寫一點小說呢！」

「啊！真的嗎？」

「自己說有點不好意思，所以詳細的內容我就不多說了……」

話雖如此，他其實露出了很希望別人問他的表情，所以言耶也老實地問：「請問是什麼樣的作品呢？」

「也沒什麼，我只是想要寫一點純文學而已。」

「啊！原來如此。」

「因為有人鼓勵我把之前的作品整理一下，所以還出了一本書……不過我自己倒是覺得還不夠好呢！」

說著說著，還不露痕跡地把書名為《鬱屈》的單行本放在桌子上。

「義兄，刀城大師是……」

「送給你，不嫌棄的話請收下。」

「謝、謝謝。」

「就算你要拿給編輯看也無所謂喔！我不在乎這種小事的。」

「好、好的。」

言耶認定最好不要再圍著這個話題打轉，便道了聲謝，把書收下。

雖然還沒有到敵視的地步，不過可以肯定的是，敏之對自己的確是抱著非常複雜的感情。言耶只跟巖說過自己的本名，然而敏之卻稱自己是「同行的客人」。從岩男的介紹詞來看，他想必事前並沒有告訴敏之自己要來豬丸家拜訪的事。那麼他為什麼會知道刀城言耶是「同行」呢？

唯一可以想到的可能性只有：他早就知道刀城言耶是以東城雅哉為筆名的作家了。這麼一來，他可能也知道言耶的一些行事作風。可是他卻裝出一副什麼都不知道的樣子，還拿出貌似是自費出版的書，說什麼讓編輯看也無所謂。所以言耶主動把話題結束可說是很明智的抉擇。

「言歸正傳，大師，繼續剛才的話題……」岩男可能也有同樣的感覺，馬上把話題拉回原來的主題。「請問您有什麼想法？」

「你說要弄個水落石出，可是在我看來，不管是狐狗狸大人，還是紅色箱子，都不是能弄個水落石出的東西。」

「你們在聊什麼？」

由於敏之硬是要插進來，岩男只好掐頭去尾地向他說明一下，然後才問言耶：「為什麼？」

「我剛才有提到供奉瘟神的例子，但是瘟神並不會因為受到供奉就馬上變成善良的神。要是祭祀的方式不對，或者是做了什麼輕率的事，瘟神還是會作祟的。」

「……」

「狐狗狸大人也一樣，在還願意回答我們的問題時都還算是好的……但是也有可能有一天突然針對根本沒有問祂的事情做出指示、莫名其妙地失控、請祂回去也不肯回去、甚至依附在當時在座的人身上……做出類似反撲的行為。」

「哎呀！刀城先生，你該不會真的相信世上有狐狗狸大人這種東西吧？」

敏之露出故作驚訝的表情。

「話說回來，推理小說不是最著重理論嗎？偵探基於合理的精神進行解謎。如果連這個前提都崩潰的話，那麼推理小說不就根本不成立了嗎？」

「沒錯，正如你說的。所以我寫的並不是本格推理小說，而是變格推理小說。」

「喔！你是說通俗性更強的那個嗎？」

「而且硬要說的話還是以怪奇小說為主……」

「如果是這樣的話，跟我就有點合不來了呢！因為如果是推理小說的話，至少還有點道理可循……基本上雖然是騙小孩的讀物，不過至少還讀得下去。但如果是一開始就認同那些超自然現象的作品，我還真是沒有辦法不敬而遠之呢！」

不管是怪奇幻想文學，還是變格推理小說，都沒有你想像的那麼簡單……但言耶還是把反駁的話給吞了回去，因為現在可不是辯論這些事情的時候。

結果岩男以饒富深意的語氣說：「可是義兄，葦子在召喚狐狗狸大人的時候，自動筆記板是自己動的對吧？」

「那是因為……」

「她可是雙手雙腳都被綁在椅子上喔！圓桌的左右兩邊還有我和巖負責把守，確定沒有任何人通過。更何況正面還有那個紅色箱子擋住去路。再說當板子動起來的時候，板子的上面和周圍也什麼都沒有，這可是義兄你自己證明的喔！」

「……」

「也就是說，狐狗狸大人是真的來過了……難道不是這樣嗎？」

「也、也不見得就是那樣。」

「可是把手放在板子上的就只有兩位義兄而已。」

「所以也有可能是川村君動的手腳……」

「我才沒有動手腳呢！」

這時耳邊突然聽到一個聲音，有個散發出遊戲人間之氣的男人進了會客室。

第七章　關於自動筆記板的解釋

「這是我第二任妻子由子的兄長，川村徹太郎。」

岩男才剛介紹兩個人認識，徹太郎便開始肆無忌憚地緊盯著言耶看。

「我還是第一次見到當作家的『大師』呢！」

「我來府上打擾了。」

「所以現在是要請這位『大師』揭露真相，證明那女人請來的狐狗狸大人其實是騙人的嗎？」

徹太郎的語氣不像是在開玩笑，而是非常認真的樣子，所以岩男輕輕嘆了一口氣，把當天的情況說給言耶聽。

「你怎麼看？『大師』。」

徹太郎迫不及待地詢問言耶的意見，不免讓人覺得氣氛有點怪怪的。但依舊無法澆熄言耶對狐狗狸大人的興趣。

「最為合理的解釋是你們兩位的其中一位動了手腳。」

「不是我，我才沒有動手腳。」

敏之立刻加以否認，徹太郎則露出一臉狐疑的表情。

「小松納兄，你到底是站在哪一邊的啊？你是認為狐狗狸大人是騙人的呢？還是你其實是相信的呢？」

「這還用說嗎？那肯定是騙人的嘛！」

「真可疑呢！那個女人剛來的時候，你一開始好像的確是這麼想的，可是在請示完狐狗狸大人之後，也是你特別強調沒有其他人碰過那塊板子。可現在你在大作家面前又表現出『相信狐狗狸大人很蠢』的模樣。你說的話完全沒有一貫性呢！」

「關於自動筆記板，我只是陳述客觀的事實而已。就算要揭穿騙人的把戲，也得先搞清楚在那之前產生的詳細現象。如果只是『那是騙人的！那是騙人的！』地狂吠個不停，完全不動腦筋的話，根本不會有任何進展呀！」

「說得比唱得還好聽。所以你動了半天腦筋的結果就是我動了那塊板子嗎？」

「我可沒這麼說……」

「你說了！非常清楚地說了。」

「刀城大師，您怎麼看呢？」

或許是為了趕走充斥在兩位大舅子間劍拔弩張的氣氛，岩男望向言耶，尋求協助。

「岩男兄，你乾脆直接問『大師』到底相不相信那個女人口中的狐狗狸大人好了。」

這時，言耶又開始對豬丸岩男和他那兩位大舅子之間奇妙的關係產生了興趣。

就算是妻子的親大哥，但如今好子和由子皆已不在人世，然而那兩個人還是繼續賴在豬丸家。如果是因為跟岩男很合得來，或者是在生意上有所幫助的話還另當別論，但看起來似乎不是這個樣子，反而像是抱著兩顆不定時炸彈的感覺。他們之所以還能夠賴著不走是因為本人的臉皮比城牆還厚，但另一方面，岩男為什麼可以忍得下來呢？

第一個可以想到的理由是，岩男對那兩任妻子還有所眷戀……從他的話裡聽得出來，三任妻子不管是出身、容貌、還是性格，全都相差不止十萬八千里，嫁進豬丸家的契機也各有不同。可是從他比一般人還要好色的性格上來看，不可能是因為這個緣故。

會不會是岩男被豬丸家的女人代代都是因紅色箱子而死的傳說制約住了，所以才會對自己的妻子懷抱著特別的感情？因為受到妻子們的請託，所以才會下定決心：只要她們的兄長待在豬丸家一天，就必須一直照顧他們！

正因為那兩個人也看穿了其中隱情，所以覺得對岩男的態度不用那麼卑躬屈膝也無所謂。話雖如此，也沒有人可以保證不會突然有一天被掃地出門。於是這種微妙得不得了的狀態就讓岩男與兩位大舅子之間形成一種獨特的關係……言耶是這麼感覺的。

正當他進行以上分析的時候，岩男把葦子說過的狐狗狸大人的由來轉述給言耶聽。

「……就是這麼回事，您怎麼看呢？我還一直以為是從中國傳過來的，所以有點意外。」

「中國其實也有一種跟狐狗狸大人很類似的儀式，叫作扶鸞。」

言耶如是說，完全沒有在表情上顯露出自己剛才在想什麼。

「果然還是有嗎？」

「扶鸞會使用一種叫作乩筆的道具，多半是用桃木或柳條等材料做成的，在手拿的部分呈現T字形或Y字形的棒子，尖端略微突起。手裡拿著乩筆的人稱之為乩手，只有一個人的話稱為單乩，如果是兩個人的話則稱為雙乩。」

「和狐狗狸大人大同小異呢！」

「沒錯，只不過扶鸞是把砂或灰撒在放置於乩筆前端的沙盤上，描寫在上頭的文字或記號就被視為是神靈的開示。另外，也有把筆吊起來作為乩筆的代用品。」

「在歷史上也很古老嗎？」

「好像從明清的時代就已經是很普遍的占卜方法了。有意思的是，歐美近代心靈主義開始盛行的十九世紀後期，中國才開始大規模地流行起扶鸞。這只是單純的巧合嗎……」

「我說『大師』，那種事情根本一點也不重要好嗎？現在是在討論那個女人說的到底是真有其事，還是胡說八道。」

「啊！說得也是。不過，關於狐狗狸大人的起源的確是有好幾種說法，所以葦子夫人說的不見得就是錯的。反而是她提出了好幾種不同的說法，我覺得非常公平。」

「公平啊……」

「關於狐狗狸大人的名稱由來，其實還有很多其他的說法。也有使用日本式的裝置來進行的手法，此法不用西洋式的自動筆記板，而是把三根竹子互相交叉，在中央打個結，再把米缸的蓋子蓋在上頭，由三個人從三個方向把一隻手放上去。」

「我聽過不是用竹子，而是用免洗筷的做法喔！」敏之插嘴了。

徹太郎則一臉不耐煩地說：「那米缸的蓋子是做什麼用的？」

「這種做法不會用到紙筆，只有三根竹子而已，所以也沒有辦法在地面上寫字。因此事先就要跟狐狗狸大人商量好，例如蓋子如果往右傾的話就是『是』，往左傾的話就是『否』這樣。」

「原來如此。」

「狐狗狸大人一旦降臨，讓這套裝置開始運作的話，就會發出『Kokkuri、Kokkuri』的聲音，所以就取了狐狗狸大人這個名字[44]。至於漢字，可能是考慮到做出開示者的真面目，所以才

[44] 狐狗狸的原文為こっくり，發音即是Kokkuri。

選了這三個字吧！」

「什麼嘛！你只是要告訴我們還有這樣的狐狗狸大人嗎？」

「如同小松納先生所說，也有人用免洗筷或文具，甚至是硬幣或杯子來代替竹子。」

「我說『大師』，感謝你說了這麼多高見，但我們只是想知道那個女人到底是不是招搖撞騙的占卜師而已。」

「哦……就我聽到當時狐狗狸大人的狀態來判斷，葦子夫人似乎不可能接觸到自動筆記板……」

「可是那塊板子還是動啦！我可絕對沒有碰喔！」

「我也一樣。」

敏之也馬上強調。還以為徹太郎又要挑他的毛病了，沒想到只是乖乖點頭。

「說得也是，我想應該也不是你搞的鬼。」

「……沒錯，我什麼都沒碰……既然如此，那這個現象是？……」

「刀城大師是不是想到了什麼呢？」

看樣子，這三個人似乎對葦子召喚出來的狐狗狸大人抱持著不同的想法。

岩男相信有狐狗狸大人；川村徹太郎壓根兒就認為那是騙人的；小松納敏之一開始雖然也覺得很可笑，但是因為板子真的在不可能的狀況下動了，所以從此以後就變得半信半疑的。

「把一隻手放在自動筆記板上的，只有兩位而已，完全沒有被第三個人碰過的痕跡。儘管如此，板子還是動了。想當然耳，也不是兩位動的手腳。」

「這是怎麼一回事呢？」

岩男忍不住又問了言耶一次。

「如果以超自然的方式來解釋，無非是因為狐狗狸大人現身了。」

「果然還是這麼回事嗎？」

「只是，雖說是狐狗狸大人，但那真的是字面上說的狐或狗或狸的動物靈呢？還是鬼神等檔次比較高的超自然現象嗎？抑或是祖先的靈魂呢……」

「喂喂，你給我等一下。」

徹太郎終於忍不住動怒了。只是在他繼續發飆之前，敏之裝作沒看見地提出問題：「那如果以合理的方式解釋，又會是什麼呢？」

「或許是磁場所引起的作用吧？」

「什麼？你是說……磁場嗎？」

「那是人體內的電氣，有時候在催眠術或招魂術上也會用到……」

「請等一下！那不是心靈主義之類的東西嗎？我想知道的可是從理論角度出發的意見喔！」

「沒錯，的確是會扯到一點心靈主義上的東西，不過在這種情況下所能想到的解釋也只有催眠術了。」

「哦。」

敏之乍看之下似乎接受了這個說法，但是他的表情卻明白透露：他認為催眠術之類的根本是狗屁不通。

「你是說她對我們施了催眠術？」

「我想之所以把舞台設定在儲藏室的二樓，也是為了要加強催眠術的效果。」

「原來如此。聽起來似乎有點道理呢！但是她並沒有對我們做出什麼具體的施術啊！我聽說所謂的催眠術，必須要由催眠者向被催眠者進行催眠才行。而且被催眠者如果心存懷疑的話，就不容易達到催眠的效果。」

「葦子夫人只不過是提供了一個很有氣氛的舞台而已。」

「如果只是那樣的話，再怎麼樣也……」

「接下來再由兩位自行進入催眠的狀態。」

「什麼……」

「也就是自我催眠。不對，還包含豬丸先生和巖君在內，或許可以說是一種集體催眠也說不定。」

「你在說什麼傻話……我和川村君根本就不相信什麼狐狗狸大人的，可以說是打從心眼裡懷疑，在這種情況下怎麼可能自我催眠？」

「上鉤的不是自己意識，而是無意識——這正是自我催眠。」

「那要怎麼上鉤呢？」

徹太郎倒是以好奇的語氣問道。

「小松納先生說葦子夫人並沒有對兩位施術的事實，但其實在聽到『狐狗狸大人、狐狗狸大人……』這句話的階段就已經上鉤了……」

「你到底想說什麼？」

「就是暗示。先設定好適合的舞台，再不斷地重複著同一句話。以向別人施加暗示的方法來說，這算是最基本的方法了。」

「然後呢……」

「當現場的氣氛愈來愈高漲，參加者也愈來愈緊張的時候，再反覆對狐狗狸大人重複同一句話：『如果您已經降臨的話，請務必賜予我們一個記號……』」

「的確是這樣沒錯。」

「另一方面，對於人類來說，要一直保持著動也不動的狀態是非常不自然又吃力的。在正常的情況下尚且如此，更不要說是在召喚狐狗狸大人這種極為特殊的情況下了。自己雖然打定主意要一動也不動，但肌肉還是會下意識地抽動。」

「也許吧！」

「假設一個人的手無意識地抽動，其震動透過板子傳達到另一個人的手中，你猜會如何？」

「……」

「你難道不覺得那是非常容易對自己下暗示的狀態嗎？即使只有一絲絲，腦海中還是會閃過『狐狗狸大人是不是真的出現了』的念頭吧？」

「關於板子為什麼會動的說明，這樣就可以了吧！」徹太郎把臉上仍寫著不滿的敏之撇在旁，繼續往下追問：「可是啊，那塊板子上寫著文字喔！雖然是醜得像蚯蚓亂爬的平假名，雖然當中的確有些字無法判讀，但那的的確確是文字喔！根據『大師』的說明，就算了解板子為什麼會動，但文字的謎還是沒有解開呀！」

「說得也是呢！那到底是誰寫上去的呢？」

敏之馬上也跟著緊咬著這點不放。

「就是你們兩個的其中一個。」

「咦？……」

「什、什麼……」

不光是敏之和徹太郎，就連岩男的臉上也露出了驚愕的表情。

「當初設計那些問題的人就是小松納先生和川村先生。所以換個角度來看，若說是兩位想要知道那些問題的答案也不為過。」

「啊……」岩男驚呼了一聲。「您是說……義兄們無意識地回答了自己提出的問題嗎？」

敏之和徹太郎皆是一聲不吭，看樣子似乎陷入了沉思。之所以一直偷眼看著對方，也是想說「移動自動筆記板的並不是自己，而是你這傢伙」吧！只不過實在沒有辦法證明這一點，所以只好沉默以對也說不定。

岩男似乎沒有發現大舅子們心境上的百轉千迴，露出了明顯受到衝擊的表情。

「大師，也就是說……葦子的狐狗狸大人打從一開始就是騙人的嗎？既然如此，那她說她失去記憶也是……」

「不過……」言耶把三個人輪流看了一遍。「如果按照剛才的解釋，問題的答案就會對不上喔！」

一干人等全都丈二金剛摸不著頭腦似的注視著言耶。

「接下來我可能會說出一些失禮的話，還請各位見諒。」

言耶把醜話先說在前頭之後，輪流望向敏之和徹太郎。

「對於葦子夫人進入豬丸家這件事，兩位似乎非常緊張吧？」

雖然只是從岩男的談話裡推敲出來的結論，不過從一路聊下來的內容來猜，幾乎可以說是八九不離十吧！

「這不是廢話嗎？因為根本不知道她是什麼來歷啊！」

「有哪個傻瓜會特地把來路不明的傢伙請進家裡來啊？」

果不其然，兩人馬上就跳出來抗議。

「既然如此，就不太可能是兩位的其中一位動了自動筆記板。」

「此話怎講？」

徹太郎似乎什麼也沒有注意到的樣子，敏之倒是發出「原來如此」的一聲，看來他已經聽出言耶的弦外之音了。

「如果想要把葦子夫人趕出豬丸家的話，在回答跟她有關的那幾個問題時，就應該在紙上寫下更不利於她的答案才對。」

「可是當時寫在紙上的卻是……」

敏之露出試圖回想起問題和答案的表情。

「都是非常抽象的『外人』或『外面』或『裡面』這一類的平假名……」

「原來是這麼回事啊！」

徹太郎露出恍然大悟的表情。

「其中最不合理的，莫過於『葦子夫人接下來該怎麼辦才好』的問題，答案居然是『留下』。如果是兩位的其中一位無意識地移動自動筆記板的話，這裡應該會出現『出去』或『消失』或『離開』之類的答案才對。」

「對呀！『大師』說得沒錯。」

「這麼說來……跟當舖有關的答案也一樣呢！」岩男偷眼看了一下兩人，把臉轉向言耶開始說明：「義兄們對於當舖的擴張表現得很積極。可是關於今後生意上的問題，卻都是一些否定的回答，像是維持現狀就好、或者是不需要開分店之類的。」

「那麼就更不可能是兩位在自動筆記板上動手腳了。」

明明是自己推翻自己的解釋，言耶卻一副樂在其中的樣子。

「當然，寫在紙上的是只有兩個字的平假名，所以讓不同的人來解讀，可能會讀出天差地別的意義。但是就算把這點也考慮進去，寫在紙上的文字還是很容易可以解讀成『與兩位的意願正好相反』。」

「嗯……」敏之低喃著說：「利用無意識的肌肉作用和自我催眠的組合來操縱自動筆記板嘛……我幾乎快被你這個推理給說服了，即使是現在我也還在懷疑自己是不是真的受到催眠……算了，事到如今我就坦白一點好了。老實說，我雖然不想承認，但是刀城先生的說明的確很有說服力。而且還為那些現象加上合理的解釋，讓人覺得除此之外不可能再有別的理由，這也是很重要的一點。」

至此，敏之稍微停頓了一下，同時狠狠地瞪著言耶。

「然而，大家認為是唯一有可能性的推理，卻被本人給推翻掉了。既然如此，真相到底是什麼？事實究竟藏在什麼地方呢？」

「這還用問嗎？義兄……肯定是因為狐狗狸大人是千真萬確的嘛！」

岩男代替言耶回答。

「是這樣的嗎？刀城先生？」

「『大師』，你說話啊！」

「刀城大師……」

被三個人逼問的言耶，忍不住抓了抓頭髮。

「我是有一個想法，不過在那之前可以先讓我參觀一下現場嗎？」

「對哦！我都忘記了。真不好意思，一下子聊得太投入了……」

岩男連忙站了起來。

「請稍等一下，我先去看看葦子的情況。」

岩男邊說邊打開紙門，正要走出會客室的時候，突然「啊」地叫了一聲。

因為貌似葦子的女性就站在走廊上。

第八章

僵住的表情

「刀城大師，葦子問您要不要召喚狐狗狸大人……」

岩男在走廊上和她說了幾句話，回到會客室告訴言耶。

「現在嗎？」

「是的。雖然我說馬上就要吃晚飯了，等吃過晚飯再開始也不遲，可是她說太晚的話會耽誤到月代就寢的時間……」

「啊！原來是這樣啊！」

既然是巖的弟弟，又是由子的兒子，想必不會超過六歲。向岩男求證之後，果然真的是六歲。

「可以在召喚狐狗狸大人之前，先讓我參觀一下儲藏室裡面嗎？」

「這倒是無所謂。」

「紅色箱子也想看一下……可以嗎？」

「可以。因為葦子也知道這次召喚狐狗狸大人的目的。」

岩男望向兩位大舅子的方向。

「因為圓桌的腳有點晃，所以想換張新的桌子。她說這次用和室用的書桌就可以了。」

「要再從庫房裡調嗎？」

岩男對敏之的提議表示同意，言耶等人便走出會客室，往庫房的方向前進。

庫房裡收藏著各式各樣的典當物。言耶最感興趣的莫過於一些古老的工具。在岩男他們物色適合的桌子時，他一個人盡情地參觀個過癮，真可謂心滿意足。

不過徹太郎比言耶還要肆無忌憚，而且還用充滿了物慾的眼神看著那些典當物。似乎完全不打算跟著大家選桌子，而是想把什麼東西擅自帶出去的樣子。

最後雀屏中選的是一張看起來很堅固的四腳桌子，粗粗的四支桌腳上各自雕刻著模仿自鳥獸人物戲畫的圖案，的確很適合用來召喚狐狗狸大人也說不定。

這麼厚重的桌子是由岩男和敏之搬出去的，徹太郎就只是默不作聲地在一旁看著，完全沒有打算要動手幫忙。

言耶原本是最後一個進入庫房的，如今帶頭從門口出去。從土間㊺上到主屋，往會客室的方向前進，就在轉進通往儲藏室的走廊上時，發現葦子就站在門口。

「妳好。」

言耶向她打了聲招呼，葦子先是露出了一絲不解的神情，然後也行禮如儀地點頭致意。光看她那神態還真像個小女孩，但是如果再加上她身上穿的神父服，就怎麼看怎麼怪了。

真是個不可思議的女人呢……

言耶在旅行的時候常常會碰到各式各樣的人物，其中也不乏令人忍不住懷疑「是人還是妖」的傢伙，但是從來沒有人有像她這樣的氣質。如果硬要舉出比較接近的例子，大概只有得道的巫女吧！

㊺日式建築的一種，指的是沒有鋪設地板的泥土地房間。

然而又不是巫女……

明明是自己想出來的，可是言耶卻馬上否定掉自己的感覺。

雖然感覺很接近，但是不一樣。而是更特別的……某種其他的……總之不是巫女就對了……

一般人通常不會直勾勾地盯著初次見面的對象看，言耶當然也不會做出那麼沒禮貌的事，可是他的目光就是沒有辦法從她身上移開。

另一方面，葦子也只是靜靜地回望著一直盯著自己看的言耶。

就在其他人追上來的短暫空檔裡，刀城言耶和葦子兩個人就只是一句話也不說地凝視彼此的臉。

就在這個時候，土門打開了。

「哎呀……」

葦子背對言耶發出來的嗓音讓他不禁在心裡「咦？」了一聲。因為她的口吻跟她給自己的印象有很大的出入。

「現在開始要召喚狐狗狸大人。那口箱子……」

在應該是月代的男孩從葦子背後現身的瞬間，她一前一後的聲調差異就顯得合理了。

一開始喊的那一聲其實是母親的呼喚，但是接下來的語氣則已經轉變成類似巫女的說話方式，所以才會讓人感覺到這兩種語氣的不同吧！

可是她為什麼突然噤口不語呢？

覺得很不可思議的言耶再把視線拉回她身上，不禁悚然一驚。

因為眼前是她僵住的表情。

葦子望著他的身後，臉上浮現出驚愕的表情，彷彿看到什麼令人難以置信的妖魔鬼怪。表情一瞬間凍結在臉上，她就只是圓圓地瞪大了兩隻眼睛。

言耶也下意識地回過頭去，這時映入他眼簾的是以下的畫面——

地點是儲藏室的走廊上。

站在前面，雙手背在背後搬著桌子的豬丸岩男。

跟在他身後，把同一張桌子抱在自己胸前的小松納敏之。

拿著應該是從庫房裡找到的蛇形裝飾品，臉上浮現出卑鄙笑容的川村徹太郎。

另一個地點是紙門敞開著的會客室裡。

偷偷躲在紙門後面窺探儲藏室的豬丸巖。

把桌子上的茶杯收到托盤上的竹芝染。

正在和她講話的掌櫃園田泰史。

——當然，言耶是後來才知道當時正在和染講話的男性就是掌櫃的園田泰史。

葦子到底是看到什麼才顯得那麼震驚呢？

言耶再度轉過頭去的時候，正好跟葦子從門口進入儲藏室是同一個時間。因此他清清楚楚地聽見了那句話……

「喂……喂！葦子！桌子……」

身後傳來岩男的聲音。

就像是要打斷他的叫聲似的，門「砰」的一聲關上了，而且好像還從裡面鎖上了門閂。

言耶握住門把，試著想要把門拉開，可是門卻文風不動。

「大師？……」

「好像從裡面鎖上了呢！」

言耶一面讓開一面說，岩男也試著想要把門打開，但是一樣文風不動。

「葦子！喂！發生什麼事了？」

岩男一邊拍門，一邊大聲地呼叫。只不過裡面並沒有傳出任何回答。

「平常在召喚狐狗狸大人的時候，會把這扇門從裡面鎖上嗎？」

「不會，從沒發生過這種事……啊！其實我也不是很清楚……」

岩男不怎麼有自信地回答之後，敏之望著放在走廊上的桌子。

「意思是說這個已經不需要了嗎？」

明明是她自己說要把桌子換掉的，這麼說來的確是很奇怪。

徹太郎露出一臉不懷好意的笑容說：「可能是看到這玩意兒，害她記起什麼不願意回想的過去了吧！所以才會慌慌張張地躲進儲藏室裡。」

他右手裡拿的是一個蜷成一團的大蛇裝飾品。

「那裡面是空心的，可以戴在頭上對吧？」

「哦？真不愧是『大師』，果然見多識廣。」

「我之前曾在某個畸形秀小屋裡看過一種叫作影身胞蛇腹娘的畸形秀。當時一個半裸的徐娘演了半天跟蛇交纏的樣子之後，對著沒有被嚇跑的客人——也就是我本人，戴上跟這個很類似的頭套說：『大家早就知道這世上沒有所謂的蛇娘了吧！』然後就把我們趕出去了。」

「哈哈哈！這真是太有趣了。說起大作家，我還以為是整天關在房間裡，臉色蒼白的知識份子呢。沒想到『大師』居然也會去那種地方啊？」

「呃……那也是民俗採訪的一環……」

言耶正準備說明的時候，岩男以掩不住不耐煩的語氣打岔說：「大師，不好意思讓我打斷一下。義兄，那個蛇的裝飾品到底有什麼問題？」

「我是說，當她看到這個的時候，突然想起以前在畸形秀小屋裡被丟石頭的日子……」

「你怎麼還在說這個？」

「像那樣躲在儲藏室裡不就是最好的證據嗎？」

「請問一下……」言耶有些遲疑地問道：「那個是從庫房裡拿出來的嗎？」

「沒錯。我本來只是想要找找看有沒有什麼有趣的東西，結果看到很適合那個女人的東西，所以就稍微借來用一下了。」

「義兄，請不要隨便把典當物拿出來。」

「你們還不是把桌子……」

「這已經是流當品了。」

「再請問一下……」言耶再次打斷他們的爭執。「那個東西是怎麼來到貴店的？」

「咦？……這個啊？好像是掌櫃的出去到府收貨的時候，順便從哪個地方買回來的吧！因為像這種東西還是會有人要的。」

岩男一五一十地告訴言耶，然後馬上轉回儲藏室的方向。

「葦子不要緊吧？」

岩男一臉擔憂地抬頭看著二樓。

「看那樣子肯定有鬼喔！」

徹太郎不死心地繼續圍著這個話題打轉。

「說不定正在偷偷地打什麼壞主意。」

敏之也加進來攪和。

「怎麼了？」

不光是巖，就連染和泰史也都出現了，事情開始變得有點難以收拾。

「少爺呢？月代少爺在哪裡？」

「老爺，發生什麼事了？」

「各位！」

言耶舉起右手來振臂一呼，大家立刻全都閉上嘴巴，不過也只維持了一下子。

「月代少爺在儲藏室裡面嗎？大師你告訴我，那孩子到底在哪裡？」

唯獨染不受控制地學岩男叫他大師，而且幾乎就要撲到言耶的身上了。

不過當巖說他有看到月代跑去上廁所的時候，染馬上就頭也不回地從儲藏室的門前離開。

「呼……」

言耶忍不住鬆了一口氣，這次卻換岩男整個人湊上來。

「大師，您是不是知道些什麼？」

「啊！呃……剛才葦子夫人在把門關上之前，說過一句話。」

「什、什麼話？」

「她說『得趕緊召喚狐狗狸大人才行』。雖然很小聲，但她的確是這樣說的。」

「也就是說，葦子現在正在召喚狐狗狸大人嗎？」

「……我想是吧！」

「太奇怪了。」敏之打岔。「就是因為先前用來召喚狐狗狸大人的圓桌壞了，所以她才請岩男先生準備一張新的桌子。問題是桌子都已經拿來了，她卻放著不用，逕自躲進儲藏室裡。這不是很奇怪嗎？」

「我都說了，那個女人是因為看到這條蛇……」

岩男還來不及阻止又想要老調重彈的徹太郎，反倒是巖先開口了：「我覺得小月沒有跟她在一起也有點怪怪的。」

「因為他們要一起召喚狐狗狸大人嗎？」

針對言耶的問題，岩男代替巖回答：「一開始的時候還好，但是現在好像已經變成沒有月代不行了。」

「會不會因為這次跟紅色箱子有關，葦子夫人認為比平常的請示還要危險，所以不讓月代君參加呢？」

「這個嘛……我倒是覺得要請示的事情愈重大，葦子愈需要那孩子的協助……」

這時，月代在染的陪同下出現了。

「啊！月代，到這裡來。」

一看到兒子的身影，岩男似乎有些六神無主的樣子。

「你剛才從儲藏室裡出來的時候，葦子繼母有說什麼嗎？你仔細想想，是很重要的事情喔！想起來了嗎？」

「……」

「你葦子繼母為什麼會把你趕出來，自己召喚狐狗狸大人呢？你給我老實回答！」

那樣子幾乎是一口咬定月代一定聽到了什麼、也知道繼母奇怪行為的背後原因。

「老、老爺……事情真的有些蹊蹺。」原本以為染肯定是要護著月代、違抗岩男，沒想到她只是把眉頭皺成一團，以有些心驚肉跳的語氣娓娓道來：「小少爺說了，他說夫人在進入儲藏室之前，曾經講過類似『打開那個箱子』或者是『不打開不行』的話喔！」

「請、請等一下。」

言耶連忙把視線從染移到月代的臉上。

「你記得葦子繼母到底是怎麼說的嗎？可以把葦子繼母講過的話，一字不漏地告訴我嗎？」

「就是我剛剛講的那樣。」

染馬上插進兩人之間。

「我想知道正確的說法。」

「少爺也不記得正確的說法了，畢竟只是在門口擦身而過的時候自言自語的一句話而已。」

「……」

言耶似乎有什麼放心不下的事，一瞬也不瞬地緊盯著儲藏室的門，突然沉默了下來。

「刀城大師？……」

與此同時，岩男終於稍微冷靜了下來，以帶點遲疑卻藏不住焦急的語氣探詢。

「不、不好意思。因為剛才我突然很想知道葦子夫人在心境上到底出現了什麼樣的變化……」

「您想到什麼了嗎？……」

「不，我什麼也沒有想到。只是就這麼放著不管真的好嗎……」

「暫時也只能先觀察一下情況不是嗎？」敏之以冷靜的態度說道：「就算她的反應是真的有些不太對勁，但是本人都說是要召喚狐狗狸大人了，我們也只能等到儀式結束，她自己從儲藏室裡出來不是嗎？」

「可是義兄，葦子說要打開那個箱子呀！」

「這個嘛……」

敏之望著月代的方向，似乎想要說些什麼，可是馬上又閉上了嘴巴。看樣子他似乎認為小孩子的說詞不準，但是說出來的話，染肯定又會糾纏不清，所以才決定把話吞回去吧！

「先觀察兩、三個小時如何？」

徹太郎提出不負責任的建議。

「義兄……」

「因為這次要請示狐狗狸大人的案件正是跟紅色箱子有關，所以那個女人會提到也沒有什麼好奇怪的不是嗎？」

他的言下之意似乎是：「打開那個箱子」或者是「不打開不行」都是月代聽錯了。就算外甥沒有聽錯，葦子真的打開箱子，那也沒什麼大不了的——從他表情看來，很明顯就是這個意思。

「這麼說是沒錯啦……」

岩男先以憂心忡忡的眼神望向儲藏室，再以求助的目光看著言耶。

「那扇門內側的鎖是什麼樣子的？」

「是一個很大的鐵製勾環，在這邊的牆壁上……」岩男指著土門的左手邊說：「有個垂直插入的鐵製勾環，將其旋轉九十度，就可以嵌入設置在門內側的溝槽裡。」

「聽起來既大又堅固呢！」

「和外側的門閂或大鎖比起來固然比較單純，但再怎麼說也還是倉庫的鎖。」

「可以從外面打開嗎？」
「沒辦法。」
「那有窗戶嗎？」
言耶和岩男一起走到中庭，只見南側的對開門關得緊緊的，推了半天也推不動，似乎也從裡面上了鎖。
岩男雖然百般不樂意，卻也只能接受暫時先觀察一下狀況的結論。
然而，當他們在客廳裡吃過晚飯，轉移陣地到會客室裡又過了一個小時之後，葦子還是沒有走出儲藏室。
「已經九點了呢！」
岩男瞥了一眼柱子上的時鐘說道。
「通常召喚狐狗狸大人要花多少時間呢？」
言耶的問題讓岩男側著頭想了一下，倒是巖主動伶俐地替他回答：「會因前來請示的人數和請示的內容而異，不過繼母待在儲藏室二樓的時間最長也不會超過三個小時左右。」
「那個時候剛好是六點對吧！也就是說，她差不多該出來了吧？」
「可是大師，這次要請示的只有跟那口箱子有關的事而已，再怎麼說都太久了吧！」
「說不定是這次請示的內容太棘手了……」
岩男似乎也有同感，所以不疑有他地點了點頭。可是言耶偏偏多說了一句：「就算是這樣，我也覺得三個小時實在是太久了……」害得好不容易才放下心中大石的岩男又開始坐立不安起來。
又過了一個小時。

「已經十點了。再怎麼說都有點不太對勁吧！」

這次換敏之開始覺得奇怪了。

「葦子……」

岩男喃喃自語的同時，身體已經衝出了會客室，往儲藏室的方向直衝過去，所以言耶等人也連忙追了上去。

「葦子……葦子……葦子！」

岩男喊著妻子的名字。一開始還試圖壓低聲音，後來音量卻愈來愈大。當他敲打土門，發出咚咚聲響時，嗓門更是放大了好幾倍。

然而裡面卻沒有任何反應，就連半點聲音也聽不見。

「事到如今，唯有破門而入了。」

「可是豬丸先生，這扇門……」

「我去叫平常跟我們有生意上往來的宮地工務店。」

岩男丟下這一句就跑去打電話了。

過了大約三十分鐘，宮地工務店的社長和兩名從業員終於趕到豬丸家。似乎是花了一點時間才召回已經回家的社員。

社長宮地從岩男口中得知事情的始末，再把土門檢查一遍之後，認為把合葉拆下來是最快的方法。當然那並不是一項簡單的作業，但比起在門板上打一個洞還是快多了。

在岩男、敏之、徹太郎以及言耶的注視下，巨大的合葉開始解體了。岩男在宮地他們來之前就先叫巖上床睡覺，所以巖便回房去了。月代也早就睡著了。染似乎也已經休息了。

大約花了一個小時才把上下兩側的合葉拆下來，工務店的兩個員工一人抱著一邊，慢慢把土門的右側打開一個縫隙。

第一個衝進儲藏室的是岩男，然後是言耶。

「我們先進去看看就好。」

敏之和徹太郎也想跟著進去，但是被言耶委婉地制止了。因為不知道儲藏室裡發生了什麼事，所以最好不要有太多人同時一起進去。

言耶把視線從不甚滿意的兩人臉上移開，望向門的內側。說是長鐵棒也不為過的勾環一角已經從右手邊的牆壁上鬆開，而且那個部分還被旋轉過了。如今勾環依舊處於完全橫放的狀態，確確實實地嵌入門板後面的溝槽。也就是說，葦子在六點左右的確是從裡面把門鎖上了。

再把勾環本身也檢查過一遍之後，言耶才把視線望向儲藏室的內部。

一踏進門內，便是一條長長的昏暗走廊。中間是櫸木的抽屜式樓梯，右手邊則是顏色暗沉的紙門。

在模糊燈光照射下的空間看起來冷冰冰的，感覺上就像是舞台底下的機關，又像是使用在貿易上的帆船船艙一樣。

「慎重起見，還是先從一樓確認起吧！」

為了讓慌亂的岩男冷靜下來，言耶提出這樣的建議。已經一腳踩在樓梯上的岩男雖然有些猶豫，但還是打開紙門，走進房間裡，把燈點亮。

那一瞬間，言耶發出了驚訝的讚嘆聲。

「這是……」

眼前有一個極盡奢華，絢爛奪目的房間，與昏暗又陰森森的走廊可說是天壤之別。

「這是縞杮耶！」

浮現在銀底的柱子及天花板上，那宛如孔雀羽毛一般的花紋，是號稱一萬棵裡才能出現一棵的高級木材的特徵。

「門上的橫木也是呢！啊！還有火盆、椅子和茶几也全都是縞柿耶！」

不只是建材，就連家具也都是用極為珍貴的柿木打造而成的。

房間有四坪大，進門的左手邊是附有小櫃子，左右高度不同的棚架和寬一間㊻的壁龕，右手邊則有壁櫥和掛著三幅一組的掛軸的壁龕，正面則是兩片拉窗。

「這扇窗子的對面就是中庭嗎？」

拉窗的外面還有鐵窗，緊閉著的對開門則和土門一樣放下了勾環。

「大師，趕快上二樓……」

當言耶還在檢查壁櫥裡面的時候，岩男已經不耐煩地開始催他。

「不好意思。我們走吧！」

言耶欣賞著跟背面剛好相反的，豪華絢爛的金黃色紙門圖案，轉身回到走廊上，帶頭爬上陡峭的樓梯。二樓同樣也有一條點著昏暗燈光的走廊，南側依舊是殺風景的紙門。

「葦子夫人？妳要不要緊？」

言耶一面出聲，一面把手伸向紙門上。

「岩男先生也一起來了。我要把門打開囉！可以嗎？」

言耶慢慢拉開紙門。

一樓統一用縞柿，二樓則是被高級的櫸木填滿。可惜言耶此時此刻完全沒有心思讚嘆眼前

㊻六呎，約當於一・八一八公尺。

的畫面。

因為腹部湧出鮮血的葦子就倒在圓桌和椅子東倒西歪、沾滿血跡的紙片散落一地的房間裡。

第九章　狐狗狸大人殺人事件

刀城言耶確認過葦子已氣絕身亡的事實之後，拚命安撫六神無主的岩男離開儲藏室，隔著土門請敏之報警，再返回現場。

「刺殺嗎……」

兇器似乎是一把白色的小刀，就掉在遺體腹部的前面。據岩男所說，還有一把黑色的小刀跟這把白色的小刀是成對的，原本用來封印住那口紅色箱子。如今那把黑色小刀也不在左右高度不同的架子上，至於那口箱子則是被葦子的左手抱在懷裡，她的右手又壓在左手上方。

「幾乎都還沒有跟妳講到話，沒想到竟是在這樣的情況下見面……真的非常遺憾。」

言耶對著遺體說完這句話之後，雙手合十，深深鞠了一個躬，以示默哀。

然後，他輕輕嘆了一口氣，把屋子裡環視一遍。

二樓和一樓一樣，也是四坪大小。進門的左手邊是描繪著水墨畫的壁櫥紙門，右手邊則是左右高度不同的架子跟壁龕，前面則有鑲嵌著鐵欄杆的花形窗。窗戶外面的對開門緊閉著，和一樓一樣上了鎖。

「完全是間密室呢！」

慎重起見，連壁櫥裡都檢查了一下，當然沒有半個人躲在裡面。

房間的中央鋪著一塊跟這個房間非常不協調的圓形地毯，用來召喚狐狗狸大人的圓桌和椅子原本應該是擺放在這裡的。

如今葦子的遺體倒在地毯的南端，在她和窗戶之間有兩張椅子各朝著東西兩個方向放倒。由於遺體比較靠近東側的椅子，所以那裡可能是她平常坐的位置。

頭朝出入口的紙門方向倒地不起的葦子前方，是那張傾倒的圓桌，桌面朝向東側，桌腳處則放著倒過來的自動筆記板，露出背面的兩個輪子，周圍還散落著好幾張粗紙。之所以有這麼大量的紙，恐怕是給自動筆記板寫字用的吧！看來應該是擺放粗紙用的小台子則橫倒在圓桌的西側。

「也就是說，兇手是從北側的紙門闖進來，拿起放在架子上的小刀，直接從正面攻擊葦子夫人嗎……」

房間裡還有另一張椅子，就放在壁櫥前面，也就是東北方的角落裡，看樣子並沒有被用在這次召喚狐狗狸大人的儀式上。

「還是被兇手放回去的呢……」

問題是，實在很難想像這是由平日出入豬丸家的訪客所犯下的罪行。

「還是把第三張椅子視為打從一開始就沒有使用到，應該會比較好吧！」

把案發現場的狀態清清楚楚地烙印在眼球上之後，言耶仔細觀察起散落在遺體周圍，被鮮血染紅的粗紙。

「這個是……被拿來擦拭兇器上的血跡嗎？」

再往小刀的方向一看，明顯可以見血跡被擦拭過的痕跡。

「但這到底是為了什麼？」

兇手為什麼要特地用粗紙把附著在兇器上的血跡擦乾淨呢？又為何不把刀子收回刀鞘裡？

因為白色的刀鞘就掉落在小刀附近呀。看來只是把血跡擦掉，然後就不以為意地把小刀隨意丟棄了。

把血從兇器上擦掉的主要理由不都是為了要把兇器帶走嗎？如果要留在現場的話，根本不用管上頭的血跡啊！

「但兇手還是把兇器丟在現場，反而帶走了那把黑色的小刀？」

言耶百思不解地再把屋子裡看了一遍。

房間裡到處都找不到黑色的小刀。就算是在圓桌或椅子倒下時彈開、落到某個角落，也應該會掉在視線可及的範圍內才對。原本還以為是被壓在散落一地的粗紙下，但是也沒有。由於不能把現場弄亂，所以沒辦法檢查得很仔細，但至少沒有特別膨起來的粗紙。

「可能要再確認一下是不是真的有那把黑色小刀了。」

言耶在腦海中做著筆記，把目光焦點集中在掉落於傾倒的圓桌和遺體之間的兩張粗紙上。

兩張紙上都有用鉛筆寫下類似文字的記號。看起來像是平假名的筆跡十分潦草，就像是還不太會寫字的小孩，或者是慣用的那隻手受傷的大人寫下的，每張紙上各寫著兩個字。

其中一張的第一個字是宛如把菱形從正中央切開的兩條線，勉強可以認出來是「い」。第二個字則是底下變成是圓形的英文字母「Z」，因為有個小小的「○」，所以看起來是「る」。

另一張的第一個字是兩條橫線和一條斜斜貫穿的直線，由於直線從一半就往左彎曲，所以看起來是個「き」。第二個字則是在「十」的直線下方正中央的左邊有個「○」，而在橫線的右上方還有類似濁音的「゛」，所以是四個文字中最容易辨認的「ず」。

「一張是『いる』，另一張是『きず』嗎？」

言耶從上衣內側的口袋裡拿出筆記本，把那四個字正確地臨摹下來。

「這可能是狐狗狸大人針對那口紅色箱子的回答，但重點是不知道問了什麼啊！」

就算想要從答案推回問題的內容，以現在的狀態來說，線索也實在太少了。

「紅色箱子嗎……」

其實打從他一腳踏進二樓的房間裡，最在意的就是那口紅色的箱子了。當然一開始是先被倒在地上的葦子嚇到，但自從發現她已經氣絕身亡之後，紅色箱子的事情就再也沒離開過他的腦子裡。

所以他才故意把箱子的問題放到最後。因為要是先看了的話，可能就再也沒辦法做別的事了。

言耶做好心理準備，移動身體的位置，把視線從那兩張粗紙移到紅色箱子上。再拖下去的話警察就要來了，要是被他們轟出去之後再來後悔就來不及了。

紅色箱子就落在葦子的肚子旁邊，被她的左手抱在懷裡。旁邊還有似乎用來按住傷口的手巾，上頭沾滿了鮮血，把箱子遮住了大半。換句話說，以現在的狀況來看，並沒有辦法確定箱子是不是打開的。

比紅色更加濃豔的朱紅色……

像是什麼固體的黑色東西……

非常骯髒的灰色和咖啡色混在一起……

總之就是讓人看了想吐……

不知道該怎麼形容的噁心臭味……

言耶陸陸續續回想起岩男用來形容紅色箱子裡面的用詞，同時心裡沉甸甸地塞滿了至今已經有好幾個人死於非命的事實，不由得在心裡打起了退堂鼓。

「冷、冷靜下來……跟這口箱子扯上關係，最後死掉的都是女性。而且全都是嫁到豬丸家的女性。所以我不會有事的……一定……大概……應該吧……」

言耶喊出聲音來為自己加油打氣，用手帕拎起從掉在箱子附近的自動筆記板上掉出來的鉛筆一頭，輕輕地掀起手巾的一角。

「呼……」

從言耶口中情不自禁地發出放心的嘆息。待他回過神來，已經流了一身冷汗。

紅色箱子並沒有被打開。雖然他本來就不知道要從哪個面打開，不過到處都沒有鬆開過的痕跡，看起來還是一個長方形的箱子。

「至少葦子夫人並不是因為打開這口箱子才被殺的吧……」

接下來又把所有應該檢查的地方都檢查了一遍。最好趁著警方抵達之前先離開儲藏室。否則像他這樣，既不是被害人的家屬又完全是個外地人，若待在命案現場肯定會被大肆盤問。

言耶鑽出一樓的土門之後，馬上受到敏之和徹太郎的盤問攻擊。他一再推說詳細情況要等到警方調查之後才會知道的同時，終下市署的警官們終於到了。

在那之後，一直到第二天的天亮之前，豬丸岩男、小松納敏之、川村徹太郎、刀城言耶等四個人都接受了偵訊調查。隔天上午接著是竹芝染和園田泰史，就連巖和月代這兩個小孩也都被問了話。

所幸警官當中並沒有人知道刀城言耶的來歷。雖然在接受詳細的調查之前說過可以向各出版社的編輯求證他的身分，不過他的責任編輯絕對不會多嘴說些不必要的廢話，所以也不用擔心冬城牙城是言耶的父親這件事曝光。

不過祖父江偲就很難說了……

如果是怪想舍的祖父江偲，一聽說言耶被捲入殺人事件，就算不提到他父親的事，也一定會大力強調：「刀城大師是名偵探喔！所以警方只要拜託大師協助，事件就等於是已經解決了一樣。」

一旦從一般市民口中聽到這種不留情面的台詞，警察對言耶會有好印象才怪。

只不過，如果完全被排除於事件之外也有點傷腦筋，畢竟他想知道現場蒐證與驗屍的結果。他想知道的不只是警方可能會告訴被害人丈夫（也就是岩男）的葦子死亡狀況，還有其他的情報。

言耶決定將他與生俱來討人喜歡的特質，以及為了從地方上既頑固又沉默寡言的老人家口中問出當地的奇風異俗所培養的手腕發揮到淋漓盡致，想辦法撬開刑警們的嘴巴。

慘案發生的第五天下午，就在言耶的努力總算有了成果，開始掌握到各式各樣的線索時，岩男把豬丸家的全體成員集合到會客室裡，做出以下的報告。

「警方說葦子是自殺死的。」

雖然敏之和徹太郎似乎不是很滿意染和泰史也加入他們的家庭會議，但岩男說「希望能讓大家都了解」，所以也只好心不甘情不願地接受了。至於巖，染斬釘截鐵地表現出反對他參與的意見，泰史也委婉地表示不贊成，這次岩男則用「身為豬丸家的長男，他有義務知道所有事情」的理由說服他們。月代則是打從一開始就被排除在外。

乍聽「葦子是自殺死的」，眾人皆一片譁然，唯有徹太郎首先表現出同意的樣子。

「當時誰也沒有進到儲藏室裡，所以這是理所當然的結果。」

敏之接著也點點頭。

「以自殺來說，雖然還留有許多疑點，但如果因此就認為是他殺，未免也太牽強了呢！」

「刀城大師，您怎麼看呢？」
「關於葦子夫人的驗屍報告，難道沒有提到非常重要的一點嗎……呃……我也只是偶然從某個警官口中問出來的就是了……」
「你是說……內人懷有身孕的事嗎？」
岩男此言一出，當場瞬間陷入了寂靜。
言耶迅速確認過每一個人的表情。他想要儘可能看清楚驚訝的有誰？那種錯愕的表情是真的還是在演戲？可是這實在太難判斷了，摸索不出確實的反應。
「儘管如此，警方還是研判為自殺嗎？」
「因為才懷孕三個月，內人可能也不知道……就算知道，也有可能是構成內人情緒不穩定的原因之一……」
「關於自殺的動機，警方是怎麼向你說明的？」
「警方好像也不知道確切的理由。只是……內人平常的言行舉止就跟一般人稍微有些不同，對狐狗狸大人又很狂熱，所以可能是在精神上有什麼疾病……警方是這麼跟我說的。」
「警方認為原因出在那裡嗎？」
「他們說現場亂七八糟不是因為兇手攻擊葦子，而是她精神錯亂所致……」
「這的確也是一種說法呢！」
「雖然警方並沒有說得很明白……」岩男的臉因痛苦而扭曲。「我覺得葦子沒有戶籍也是讓警方做出這種判斷的主要原因之一。」
「你的意思是說葦子夫人她……」
「說是結婚，但畢竟沒有正式地明媒正娶。當然她在出身地應該還是有戶籍，但是沒有人知道那在哪裡，所以根本無計可施。」

「這樣啊……」

如今葦子人都死了，等於是一個孤魂野鬼。

「至於我……」岩男稍微停頓了一下：「……我從來沒認為葦子不正常。她是有點異於常人沒錯，但是也還不到顛狂的地步，因為她的生活還是跟普通人沒兩樣。」

「可是警方卻有別的看法呢！」

「我認為葦子跟其他人不一樣的地方只是在於她的個性，但我從來不覺得那是因為她的出身所致，也不認為那可以證明她不是人類。」

岩男的視線雖然只向著言耶，但他的話很明顯是講給會客室裡的其他人聽的。

「可是岩男先生……」似乎是為了打破現場沉重的氣氛，敏之說：「畢竟自殺的動機只有本人才知道。不對，有時候或許就連當事人也往往不明白自己為什麼會選擇死亡。」

「沒錯沒錯，因為那個女人……」徹太郎話已經說到嘴邊，似乎也覺得不妥的樣子。「因為她是死在沒有任何人出入的儲藏室裡……所以除了自殺之外，不可能再有別的可能性了吧？」

「關於這點，警方也持相同的意見嗎？」

聽言耶這麼一問，岩男有氣無力地點點頭。

「因為還有宮地工務店的證詞。一樓的土門是唯一的出入口，勾環的確是從內側鎖上的。而且刀城大師和我也都看到了，一樓和二樓的窗戶不僅裝有鐵欄杆，對開門也都是緊閉的，還同樣都落了鎖。除此之外還有好幾個人在警方抵達之前都一直站在土門外。無論是在我離開儲藏室之後，還是大師離開之後，都沒有任何人從裡面出來。」

「為了謹慎起見，一樓和二樓的壁櫥裡面我也都檢查過了，一樣沒有半個人。我想警方肯定進行過更徹底的搜索，但還是沒有找到兇手。」
敏之的臉上浮現出裝模作樣的表情，假裝接在言耶的話後面說：「事件發生的時候，儲藏室是完全密閉的空間，而且現在也已經確定案發前沒有任何人躲在裡面，所以關於她死亡的那些小小疑點，如今都已經不構成問題了不是嗎？她是自殺的，就是這麼回事。」
「更何況啊……」就連徹太郎也插嘴：「如果是他殺的話，根本沒有嫌犯啊！因為誰也沒有殺害她的動機啊！」
「是這樣的嗎？義兄。」
岩男意味深長的語氣讓會客室裡充滿了眾人倒抽一口涼氣的聲音。
「露骨地把葦子的存在視為眼中釘的人絕對不只一兩個，這事實我想在座的各位應該都很清楚吧！」
言耶其實也隱隱約約感覺到這個事實。在向警方收集情報的同時，他也從豬丸家的人口中打探到一些訊息，尤其是巖說的話通常都很有幫助。
小松納敏之是岩男第一任妻子好子的兄長，他希望自己的外甥巖將來能成為豬丸家的一家之主。所以對他來說，葦子本來就是個障礙，更何況她還懷孕了。要是生下男孩子，外甥雖然貴為長男，但地位還是岌岌可危。這不就是很充分的動機嗎？
川村徹太郎是岩男第二任妻子由子的兄長，他也希望自己的外甥月代將來能繼承家業。所以他的動機跟敏之其實是一模一樣的。
竹芝染是被由子找來，住進豬丸家裡工作，相當於孩子們的奶媽。對她來說，月代等於是她的命根子。染一心認定葦子是邪惡的存在，還深信月代會被她搶走，所以這也成了非常充分的動機。

至於園田泰史，或許可以把他從嫌犯中排除也說不定，但他從祖父那一代就開始在豬丸家擔任掌櫃的工作。身為負責打理豬丸當舖的人，看到岩男就連生意上的事也依賴葦子向狐狗狸大人請示的答案，肯定會充滿了危機感。這也可以當成是一種動機。

巖很老實地告訴過言耶，他覺得繼母怪怪的，但是也不可能因為這樣就置她於死地吧！

月代更是連考慮都不用考慮。不過言耶還是思考了一下，發現除了岩男之外，和葦子處得最好的或許就是他也說不定。即使那並不是親子關係，而是負責召喚狐狗狸大人的巫女和憑座[47]之間的關係……

言耶是這麼看待兩人之間的關係的。與其讓狐狗狸大人移動自動筆記板，還不如讓月代被狐狗狸大人附身，由他來操縱自動筆記板，可以得到更有效果的回答。

事到如此也沒有辦法確認了，但至少葦子和月代是和樂融融地召喚著狐狗狸大人，這點應該是不會錯的。

正當言耶思考著這些問題的時候——

「岩男先生……你該不會以為兇手就在我們之中吧？」

雖然是半開玩笑的語氣，但在徹太郎的眼神裡可是一絲笑意也沒有。

「根據警方的說法，並沒有發現任何人從外部入侵的痕跡。」

岩男採取拐彎抹角的說話方式，所以現場的氣氛又變得劍拔弩張了起來。

「關於那天各位的行動……」

言耶不著痕跡地把總是帶在身上的採訪筆記本攤開在桌上，向眾人說明案發當天的時間經過。

六點前　葦子出現在會客室裡。
十分　把庫房裡的桌子搬到儲藏室前。
七點　開始吃晚飯。
八點　移動到會客室。
十點　岩男在儲藏室前呼叫葦子的名字。
三十分　宮地工務店的人趕到。
十一點半　土門的合葉被拆下來。
言耶和岩男進入儲藏室。

「……大致經過就是這樣，不過晚飯前後以及從移動到會客室到找來宮地工務店的人之前，的確沒有人有完美的不在場證明。」
「她的死亡時間是？」
敏之提出最關鍵性的問題。
「六點半到八點半之間。死因是腹部受到重創所導致的出血過多。」
「原來如此。在開始吃晚飯前後的空檔，所有人都是自由行動呢！」
「掉落在遺體旁邊的白色小刀和葦子夫人腹部的傷口一致，所以被斷定為兇器。不過上頭只有她的指紋，恐怕是在拔出小刀的時候沾上的吧！就算那上頭原本還沾著兇手的指紋，也在那個時候被擦掉了。」

47 供神、靈及魔物等附身的人類。

「如果不要拔出來，也許傷口就不會流出那麼多血，她也不會死掉了。」

「死因的確是失血過多沒錯，但是當我們發現葦子夫人的時候已經過了十一點半，是不是還救得回來……」

言耶沒有把話說完，敏之也保持沉默，只有徹太郎不痛不癢地說：「可能是一時情急就拔出來了吧！畢竟是被利刃刺進肚子裡，那也是很合理的反應。」

「屍體旁邊還掉了一條沾了血的手巾，肯定是用來按住傷口的吧？」

「結果反而害她送了命嗎？」

「很遺憾……不過奇怪的是，一直沒有找到另一把黑色的小刀。」

「警方也有提到這一點……」岩男以無法接受的語氣說：「還說既然沒有在儲藏室裡，那麼至少在命案發生之前就已經被人拿出去了。」

「有說是誰嗎？」

「警方說，會對那種刀子感興趣的，十之八九是小孩子……」

不等眾人的視線集中到自己身上，巖就先拚命地搖頭。

「當然也絕對不會是小少爺！」

染突然歇斯底里地大叫。畢竟一提到小孩子，除了巖之外就只剩下月代了吧！

「我也認為不是他們拿的。」

看到岩男冷靜地加以否定，染更執拗不休地說：「我平常就一直告訴小少爺，那兩把小刀是用來封印住紅色箱子的邪氣的，因為是很神聖的刀子，所以不可以隨便亂碰。可是夫人卻把紅色箱子和那兩把小刀分開……」

接著是染對葦子滔滔不絕、沒完沒了的抱怨，害言耶退避三舍，好不容易才等染講到一個段落。

「既然最重要的兇器已經確定是白色的小刀，警方不太熱心追查黑色小刀的下落也不是不能理解。只不過，如果是被兇手帶走的話，那就是一個謎了。」

「因為做為兇器的白色小刀還留在現場嗎？」

敏之指出這點，徹太郎似乎也想到什麼好點子。

「會不會是被那個女人拿來反擊了？」

「用那把黑色的小刀嗎？」

「沒錯。結果被兇手搶下來，就這麼直接從儲藏室裡帶出去了……等一下，話題什麼時候從自殺變成他殺啦？」

「刀城言耶先生……」敏之突然鄭重其事地說：「你現在該不會是想玩偵探遊戲吧？」

「拜託您了。」在言耶回答之前，岩男就先開口了：「大家應該都沒意見吧！」

敏之和徹太郎很明顯地表現出有意見的樣子，但是卻什麼也沒說。染和泰史似乎覺得非常不自在，從剛才就一直坐立不安。巖雖然受到很大的衝擊，不過看起來還是好奇心戰勝了一切。

「刀城大師，可以嗎？雖然是非常無理的要求，但是可以請您務必幫忙嗎？」

「好、好的……如果像我這樣的人也可以派得上用場的話……」

「感謝您了。」

岩男行了一個禮，頓時整個會客室裡充滿異樣的氣氛。從他臉上的表情可以看出，今天把大家集合起來的真正目的，其實是在那一瞬間才正式揭曉。

「那麼接下來針對豬丸葦子夫人的死，想請大家一起集思廣益。」

言耶重新向眾人打了招呼，馬上就受到徹太郎的諷刺攻擊：「『大師』，所謂的名偵探，不是要當著我們這群嫌疑犯的面，一個人滔滔不絕地發表一大篇演說之後，然後突然指著真兇說：『你就是兇手！』嗎？」

「呃……我、我並不是什麼名偵探……」

「義兄，請問你有什麼意見嗎？」

「那倒沒有。只不過啊，就像小松納兄說的，即使還有很多疑點，但是要扯到他殺也太牽強了。」

「因為誰都沒有辦法進入儲藏室嗎？……」

「就是這個。警方之所以會研判為自殺，也是因為這一點鐵證如山不是嗎？」

「嗯，這倒是……」

「既然如此，那這件事就輪不到偵探出馬了不是嗎？」

言耶雖然被潑了一桶冷水，卻還是雲淡風輕地說：「的確是這樣沒錯。」

這下子反倒是徹太郎說不出話來了。

言耶接著說：「以下在針對葦子夫人的命案進行討論之前，我先舉幾個推理小說裡的例子，為大家介紹發生在密閉空間裡的命案之謎……也就是與密室有關的分類。」

第十章　密室講義

「首先是美國作家愛倫坡在一八四一年的《格協厄姆雜誌》裡……」

「喂喂……這位『大師』，你幹嘛突然扯到莫名其妙的話題上啊？」

呆若木雞的不只是徹太郎而已，眾人臉上全都浮現出莫名其妙的表情。

「刀城大師，你該不會是想為大家上課吧？」

就連岩男的語氣也明顯表露不安。

「是的。因為愛倫坡的《莫爾格街兇殺案》是世界上第一本本格推理小說，書中就提到了密室殺人的手法，所以先從這裡簡單說明一下密室推理的歷史，探討在這種不可能的情況下會有哪些死法、可以進行什麼樣的分類之後，再套用到這次的儲藏室上，加以思考……流程差不多是這樣。」

「不好意思……」

岩男有些難以啟齒地打岔。

「請說。」

「那個關於歷史的說明……是不是真的有其必要呢？」

「咦？……」

「不是啦！我完全沒有要質疑大師的意思……只是……可不可以直接進入分類的部分，針對葦子的死提出您的高見呢？」

岩男雖然提出了這樣的建議，但敏之卻難得地站在言耶這邊。

「刀城先生，同樣以寫作維生的我很能夠體會你想要從密室的背景開始進入正題的心情。」

只是他馬上又補了一記回馬槍說：「問題是現在根本沒有那種時間吧！我們這些人只想迅速地求得更實際的解答。」

「哦……」

言耶意氣昂揚地起了個頭，不料一下子就碰到了釘子，害他變得意志消沉。

對於專門寫怪奇小說的言耶來說，看待從頭到尾都堅持以理論的角度出發的本格推理小說時，會有這樣的感覺：就像是突然闖進別人家裡一樣，無論待得再久，都無法感到賓至如歸。

只不過，在這樣的推理小說中，唯獨處理密室、人間蒸發、沒有留下腳印的殺人等「不可能犯罪」的作品特別吸引他。要是那個事件跟離奇的傳說扯在一起就更不用說了。就算最後還是會以合理的角度來說明所有怪異的現象，就算最後什麼餘韻也不會留下，只會在心裡留下一片白茫茫的荒涼景象，但是解謎的過程令他雀躍不已。

「那麼……」言耶重新打起精神。「就以我最尊敬的約翰．狄克森．卡爾在一九三五年所發表的《三口棺材》的第十七章〈密室講義〉為基礎，再參考江戶川亂步老師去年在《寶石》上發表的《各類圈套集成》中的〔第二〕〈與兇手出入於現場的痕跡有關的圈套〉對儲藏室的密室進行分類。」

以徹太郎為首，所有人都露出了不知道他在說什麼，宛如鴨子聽雷的表情，不過也全都安靜地表現出洗耳恭聽的態度。

「對了！卡爾有一部在戰前被譯為《魔棺殺人事件》的作品，那部翻得非常粗糙，還是不要看比較好。明明在原著裡出現了兩個密室……」

「刀城大師……」

這次只被岩男喊了一聲，言耶馬上就自己把話題拉回來。

「呃……那麼……首先為大家說明一下密室吧。最容易了解的應該是『從裡面鎖上的房間』這個概念吧！」

「也就是門和窗戶都從內側鎖上的房間對吧？」

對於敏之的確認，言耶點了點頭，然後繼續補充：「或者是在下過雨或雪的院子正中央，倒著一具慘遭殺害的屍體，可是現場只有被害人的腳印，完全找不到兇手來回行走於院子正中央的腳印，像這樣的情況也是一種密室。雖然不像室內那樣是封閉的空間，但是在兇手不可能出入這點則是一樣的。」

「原來如此。」敏之露出了佩服的神情。「所以江戶川亂步才不是以單純的〈密室圈套〉為題，而是以〈與兇手出入於現場的痕跡有關的圈套〉為題嗎？」

「是的。亂步在文中分成（A）密室圈套、（B）腳印圈套、（C）指紋圈套等三類。不過C雖然在『痕跡』這部分有關聯性，但是因為案例實在少之又少，怎麼想都跟A與B的圈套在性質上有些歧異。」

「好像是那樣呢！不過這次跟B跟C都沒有關係吧！所以這不是重點。不過江戶川亂步這個人居然還研究到這上頭來了，我還以為他只是個寫異色通俗小說的人呢……當然，我是不看他的小說的。」

「亂步老師本人才是真正的怪人二十面相，同時擁有好幾張臉。」言耶假裝沒聽見敏之的話。「附帶一提，不光是殺人，就連人類消失之謎，也包含在密室圈套裡面。」

「例如什麼呢？」

「例如有人進了打不開的房間，過了半天都不出來。於是你走進房裡一看，發現房間裡沒有半個人，所有的窗戶都從裡面鎖上了，當然也沒有密道。唯一的出口就是那扇門，可是門口又有好幾個人監視著。這種情況，就算門沒有上鎖，打不開的門也被視為是完全的密室。」

「這倒是。」

「另外還有某個人從其中一頭走進長長的巷子，卻遲遲沒有從另一頭出來，巷子裡也沒看見他的人影。而且巷子兩頭的出入口都有目擊者守著，也都證明這是事實。巷子的牆壁上沒有任何一扇門，不可能爬上去……這種情況也是一種密室。」

「和剛才舉的院子的例子一樣，只是換成頭頂上是開放空間的狀態呢！」

「是的。所以經過整理之後，所謂的密室之謎……」

「有完沒完啊？」徹太郎終於忍無可忍地發難了：「你講了半天我都有聽也有懂，現在要討論的是儲藏室，並不是院子或巷子吧！而且小松納兄，沒想到居然連你也跟著『大師』起舞，那些毫無意義的廢話你們是打算要扯到什麼時候？」

「啊……這、這真是……不好意思。」

敏之覺得很丟臉地低下頭去，然後突然回過神來似的緊盯著言耶。他臉上的表情很是驚訝，彷彿在說：自己是什麼時候被言耶所說的話給吸引住的？

「『大師』，可以請你快點針對『從裡面鎖上的房間』這個概念做出說明嗎？」

言耶一面向催他的徹太郎道歉，一面開始具體地娓娓道來。

「卡爾把密室的犯罪區分成兩個大類。一類是『事件雖然是在密室內發生的，但是犯人卻不是從那裡逃走，因為犯人打從一開始就不在房間裡面』。另一類是『事件雖然是在密室內發生的，但是犯人卻大大方方地從門或窗戶逃走了，因為他早在逃走的門或窗戶上動了手腳』。然後再把前者分成七個項目、把後者分成五個項目加以說明。」

「請等一下。」敏之顯露出不解的神情。「關於一開始的分類，我不太明白第一種『因為犯人打從一開始就不在房間裡面』的意思。」

「就是說啊！明明人都不在房間裡面，又怎麼能犯案呢？」

不只是徹太郎，其他人似乎也都不太能理解的樣子，全都露出了困惑的表情。

「我等一下會講解到大家都能理解為止，不過一開始我想先採用亂步的分類方法。因為亂步承襲了卡爾的密室講義前提後，又進行了非常淺顯易懂的分類，幾乎所有的密室犯罪都脫離不了這個分類的範圍。」

「既然如此，『大師』你一開始就採用亂步的分類不就好了嗎？」

徹太郎忍不住沒好氣地埋怨，其他人或許也都是同樣的心情也說不定。

然而，言耶卻一臉雲淡風輕的表情說：「我都已經把密室的歷史講義和卡爾的密室講義跳過了，這個部分就請大家忍耐一下。」

言耶輕輕地點頭致意，繼續把話說下去：「江戶川亂步在〈與兇手出入於現場的痕跡有關的圈套〉中的（A）密室圈套裡又將密室的犯罪分成以下幾類：

（1）案發當時，犯人不在室內。

（2）案發當時，犯人在室內。

（3）案發當時，被害人不在室內。

我個人認為這種整理方法在處理密室犯罪上是非常有用的。如果說得更簡單明瞭一點的話就是——

（１）案發當時，室內只有被害人，犯人不在室內。

（２）案發當時，犯人和被害人都在室內。

（３）案發當時，犯人和被害人都不在室內。」

敏之想了一會兒之後說：「因為不曉得具體的例子，所以一時半刻還反應不過來，不過我大概明白密室的分類是怎麼一回事了。」

「但我還是聽得一頭霧水喔！」

徹之無視於故意找碴的徹太郎，露出很感興趣的樣子說：「儲藏室的密室之謎一定是這三個項目的其中一個對吧？」

「如果是在可以合理解釋的範圍內……得再加上這條但書才行呢！」

「那當然，如果不是那樣的話就麻煩了。就算抬出紅色箱子的詛咒、或者是兩位前妻的陰魂作祟，事情也完全得不到解決。」

「我的確是打算用理論的思考來試著推出身為人類的思考極限。」

或許是言耶的說法還有很大的討論空間，所以敏之有點不知道他葫蘆裡賣什麼藥。

「那麼，我們就一個項目一個項目地看下去。」

然而言耶卻自顧自地繼續說下去。敏之臉上雖然還殘留著想要問問題的表情，卻也沒有再繼續緊咬著不放。

「首先是（１）案發當時，室內只有被害人，犯人不在室內。這個狀況和事件發生當時的儲藏室可說是非常接近。」

這項說明似乎一口氣吸引了所有人的注意力。

「（1）還可以分成從（甲）到（己）的六個項目。啊！先跟大家報告一下，基本上是仿效《各類圈套集成》裡的內容，再加上我自己加上去的部分。」

言耶一板一眼地把話說在前頭，然後才進入個別的說明。

「（甲）是利用安裝在室內的機械裝置來殺人。如果兇器是像這次的小刀或短劍的話，兇手會在屋子裡事先設置好稱之為自動發射裝置的機關，再從那裡把兇器射向被害人。」

「哦！」

岩男發出佩服的聲音，敏之露出苦笑，徹太郎則是用懷疑的眼神注視著言耶。

「只是，這個圈套有很多缺點。首先兇手得先製作自動發射裝置，或者是想出用來代替自動發射裝置的替代方案。把自動發射裝置設置在室內的時候，也不能讓被害人注意到，而且還必須確保設置位置能讓兇器射穿被害人的身體才行。有的裝置在犯案後會留在屋子裡，所以還得趁著沒有被人發現之前處理掉。」

「這真是太可笑了呢！」敏之露出再聽他講下去也只是浪費時間的表情。「你認為有誰會去設計那麼麻煩的機關？就算真有這麼瘋狂的殺人犯，也會因為把事情搞得太複雜，很快就會露出馬腳了！」

「你說得沒錯。不過如果從舞台的設定開始就已具備好各種必需要素的話，也有不需把工程搞得那麼浩大的方法……」

「不如舉個例子來聽聽？」

「假設有棟房子蓋在冰天雪地裡，被害人就睡在天花板很高的寢室裡。而且被害人在就寢前還有開暖氣的習慣。這時兇手事先用雪把短劍固定在床鋪正上方的天花板上。等被害人就寢之後，冰雪融化，短劍就會掉下來。基於天花板很高的房間構造，短劍被發現的可能性很低，掉下來的時候也很容易產生重力加速度。只要被害人再把寢室的門鎖上，就成了密室殺人。」

「別說根本沒有必要特別搞一個殺人裝置了，就算真的做了，成功率也太低了呢！」

「所以葦子夫人應該不是被這種方法殺死的。」

言耶駁回（甲）方案，接著進入下一個項目。

「（乙）則是從室外的隔空殺人。雖然人類不可能出入，但還是可以利用僅容兇器通過的縫隙，從房間外面殺死屋內的被害人。相較於（甲）是完全的密室，（乙）則是不完全密室。」

「利用縫隙嗎？……」

「如果以儲藏室為例，就是指二樓的窗戶沒有關緊的情況呢！因為那扇窗戶上安裝有鐵欄杆，所以人類是不可能從那裡進出的。但如果只是小刀的話，就很有可能了對吧？兇手爬到位於中庭的橡木上，呼叫葦子夫人，等她走到窗戶旁邊，再隔著窗戶把小刀刺進去。受驚的被害人逃往房間的中央，然後在那裡倒下死亡。」

「如果只看現場，就會以為她是剛好在房間的正中央被刺殺的對吧？」

敏之似乎也對他的假設感到相當佩服。包括他在內，所有人的視線全都自然而然地投射到巖身上。想必大家都想起他平常很愛爬到中庭的橡樹上玩耍的事了。

「問題是儲藏室的窗戶不管是一樓還是二樓都是從裡面鎖上的，不可能使用這個圈套。」

言耶倒是輕而易舉地否定掉這個可能性。

「（丙）則是被害人自己把自己殺掉的方法。」

「那不就是自殺嗎？」

敏之連忙把視線從外甥身上移開，發出訝異的驚呼。

「不太一樣。這是一種在事前先把心靈上的恐懼加諸被害人，然後在成為命案現場的室內將被害人逼到半瘋狂的地步，使其致死的方法。」

「聽起來很像天方夜譚。」

「這個手法並不是對誰都有效，我想只有針對已經陷入某種精神狀態的人才能發揮效果。換句話說，只要被害人符合條件，或許比（甲）的殺人裝置更容易實現也說不定。」

「嗯……原來是這個意思啊！的確也有幾分道理呢！」

「在這種情況下，成為命案現場的房間本身也要有一些特殊的背景，例如有什麼來歷之類的才行。」

「有來歷的房間……」

岩男喃喃自語地說道。

「儲藏室的二樓正好符合這個條件。只不過葦子夫人會在那裡召喚狐狗狸大人，就連那口紅色箱子也被她拿來利用，不會避之唯恐不及。所以實在很難想像那個房間會對她的心理造成影響。」

「嗯……」

岩男的附和宛如一聲嘆息。

「（丁）是偽裝成他殺的自殺，（戊）是偽裝成自殺的他殺。以（丁）來說，自殺者基於千奇百怪的理由，不想讓別人知道他是自己尋短的，所以便利用各式各樣的方法來讓自己的死看起來像是他殺。但是可能因為發生某種失誤，讓現場變成誰也無法進出的狀態，結果反而被視為是密室殺人。（戊）就不用我再說明了吧！因為只要把殺人布置成意外或自殺，兇手從此就可以高枕無憂了。」

岩男以氣若游絲的音調說：「葦子有什麼需要把自殺偽裝成他殺的動機嗎……」

「不過，葦子夫人如果真想這麼做，那她就是不小心把出口鎖上了，原本應該要讓人誤以為兇手是從那裡逃走的才對。」

「儲藏室不符合這個條件呢！」

敏之立刻加以否定。

「相反地，如果是偽裝成自殺的他殺，那麼現場未免也太凌亂了。而且也沒有留下遺書或動機等兇手應該事先準備好，用來暗示死者是自殺的要素。」

「『大師』，你說的話未免也太反覆了吧！」徹太郎雖然皺著眉頭，不過卻語出驚人地說：「可是我啊……好像已經發現真相了喔！」

「咦？真、真的嗎？」

言耶不由自主地欺身向前，岩男和敏之他們似乎完全不抱任何期待。

「總歸一句，還是自殺不是嗎？不過那並不是普通的自殺。根據『大師』的說明，我覺得可能是她把『被害人自己把自己殺掉』和『偽裝成他殺的自殺』兩者混在一起了。」

「動機是什麼？」

「天曉得……不過當時在儲藏室前的走廊上，那個女人肯定看到了什麼。那個導火線讓她把自己關在儲藏室裡，進入半瘋狂的狀態，在二樓大吵大鬧，最後把小刀刺進自己的肚子裡。」

「可是義兄，哪有可能那麼輕易就突然構成自殺的動機啊！」

聽到岩男態度婉轉的反駁，徹太郎乾脆地閉上了嘴巴。

「暫時先保留川村先生的意見。因為把門關上、把鎖鎖上的的確是葦子夫人本人呢！」

「可是刀城大師……」

「別急，我並沒有說一定就是自殺。只是當時在走廊上或會客室裡或許真的發生什麼事情，讓葦子夫人意外把自己關在儲藏室裡也說不定。如果兇手利用了那個狀況的話……」

敏之似乎也抓到了重點。

「換句話說，川村君的意見前半段可能是正確的嗎？只不過沒有發展到自殺的地步。」

「沒錯。」

「原來如此，這真是太有意思了。問題是，這麼一來密室之謎還是沒有解開喔！」

「是的。所以我們繼續討論下去吧！最後的（己）則是指人類以外的犯人。」

「你說什麼？」

敏之發出了不可置信的叫聲。就連其他人也都瞠目結舌、呆若木雞。

「這種情況的現場，通常跟（乙）的室外隔空殺人差不多，都是不完全的密室。雖然人類不可能進出，但如果是動物或其他東西的話就能輕易入侵，只要有足夠的縫隙便行了。」

「假設犯人真是動物的話，不也是一種意外嗎？」

敏之一臉詫異地問道。

「雖然也有那樣的例子，但當然也有人類利用動物犯案的情況。」

「那樣的話還可以理解……但所謂的其他東西又是什麼？」

「被害人在完全呈現密室狀態的室內受到火繩槍㊽的射擊。兇器雖然掉落在現場，但是卻不見兇手的身影。由於被害人和火繩槍之間的距離過於遙遠，所以絕對不可能是自殺。」

「也就是說兇手是其他東西嗎？」

言耶微微一笑。

㊽利用火繩點燃推進用火藥來擊發彈丸的槍枝。

「那會是什麼東西？」

「是太陽。」

「什麼？……你以為在演《異鄉人》㊾嗎？」

「不是。我所謂的太陽就是兇手，並不是哲學式的說法，而是非常物理性的理由。假設室內有個燒瓶，太陽光剛好照射在燒瓶上，而槍的火繩部分剛好又落在太陽光的焦點上，不久後火被點燃，子彈便發射出去，硬要說的話其實是意外事故。」

「嗯……話說偵探作家這種人，還真是有辦法一個接著一個地想出這些莫名其妙的東西呢！」

敏之的語氣與其說是佩服，還不如說是幾乎已經被他打敗了。

「接著，我想進入（2）案發當時犯人和被害人都在室內的討論。」

然而，言耶卻完全不以為意的樣子，繼續他的密室分類。

「（2）也可以分成從（甲）到（戊）的五個項目。首先（甲）是在門或窗戶上動手腳的手法。也就是犯人離開房間之後，再利用某種手段從裡面把門窗鎖上的方法！在所有的子項目裡，（甲）的例子最多，而推理小說中一提到密室，第一個被拿出來檢討的手法也是（甲）呢！」

「可是以這次的情況來說，還有一個謎團更大不是嗎？那就是犯人是如何進入儲藏室的？」

敏之的質疑讓言耶頻頻點頭。

「所以我才會認為，從（1）案發當時，室內只有被害人，犯人不在室內的分類來檢討似乎是最恰當的……」

「可是那個分類幾乎已經全部被否定掉了。」
「是的，因為案發現場的儲藏室實在是一個太牢不可破的密室了。」
「那你說犯人到底是怎麼進去的？」
「要進去實在是太簡單了。」
「怎麼可能……」
「只要在走廊上等待葦子夫人請示完狐狗狸大人、走出房間的時機，再找個理由和她一起回到儲藏室裡便行了。」
「問題是……」
岩男似乎想要說些什麼，言耶卻伸出一隻手來制止了。
「當然，沒有人知道葦子夫人什麼時候會出來。因此我在想，會不會犯人只是剛好碰上她從儲藏室裡出來的。」
「剛好嗎……」
「葦子夫人是在六點半進入儲藏室。由於晚飯從七點開始，如果召喚狐狗狸大人的儀式是在七點前結束的話，當時待在餐廳裡的人就不太可能犯案，因為時間實在是太緊迫了。」
當時沒有在餐廳裡的芝竹染和園田泰史的臉色難看了起來。
「可是，如果召喚狐狗狸大人的儀式是在七點半以後才結束的話，那麼除了豬丸岩男先生以外，所有人都離開過座位，嫌犯的範圍便一口氣擴大了。」
這時，小松納敏之、川村徹太郎和巖臉上皆浮現出不安的神情。

㊾法國文學家卡繆的小說。書中的主人翁被法官問及槍殺阿拉伯人的理由時，他回答：「都是太陽惹的禍」，為本書著名台詞。

「再加上死亡時間被推定為八點半之前，假設召喚狐狗狸大人的儀式是在八點結束的話，所有人就都有機會下手了。」

「可是刀城先生，可能性最高的應該還是七點前吧？」敏之陳述自己的意見：「想想請示狐狗狸大人的時間，三十分鐘左右不是剛剛好嗎？」

「就是說啊！我也不覺得會花到一個小時或一個半小時的時間呢！」徹太郎馬上表示贊同。

「如果是請示狐狗狸大人平常那些問題的話，的確是這樣沒錯……但當時請示祂的是跟那口問題多多的紅色箱子有關的問題，所以比較特別。而且當時葦子夫人本人好像也有點不太對勁，這一切的狀況就算把時間拖長也不奇怪。」

「如果是這樣的話，那不是應該會找到更多張上頭寫有平假名的粗紙嗎？」

「這麼說也有道理。但也不能排除犯人是為了混淆請示狐狗狸大人的時間，而把絕大部分的粗紙都帶走的可能性。」

「問、問題是……」

敏之似乎還想堅持命案是在七點前發生的說法，但是岩男卻婉轉地插話：

「不管怎麼說，犯人是看到葦子從儲藏室裡出來的瞬間，才想到可以利用這個機會的，對吧？」

「是的。犯人趕在被第三者發現之前和葦子夫人進入儲藏室，一起上了二樓，在那裡犯下了殺人案。」

「這麼一來，大師，犯人就只能從門口逃走對吧？可是那扇門的勾環是絕對不可能從外面放下來的喔！」

大家都對岩男的說法點頭表示同意。

「有一種利用針線放下鎖的方法，是非常基本的圈套。尤其像這次是勾環的情況，由於上鎖的構造十分單純，只要利用門上的鑰匙孔和上下的縫隙，就可以用上頭綁著線的針或鑷子，從外面把鎖放下來了。」

介紹完三種具體的手法之後，大家全都老實地發出了讚嘆聲。不過敏之馬上就搖頭說道：

「那扇門那麼厚，又一點縫隙也沒有，你那些手法應該都不適用吧！」

「如果是向外開的門──也就是像儲藏室的門那樣，面對門的左手邊是安裝在室內的門鎖、右手邊是合葉的情況，只要事先把合葉拆下來，從裡面把門鎖上之後，再從門的右側出來就好了……」

「我說『大師』，光是要把那個合葉拆下來，至少就得花上一個小時的時間喔！」

插嘴的徹太郎似乎受不了言耶了。

「既然如此，我們或許就要去思考，有沒有什麼機關是一定要利用到那扇門的。」

「有這種機關嗎？」

「那扇門的勾環平常幾乎都是垂直地立在從室內看過去右手邊的牆壁上。正確地說，是略微往右傾斜。」

「我想那是為了避免有人不小心鎖上才故意做成這樣的。」

岩男補充說明。

「那如果把勾環往左傾的話會怎麼樣呢？儘可能讓勾環往左傾，但又讓勾環保持在不會因為自身重量掉下來的程度。做好這樣的準備之後，安靜走到走廊上，再『砰』一聲把門用力關上。厚重成那樣的門只要用力地關上，衝擊力一定會往四周擴散開來，原本已經傾斜的勾環就會一口氣掉下來。」

所有人全都一言不發地聽著。因為言耶提出一個不但極有可能實現，而且任誰都可以執行的方法，所以大家似乎都受到了衝擊。

「原來還有這麼簡單的方法啊……」

首先打破沉默的是敏之。

「這個方法不同於殺人裝置或動物犯人，聽起來未免也太真實了吧！」

徹太郎也老實地表現出讚嘆之意。

「只不過……」言耶打斷他們兩個的話頭。「在使用這個手法的時候，我想應該會發出某種程度的噪音。」

「啊……」

敏之和徹太郎同時驚呼了一聲。

「會客室和餐廳裡一直都有人在，無論犯案時間是幾點，一旦用力地把門關上，聲音一定會迴盪在前面的走廊上，兩個房間都應該會聽到才對。」

「可是我完全沒有聽到那樣的聲音。」

岩男側著頭，似乎是在向兩位兄長確認。

「嗯，的確是沒有這樣的聲音。」

「嗯，我也沒聽見。」

「刀城大師，所以意思是說……」

「很遺憾……可以這樣講嗎？我也不知道。總之這個手法沒有被使用到。」

所有人全都大大地嘆了一口氣時，言耶若無其事地接下去說：「至於一樓和二樓的窗戶，我想根本沒有什麼好討論的。因為兩者不僅都從內側放下了勾環，而且還安裝著鐵窗。在這個（甲）的項目底下其實還有討論到很多除了門窗以外，利用屋子裡的各個部分所設下的圈套，不過都是不能運用在儲藏室裡的手法。」

「那間儲藏室就像個堅固的金庫呢……」

聽到已經束手無策的岩男做出這樣的形容，言耶露出了淺淺的微笑，繼續他的說明：

「接著，（乙）是讓犯案時間看起來比實際略晚的手法。也就是說，在真正犯案的時候，現場根本還不是什麼密室。把現場布置成密室之後，再設法讓被害人看起來像是還活著，密室殺人就完成了。這種圈套通常要讓第三者聽見被害人說話的聲音或動作的聲響，或者是讓第三者目擊到被害人的身影，方能成立……」

「從她進入儲藏室，到岩男先生和刀城先生進去裡面為止，儲藏室一直都是密室的狀態對吧？」

「你說得沒錯。（丙）則剛好相反，是讓犯案時間看起來比實際略早的手法。最基本的方法是先讓被害人服下安眠藥。其他人敲了半天門也沒人應答，擔心發生什麼事而把門打破，兇手趁著進入室內的時候才真正動手把被害人殺死。有時候還隱藏著發現屍體的人就是犯人的機關。」

眾人的視線不約而同地一起集中在岩男身上。

「咦……呃……那個時候，大、大師也……」

「自從進入儲藏室之後，我和豬丸先生就一直在一起。不管是上二樓，還是靠近遺體旁邊，都是我走在前面，所以他不可能利用這種方法殺人。」

在岩男鬆了一口氣的同時，其他人一瞬間劍拔弩張的緊張感也頓時放鬆下來。

「（丁）的項目本身就是一種具有代表性的手法。那就是犯人犯完案之後，先躲在室內的某個地方，例如門後面。等到第三者破門而入，再趁機偷溜出去。或者是等到所有人都離開房間之後再逃出去的方法。」

「這有可能運用在儲藏室裡嗎？」

「靠走廊的土門前有你和川村先生守著，而我和豬丸先生也是充分地檢查過儲藏室的一樓和二樓之後才出去的。」

「其間並沒有任何人從那扇門出來。」

徹太郎雖然對敏之的回答點頭表示同意，但似乎有什麼話想說的樣子。

「接下來一直到警方到達之前，我們都一直待在儲藏室前。」

「『大師』，既然那個時候所有的嫌犯都在儲藏室外面，那就誰也無法使用這個手法了不是嗎？」

「是的，你說得一點也沒錯。最後的（戊）通常是在火車或船等密室才會被提到，與其說是圈套的檢討，更偏向是與密室現場的特殊性有關的項目，所以就先跳過。」

「這麼一來（2）又沒戲唱了呢！」

「是的，剩下的就只有（3）案發當時，犯人和被害人都不在室內。最常見的手法是：先在被視為是案發現場的密室以外的地方殺害被害人，再把被害人搬進房間裡的方法。不過幾乎沒有這樣的例子就是了。」

「我想也是呢！」敏之露出稍微想了一下的樣子說：「因為這得花上兩道工夫不是嗎？不但要移動屍體，還得把要讓人以為是案發現場的房間布置成密室才行。」

「在大多數情況是，犯人移動屍體是為了讓人錯認案發現場，為自己製造不在場證明，所以不需要大費周章地把房間布置成密室。」

「啊！原來如此。」

「（3）還有一種情況是在屋外受到襲擊的被害人自己進到屋子裡，自己把門鎖上的案例。促使被害人做出這個舉動的動機有以下兩個：一是為了要逃離兇手，二是為了要包庇兇手。」

「我可以了解被害人為了要逃離兇手，下意識衝進房間裡，手忙腳亂地把門鎖上的心理，但是為了包庇兇手？」

「這種情況通常發生在被害人和兇手之間存在著某種特殊的人際關係。兇手雖然想要被害人的命，但是被害人卻下定決心要保護兇手。」

「是有可能呢！但是以她來說，別說有什麼特殊的人際關係了，我認為就連一般跟家人之間的羈絆也沒有喔！」

「沒錯，沒有沒有，絕對沒有！」

岩男以複雜的表情注視著完全持否定態度的兩位大舅子，但也沒有反駁。

言耶也觀察了巖、染和泰史的反應，但是他們看起來似乎都同意敏之的意見。

敏之的臉上浮現出傷腦筋的表情說：「刀城先生一開始把密室分成（1）到（3）等三個大類的時候曾經說過，儲藏室的密室之謎一定是這三個項目的其中一個。」

「是的。只要是在可以合理解釋的範圍內……」

「可是你現在不是把那三個項目全都否定掉了嗎？你接下來該不會是打算要用非現實的解釋來繼續扯下去吧？」

「我認為那還太早。」

言耶的回答並沒有完全否定掉那個可能性，因此敏之以不明所以的眼神望向他，不過馬上就恢復了平常心：「那麼，接下來該怎麼辦？」
「既然密室之謎一時半刻也解不開，那就必須從其他要素去探討。」
「什麼其他要素？」
「所有關於葦子夫人的不可思議之處。」
「給我等一下。」徹太郎插進兩人的對話：「話說回來，『大師』原本是不認同我說的『從儲藏室狀況來看只有可能是自殺』，所以才扯到密室上頭去的吧？」
「嗯。」
「如今既然找不到任何一個合理的解釋，那麼結論就應該回到自殺才合邏輯不是嗎？」
「你記得很清楚嘛！」
「喂！你是在瞧不起我嗎？」
「不，沒這回事。只是，如果可以的話，我希望你能當什麼事都沒有發生過，繼續跟大家討論儲藏室殺人事件……」
徹太郎來來回回地盯著言耶的臉看了好一會兒。
「『大師』，你真的是個怪胎耶！」
「嗯，大家都這麼說。」
「可是啊，居然不討人厭耶，真是不可思議。」
「啊！真的嗎？可是我常常被一個編輯罵得狗血淋頭呢！」
「哦……那傢伙本人應該也很怪吧？」
「呃……這該怎麼說呢……」
「現在是在聊什麼？」

再也聽不下去的敏之終於開口打岔，岩男也接著說：「刀城大師，可以請您繼續探討葦子的死因嗎？」

第十一章　自殺或他殺

「為了重新思考葦子夫人的死因，有一個前提必須要先掌握。」刀城言耶單刀直入地說：「每次在研究現場的狀況或疑點的時候，都必須要從兩個角度思考：死者自殺的話，具有什麼樣的意義？如果是他殺的話，又可以做何解釋？」

由於言耶的語氣非常認真，所以大家皆不約而同地點頭。即使是徹太郎也是一臉嚴肅的表情。

「那天傍晚，我們在會客室裡見到她，她說現在就要開始召喚狐狗狸大人，請問那是之前就已經決定好的事嗎？」

岩男馬上回答：「在和刀城大師見面之前，我的確跟葦子說：剛好有這個機會，不如請示一下狐狗狸大人要怎麼處置那口紅色箱子，順便把請示的結果告訴以偵探身分大為活躍的大師……不過這都是我擅自決定的就是了。」

「葦子夫人說了什麼？」

「什麼也沒說，既沒有贊成，也沒有反對，只是默默地點了個頭而已。」

「有沒有什麼不自然的地方？」

「她平常都很安靜，只有在自己想要發表意見的時候才會開口，而且針對的都是某些非常特定的話題……所以我並不覺得有什麼特別不同的地方。」

「關於那口紅色的箱子……」

岩男似乎馬上就明白言耶想要說什麼，因為他的臉色突然變了。

「被害人一直抱著那口箱子，所以警方似乎調查了一下裡面。」

會客室裡頓時充滿了倒抽一口涼氣的抽氣聲。

「不過警方還是按照打開密碼箱的步驟，一步步拆解機關後才打開的……」

「裡、裡面有什麼東西？」

敏之代替眾人發問。

「箱子的內側塗著紅色的漆，裡頭有四塊小小的黑色物體。」

「……」

「那些物體已經乾巴巴的，看上去就像是肉片之類的東西。經過警方的鑑識，研判那應該是女性的子宮切片……」

「不會吧……」

包括目瞪口呆的敏之在內，所有人都露出了驚愕的表情，同時也蹙緊了眉頭，覺得噁心。

「問題是，那並不是十年或二十年前的東西，而是更久之前……就算是兇殺案被害人遺體的一部分，也早就已經過了追溯的時效。」

「說、說是這麼說，但那還是女性的子宮切片不是嗎？」

「是的，而且還是四人份。」

「難怪會受到詛咒……」

會客室裡迴盪著染喃喃自語的聲音。

「因此警方做出的結論是：這次的事件跟紅色箱子沒有任何關係。」言耶為了把話題拉回來，故意用冷靜的語氣繼續說道：「當你跟葦子夫人說要請示狐狗狸大人關於那口紅色箱子的問題時，她就提出要求，說要把圓桌換成新的桌子嗎？」

「咦……嗯，是的。她說是因為有支桌腳鬆動了。」岩男似乎也跟大家一樣受到衝擊，聽到言耶這麼一問連忙回答。

「可是當警方的蒐證結束之後，我有檢查一下那張圓桌，並沒有發現任何鬆動的痕跡。」

「你說什麼?!」

岩男發出錯愕的驚呼聲。看起來像是過於誇張的反應，但是一想到是葦子直接拜託他的，就覺得那樣反應很正常也說不定。

「您是說桌子沒壞嗎？」

「是的。那張桌子是翻倒在地上的，就算翻倒的衝擊導致桌面和桌腳的接合部分受損也絕不奇怪，可是居然一點損傷也沒有，可見在翻倒之前更是毫髮無損才對。」

「那麼葦子到底是為什麼……」

「除非是那張圓桌不適合接下來要召喚狐狗狸大人的儀式……」

「這未免也太奇怪了吧！」敏之提出異議。「在那之前明明一直都是用那張桌子的，應該沒有必要突然換掉。」

「會不會是因為……要問的問題跟紅色箱子有關？」徹太郎也提出了不同的意見。

不過敏之只是搖搖頭說：「早在她第一次召喚狐狗狸大人的時候，我和川村君所提供的問題裡，就有跟那口箱子有關的題目囉！」

「……說得也是。可是，那是我們準備的題目，那個女人只能乖乖照辦。但這次必須以自己的意識來發問才行，而且要請示的問題也只有紅色箱子的事呢！」

「意思是，必須特別注意嗎？」

言耶在兩人面面相覷的時候說：「問題是葦子夫人最後也沒有換桌子就召喚狐狗狸大人了。」

「啊！說得也是呢！不過『大師』，桌子的問題能成為自然或他殺的線索嗎？」

「可能有關，也可能無關。」

「真是靠不住呢！」

「桌子的問題其實接下來馬上會再提到，所以我想先往下進行。」

「了解，那就這樣吧！」

「我們在庫房裡找到新的桌子之後，接著就前往儲藏室。行進順序是：我走在前面，接著是扛著桌子的豬丸先生和小松納先生，然後是拿著蛇形裝飾頭套的川村先生。只有我比各位都稍微早了一點抵達門口。」

言耶把所有人的臉輪流看了一遍。

「我記得這時葦子夫人的樣子還很正常。我完全不曉得她平常的樣子，所以無法斷言，不過至少可以確定她臉上完全沒有喜怒哀樂的情緒，完全是平常心的狀態。」

岩男補充似的接著說：「當我在會客室前的走廊上看到她的時候，她的樣子也還很平常。刀城大師是在那之後過了十幾分鐘的時候看到內人的，所以大師的觀察應該沒有錯。」

敏之和徹太郎大概也持相同的意見，所以並沒有特別反駁什麼。

「當時月代君剛從儲藏室裡出來……」

「小少爺什麼也沒做。」

一聽到月代的名字，染立刻發難。

「那當然。只是，那個時候葦子夫人和各位的舉動……」

「月代少爺是個很溫柔的孩子。所以看到新繼母一個人孤零零的樣子，就會忍不住靠上去，結果不知不覺就開始幫忙召喚狐狗狸大人了……」

「說到他的幫忙……」

「明明有我看著還……我該怎麼向由子夫人賠罪才好呢……」

「芝竹女士，請問一下……」

「什麼事？叫我阿染就行了。」

「啊！那麼染嫂，請問月代君那個時候在儲藏室裡做什麼？」

「這還用問嗎？當然是在等他後媽啊！因為左等右等也不回來，等到他都想上廁所了，所以才會離開儲藏室的。」

「當時我也看到了呢！當時葦子夫人還跟月代君說：『現在開始要召喚狐狗狸大人。那口箱子……』可是他趕著去上廁所，所以就直接往走廊上跑掉了。當她轉頭要追上月代君的時候，突然呆若木雞……我記得以上狀況全都發生在那幾秒鐘裡。」

「她的表情……我直到現在也無法忘記。」岩男不由得喃喃自語。

「僵硬凍結的表情……我想再也沒有任何一個形容詞會比這個更加貼切的了。」

見敏之與岩男同一陣線，徹太郎稍微猶豫一下之後也說：「老實說，看到她那張臉的時候，我也有那樣的感覺！」

「巖君呢？你覺得如何？」

在言耶溫柔的詢問下，少年專注地思考了一會兒才說：「她的表情看起來就好像世界末日一樣……」

「染嫂和園田先生當時也都在會客室裡，請問你們有注意到葦子夫人的表情嗎？」

「聽我說，大師，她的表情才不是什麼世界末日，而是根本不屬於這個世界的人才會有的表情。」

染發表完她的高見之後，泰史以避重就輕但仍掩不住困惑的語氣說：「事實上……那時候其實是我第一次正式見到夫人……不過我想應該不會錯，她好像真的被什麼東西嚇得很厲害。」

「讓您見笑了。」岩男低下頭說道：「葦子很不擅長跟別人相處，所以跟店裡的人也都僅止於打招呼而已……」

「別這麼說，家家有本難唸的經嘛！更重要的是，就連幾乎可以說是跟葦子夫人第一次見面的園田先生也跟各位一樣，覺得葦子夫人臉上呈現出非同小可的表情。」

「也就是……那個……」

岩男戒慎恐懼地問道。

「不管是自殺還是他殺，動機都是在那一瞬間產生的——我是這麼認為的。」

會客室裡靜得連一根針掉在地上的聲音都聽得見。

就在所有人全都回想起葦子當時僵住的表情時，又聽言耶說出那個表情所代表的恐怖意涵，也難怪大家都覺得頭皮發麻了。

「該說是不幸中的大幸嗎？」言耶觀察著眾人的表情說道：「當時葦子夫人看到的畫面，幾乎也原封不動地映入我的眼簾。」

「刀城先生的確是馬上就回頭了呢！」

「這麼說起來……『大師』似乎也露出驚訝的表情呢！」

「我是先看到葦子夫人異樣的表情才馬上回過頭去的，所以臉色肯定也很古怪吧！」

「您看到了什麼嗎？」

岩男的這個問題讓大夥兒全都凝視著言耶。

「我實在不覺得自己當時看到了什麼特別的東西。但是換個角度來想，也許對我來說沒有任何意義的畫面，對於葦子夫人來說，卻是足以讓她受到強烈衝擊的畫面也說不定。」

「這個推測很有說服力呢！」

出聲表示贊同的雖然只有敏之一個人，但是其他人很明顯地也都接受了言耶的解釋。

「這麼一來，是不是應該要分析，她到底是對當時在儲藏室的走廊上或會客室裡的哪一個人的表情或姿勢等身體動作、或是對什麼物品產生那麼大的反應呢？」

「原來如此。那麼刀城先生當時看到了什麼呢？」

「我一回頭，首先看到豬丸先生和你正把從庫房裡搬出來的桌子放在走廊上站著。豬丸先生恐怕是看到葦子夫人的臉色不對，所以臉上露出了有些驚訝的表情，彷彿在說『怎麼了』。另一方面，小松納先生似乎也注意到她的變化，不過浮現在臉上的則是有點狐疑的表情。換句話說，兩位都顯示出非常自然的反應。」

「聽你這麼說，我和岩男先生都鬆了一口氣……」

「那張桌子和單腳圓桌比起來，不僅四支腳俱全，而且還非常厚重，是在和室裡讀書用的那種桌子。另外，桌腳的部分還雕刻著仿自鳥獸人物戲畫的兔子和青蛙等生物，這點也是圓桌所沒有的特徵。」

「岩男先生，她是第一次看到那張桌子對吧？」

敏之突然想到這個問題，轉頭就問岩男。岩男想了一下，隨即點了點頭。

「不妨也把桌子當成一條線索吧！」

言耶說完這句話之後，緩緩把視線移到徹太郎身上。
「你緊接在他二人之後出現了，臉上帶著得意的笑容。說老實話，那並不是讓人看了心情會變好的笑容……」
「別說得那麼直接嘛！『大師』。不過我也承認你說得沒錯啦！」
「你還拿著在畸形秀小屋裡會用到的，上頭有蜷曲大蛇的裝飾品。」
「啊！經你這麼一說，我又想起來了。」
「想起什麼來了？」
「那個女人當時果然是想起自己見不得人的過去了吧！」
「你是說在畸形秀小屋裡工作的事嗎？」
「正是。那張桌腳上的雕刻有很多青蛙和蛇之類的爬蟲類。看到那些跟蛇裝飾品的同時，過去的記憶就在她的腦海中甦醒了。在部分不是正派經營的畸形秀小屋裡常常會有那一類的生物呢！所以她覺得很羞恥，忍不住躲進儲藏室裡。」
「也不是不可能呢！」
「咦……刀城大師，這未免……」
岩男正要抗議時，言耶就以溫和的語氣安撫他：「誰叫葦子夫人的過去是一片空白呢？而且本人也不是不願意透露，而是發生了失去記憶的意外。就豬丸先生和巖君告訴我的部分，我只能這樣推敲。」
「大家都被她騙了。」
染的目光落在眼前的桌子上，一動也不動地喃喃說道。
「她是披著羊皮的狼……不對，披的是怪物的皮……」

「染嫂……」
岩男出聲想要阻止她，但她就只是盯著桌子，連頭也沒抬起來一下。
「葦子夫人究竟有沒有失去記憶，如今再討論也討論不出個所以然來了。」言耶望著染和岩男說道：「只是，我認為探討當時她到底想起什麼，或者是注意到什麼是很有意義的，所以我們繼續下去。」
「那麼『大師』，蛇的裝飾品也可以當成是一條線索嗎？」
徹太郎很執著於這一點，所以言耶點了點頭，徹太郎就高興地笑了。
「當時在走廊上的只有以上這三個人。至於在川村先生身後，可以看見從會客室門縫裡注視著這裡的巖君，臉上交織著好奇與不安的表情……」
言耶微微一笑，把視線轉向巖問道：「你為什麼會在那裡呢？」
「因為父親告訴我，繼、繼母要進行特別的狐狗狸大人儀式……所以我……」
「也想要看看？」
「是的……」
「可是，就算從門口看到葦子夫人進到儲藏室裡面，也沒什麼意思對吧？」
「……」
言耶還是微笑地看著低頭不語的巖。反倒是岩男訝異地問：「大師，你這是什麼意思？」
「我猜巖君在確定葦子夫人進到儲藏室裡面以後，就爬到中庭的橡樹上了，對吧？」
巖的身體整個僵住了。
「這、這是真的嗎……」
岩男連忙進行確認，當事人老實地點了點頭。

「我想看特別的狐狗狸大人儀式……所以就爬到橡樹上去了。」

「你這孩子……這種事怎麼可以不跟警方說……」

「對不起！」

言耶連忙打圓場，像是要幫垂頭喪氣的巖說話：「可是二樓的窗戶卻是關上的，對不對？」

「對、對的……」

「平常在召喚狐狗狸大人的時候，二樓的窗戶都是打開的嗎？」

「都是打開的。」

「可是只有那天是關上的？」

「這到底是怎麼一回事？」一直盯著外甥看的敏之把臉轉向言耶，不解地問。

「一樓的窗戶平常就是緊閉著的嗎？」言耶反問岩男。

「由子她……就是我第二任妻子，使用儲藏室跟使用普通房間的時候是一樣的，會開開關關。可是換成葦子使用之後，由於一樓幾乎沒有用到，所以我想窗戶就一直是關著的。」

「當時是葦子夫人自己把門關上、再把勾環放下的。在那之後，巖君馬上就爬到中庭的橡樹上了，所以把二樓的窗戶關上的應該也是她本人呢！」

「那是為了要進行特別的狐狗狸大人儀式嗎？」

「大致上的理由或許是這樣沒錯，不過目前還是先將這視為葦子夫人採取的行動之一就好了。」

「了解。」

「接下來，在巖君的後面是染嫂，當時她正在會客室裡收拾桌子上的茶杯。」

「沒錯。」

染一板一眼地回答。

「當時染嫂有沒有留意到什麼狀況呢？不管是多麼枝微末節的狀況都可以。」

「這……你突然這樣問我也……我只是跟平常一樣，正打算把餐具收到廚房去而已……」

「妳有看到儲藏室的方向嗎？」

「有的。老爺他們搬桌子的時候，就算不想看也會看到的。」

「葦子夫人當時在幹嘛？」

「就站在門口呢！」

「在我來之前嗎？」

「是的，沒錯。」

「那個時候，她有什麼變化嗎？」

「我記得沒什麼特別的，就只是跟平常一樣站著發呆……」

「有人靠近她嗎？」

「沒有，她是一個人。而且大師你馬上就出現了喔！」

「啊！原來如此。我明白了，謝謝妳。」

言耶朝染低頭致意。

「當時正在和染嫂說話的，則是人在會客室裡的園田先生。」

「我嘛……」泰史有些難以啟齒的樣子，不過或許是因為岩男催促似的對他微微頷首，所以他便以吞吞吐吐的語氣說：「當時我是在拜託染嫂一件事情。」

「請問是什麼事呢？方便的話可以告訴大家嗎？」

「這個嘛……是關於染嫂常常會跑到店裡來，對很多事情都有意見……」

「我也是為豬丸當鋪的生意著想，有什麼不對的？」

染嚷嚷起來，泰史的氣勢馬上就被壓過了。

岩男見狀，感覺非常無奈地說：「我很感謝染嫂的心意，不過店裡的事我都交給園田君打理，所以請妳遵照他的指示……」

「可是老爺……」

這時就連敏之和徹太郎也加進來攪和，使得跟事件毫無瓜葛的話題持續了好一會兒。追根究柢，染的行動還是跟月代的繼承問題脫不了關係。這點就連言耶也察覺到了，也難怪事情會盤根錯節，剪不斷、理還亂。

「我知道了。現在不是吵這個的時候吧！這件事改天再找別的機會討論。」

岩男終於發火了，其餘四人這才好不容易休戰。

「刀城大師，真是不好意思，讓您看笑話了……」

「哪裡，別這麼說……是我自己跑來打擾，又自顧自地講了一堆，所以請千萬別放在心上。」

看到岩男低頭道歉，言耶反而覺得不好意思起來。

「那麼刀城先生，她到底為什麼會露出僵在那裡的表情？……結果還是不了了之嗎？」

敏之把話題拉回原來的方向。

「很抱歉，至少在現階段從葦子夫人看到的畫面中，的確還找不出強而有力的線索。只不過，根據染嫂從月代君口中聽到的證詞，他和葦子夫人在門前擦身而過的時候，葦子夫人的確說過意思類似『打開那個箱子』或者是『不打開不行』的話。」

「對了，還有這個。」

雖然是被言耶這麼一說才想起來的樣子，但敏之的興奮之情溢於言表。

「在那之後，葦子夫人才轉向大家的方向，露出那個僵住的表情。從那一刻到她的身影消失在土門的對面之前，我還聽到另一句話……」

「沒錯……是『得趕緊召喚狐狗狸大人才行』對吧？」

岩男想起之前從言耶口中聽到的那句話，順口講了出來。

「當時在儲藏室的走廊上，葦子夫人受到非常大的衝擊……這點幾乎可以認定為事實了對吧？」

所有人皆不約而同地點頭。

「在那之前，她才說過要把紅色箱子打開之類的話，然而在那之後她又表示要按原訂計畫召喚狐狗狸大人。」

「你是說她雖然受到很大的衝擊，但那跟紅色箱子和狐狗狸大人都無關嗎？」

「這不是很奇怪嗎？」

「感覺上她前後說的那些話都不像是受到極大衝擊的樣子。」

「只不過，當我們看到她那一臉僵住的表情，就很清楚事情不是那樣……」

「我實在不認為那是演出來的，再說她也沒有理由要這麼做吧？」

「她是被那口箱子附身了。」染悄悄開口。「明知是人類不該去碰的東西，夫人偏偏要拿來做為召喚狐狗狸大人的工具，所以才會被箱子附身的。」

「被附身之後會怎樣呢？」

被言耶這麼一問，染露出「這麼顯而易見的事情還用得著問嗎」的表情說：「哎呀大師，肯定是受到那口箱子的唆使，要她把箱子打開吧……」

「所以她才會那樣自言自語嗎……」

「可是不召喚狐狗狸大人不行的想法還留在她心中呢！」

「所以就成了自言自語的另一句話……」

「聽起來很有道理呢！」

徹太郎被敏之的話給嚇得目瞪口呆。

「小松納兄，你該不是真的相信那口箱子會作祟吧？」

「不，是她自以為自己中了那口箱子的詛咒！也就是自我暗示。」

「如果是這樣的話，那結果還是自殺嘛！因為在精神那麼不穩定的情況下，又受到相當大的衝擊呢！」

「是這樣的嗎？」言耶以否定的口吻說：「先是出現想要打開紅色箱子的意圖，然後再受到強烈的衝擊，在那之後又表現出要召喚狐狗狸大人的意圖……從以上的流程來看，葦子夫人受到的衝擊怎麼可能跟紅色箱子及狐狗狸大人完全無關呢！」

「原來如此。」敏之似乎馬上就了解言耶的意思。「因為這兩個意圖是連著產生的，所以才會導出這樣的推理呢！」

「這麼一來，就不能不先把自殺這個解釋放一邊了。」

「也許是吧……」

徹太郎心不甘情不願地附和著。

「話雖如此，葦子夫人所受到的衝擊到底是什麼？如果無法釐清這一點，那麼上面那些解釋就毫無意義了……」

「不，我完全了解『大師』想要說什麼，請繼續下去吧！」
「那麼就針對儲藏室內部繼續討論下去。」言耶接下去說：「一樓和二樓的走廊，以及樓梯都沒有什麼不自然的地方。一樓的房間雖然有人進出的痕跡，但是似乎沒有發現有過爭執、或者是房間裡被動過的事實。」
「因為現場在二樓的關係嗎？」
敏之用以防萬一的態度進行確認。
「二樓的房間裡倒著圓桌和兩張椅子以及小台子，自動筆記板被翻到背面，粗紙散落了一地。」
「但是警方的判斷並不認為那是被害人和兇手起了爭執，而是她精神錯亂的結果，對吧？」
「這種想法我認為也不是沒有道理。」
「怎麼說？」
「因為現場實在是太亂了。所有的東西全都倒的倒、翻面的翻面。這種現象反而會讓人覺得很不自然喔！」
「感覺像是故意的嗎？」
「那不就是『大師』剛才說的分類裡也有提到過的，在密室裡的偽裝自殺嗎？」
徹太郎大聲說。
「或者是兇手的偽裝。」
「什麼……」
「葦子夫人是正面被刺中腹部的。也就是說，兇手很有可能是認識的人。為了混淆這一點，才故意把現場弄亂。」
「不管怎麼說，爭執的痕跡畢竟不能成為十分有力的線索是嗎？」
「看到什麼就相信什麼其實還滿危險的也說不定。可以確定的，只有葦子夫人用左手緊緊抱住紅色箱子這點。雖然這也可以視為兇手的偽裝，不過根據我的印象，那應該是出自於她自己的意志。」
「是那口箱子讓她這麼做的。」
染又開始對箱子的詛咒發表高見，不過這次幾乎是自言自語似的低喃，所以言耶也假裝沒聽見。
「做為兇器的白色小刀就掉在葦子夫人倒下的地方，而附著在刀刃上的血跡則被幾張粗紙擦掉了。」
「為什麼要這麼做？」
「從黑色小刀不見的事實出發，川村先生的分析是：可能被葦子夫人拿來反擊兇手了。」
「嗯，我是說過。」
「假如那個時候兇手真的受傷，還流了血的話……」
「就會用紙擦拭沾著自己的血的黑色小刀！」
敏之興奮地大喊。
「那時其實只要把擦過刀子的粗紙帶出去就好了，但是兇手可能不小心遺落在現場。因為當時房間裡已經有散落一地的紙，就算上頭沾有血跡，要找出來還是得費一番工夫。所以乾脆把兇器上的血跡也一併擦掉，藉此模糊焦點。」
「聽起來很合理呢！」

「沒想到附著在紙上的血液全都是O型的，和葦子夫人的血型一致。但在相關人士中卻沒有半個O型的人。」

「……」

「而且像這樣跟各位面對面談話，也看不出這裡頭有誰是受了那樣的傷還可以瞞得住的人。」

「我說『大師』，你的興趣是自己推翻自己的推理嗎？」

徹太郎雖然一副被打敗的樣子，但看著言耶的眼神還是饒富興趣。

「啊！不是……我只是習慣嘗試各式各樣的錯誤而已。」

「嗯……」敏之沉吟著說：「兇器上確實只有被害人的指紋對吧？因此警方才會認為是她自己把小刀從肚子上拔出來的。也就是說，兇手如果要把血跡擦掉的話，就得等到那之後。怎麼想都很奇怪吧！」

「但如果因此認為是葦子夫人自己擦的也很奇怪。」

「說得正是。」

「就算葦子夫人是為了要包庇兇手，才把沾在小刀上的指紋擦掉的，也沒有必要連刀刃上的血跡都擦掉吧。」

「真是莫名其妙呢！」

「除此之外，還有一些很難解釋的地方。像是記錄著狐狗狸大人指示——可以這樣說吧——的那兩張粗紙。一張上頭寫著『いる』，另一張則寫著『きず』。」

「以最單純的方式來解讀，『いる』指的是代表存在意思的『在』，『きず』則是代表著受傷意味的『傷』吧？」

「說得也是呢！雖然『いる』還有射出弓箭、炒豆子、鑄刀等意思……」
「那可能是指小刀也說不定喔！這麼一來跟『傷』的意思也就不謀而合了。」
徹太郎露出得意洋洋的表情。
「是嗎？因為有鑄造金屬的意思就說指的是小刀，未免也太牽強附會了吧！」
「有意見去跟狐狗狸大人說。」徹太郎馬上就動怒了。
「『きず』雖然也有可能是『生醋』，意指生的醋，但這個應該可以排除吧！」
「刀城先生呢？你有什麼想法？」
聽到敏之這麼一問，言耶露出彷彿望著某個遠方的眼神。
「一開始當我看到那兩張粗紙的時候，我還以為這個『いる』和『きず』是狐狗狸大人針對那口紅色箱子的回答。」
「難道不是嗎？」
「當然這個可能性非常之高。但如果是在開始提出關鍵的問題之前，狐狗狸大人就自己動了起來的話……」
「什麼？……」
「如果是為了要通知葦子夫人即將到來的危險……」
「也就是說……」
「目前儲藏室是處於有某個人『いる』的狀態，而那個人會讓葦子夫人受到『きず』……」
「狐狗狸大人的預言嗎？……」
「或許是吧……」
「等一下，『大師』也好，小松納兄也好，你們到底是怎麼啦？」

徹太郎手忙腳亂地插進他們的對話裡。

「你們兩個不要緊吧？怎麼淨說些跟染嫂一樣的話？」

眼看被點到名的染又要跳起來，岩男忙著安撫她的時候，敏之終於回過神來。

「我也真是的……不對，是刀城先生的推理愈來愈有條理，卻又一次一次遭到推翻的過程中，我漸漸覺得這個事件似乎牽涉到什麼模糊難辨，以人類的理性無法整理得清楚的東西……這種感覺恐怕在無意識中一點一滴地累積了下來。」

「嗯，我能體會你的心情。」意外的是居然連徹太郎也同意他的說法。「我沒有辦法形容得很貼切，不過肯定是因為那個女人的死彌漫著一股令人毛骨悚然的味道呢！」

「對呀！所以雖然很不甘心，但我們似乎也不得不承認她所召喚的狐狗狸大人是真的……當然，我的意思並不是說，她的死就是靈異現象造成的……」

「說得也是，那個狐狗狸大人……」

「其實是可以解釋的喔！」

言耶這句話讓那兩個人全都呆若木雞。

第十二章　狐狗狸大人的祕密

「『大師』，你說什麼？」

川村徹太郎露出還以為是自己聽錯了的表情。

「刀城先生難道要說她的狐狗狸大人是騙人的嗎？」語聲未落，小松納敏之連忙又說：「當、當然我和川村君也都認為自動筆記板不可能自己動起來，那種迷信實在是太荒謬了。只是……如果站在對她公平一點的角度上，就不能不承認她那時的確是成功召喚出了狐狗狸大人。」

「對呀！關於這一點我也只能乾脆地認輸了。」

「我並沒有說葦子夫人的狐狗狸大人全都是騙人的。」刀城言耶輪流看著他們兩個說：「因為跟狐狗狸大人有關的說法，就跟你們剛見面的時候她說的一樣，有五花八門的解釋呢！只是，在豬丸先生和巖君的見證下，由兩位所進行的召喚狐狗狸大人的儀式並不是完全找不到合理的解釋……我的意思是這樣。」

敏之和徹太郎同時看著對方的臉，然後馬上又把視線轉回言耶身上。

「願聞其詳。」

「我也想知道，『大師』，拜託你了。」

「為了慎重起見，就由我和川村君再把當時的情況複習一下吧！」

徹太郎也同意敏之的建議。

「當時準備的東西有圓桌、五張椅子、三個小台子、圓形的地毯、從『一』依序寫上編號的二十幾張粗紙、鉛筆、麻繩，再加上自動筆記板。」

「首先把地毯鋪在房間的正中央，再把圓桌放在上面，小松納兄和我並肩坐在南邊靠窗的位置上。」

「我在東側、川村君在西側。桌子的東側則是壁櫥的紙門、西側有個左右高低不同的架子。桌子與紙門，以及桌子與架子中間放置椅子，讓巖君坐在東側，岩男先生坐在西側。」

「他們坐的椅子前後都留有可以讓人通過的寬度。」

「不過，透過事前實驗，已經確定一旦有人真的通過就會被發現。」

「設想得還真是周到呢！」

言耶直率地說出自己的感想。

「在我的右側設置著用來放粗紙的小台子，而設置在川村君左側的小台子則是用來把寫著開示的紙疊起來放好的。先把寫著『一』的粗紙放在桌子上，再放上把鉛筆插進前端的自動筆記板。」

「那個女人隔著桌子坐在我們對面。但因為她說要用到那口箱子，所以就在她和桌子之間又放了一個台子，用來放紅色箱子。」

「然後川村君就用麻繩把她的手腳給綁起來了。」

「我先用麻繩把她背在椅子後面交叉的雙手綁好，再把她的雙腳分別綁在椅腳上。」

「做好這些準備之後，才開始召喚狐狗狸大人嗎……」

「然後那塊板子就動了……」

「當然，我完全沒有出力。」

「我也是。可是板子還是自己動了……」

「自動筆記板開始動起來的時候，我馬上就用右手檢查一下板子的上面和周圍。因為我懷疑是不是有第三隻手在搞鬼，可是什麼都沒有。而且她問問題的聲音的確是從面前的黑暗中傳來的，而且一直都是從她被綁著的那張椅子上方傳來。」

「也就是說……那個女人並沒有動呢！」

「儘管如此，自動筆記板還是一直動個沒完。」

「在這樣的情況下，『大師』，你說到底要怎麼操縱那塊板子呢？」

言耶先對他二人的說明表達感謝之意，然後斬釘截鐵地說：「這點只要改變一下角度，馬上就能知道了。」

「騙人的吧……」

「當狐狗狸大人的儀式結束，打開電燈之後，巖君注意到了一個細微的變化。」

敏之一臉驚訝地望向外甥說：「這麼重要的事，你怎麼可以隻字不提呢？」

言耶馬上護著巖說：「不是的，因為是非常細微的變化，所以他覺得不需特別指出來吧！更何況，只要是當時有參加召喚狐狗狸大人的人，應該都會注意到那個變化才對。」

意思是說責怪巖是毫無道理的。

「原來如此。所以那個被我們忽略掉的細微變化到底是什麼？」

「放著紅色箱子的台子稍微移動了一下。」

「什麼……」

「根據巖君的觀察，圓桌和兩位伯父所坐的椅子雖然好像也稍微動了一下，不過因為當時正在進行召喚狐狗狸大人的儀式，要說自然也說得過去。」

「問題是，放著紅色箱子的台子不應該會動到……」

「那、那為什麼會移動呢？『大師』。」聽完敏之一臉狐疑的喃喃自語，徹太郎咄咄逼人地問道。

「應該是被葦子夫人移動的吧！」

「你說什麼？那個女人確實被我綁在椅子上喔！」

「招搖撞騙的靈媒為了表示自己並沒有行使詐術而被綁在椅子上的時候，第一個要學會的技巧就是金蟬脫殼。」

「刀城大師！你是說葦子她……」

相對於憤怒的岩男，言耶則是以平靜的語氣說：「我不知道她符不符合這情況；她說她幾乎沒有過去的記憶，我也認為恐怕是真的。只不過或許是她的身體已經記住這個技巧，所以在無意識中使了出來也說不定。」

「……話雖如此，當葦子做出這件事的時候，她就成了冒牌的占卜師了。」

「岩男先生，」敏之打斷了他的話頭。「總之先聽完刀城先生的說明吧！聽他一路講下來，我覺得他並沒有打算要堅持自己的想法才是對的。所以他肯定只是想告訴我們，即使是乍看之下很像超自然現象的狐狗狸大人，只要改變一下角度，就可以得到合理的解釋吧！」

言耶對他說的話用力點頭，岩男也只好默不作聲地用肢體語言請他繼續把話說下去。

「問題是啊，『大師』，不只是雙手而已，連她的雙腳也被我綁起來囉！」

徹太郎馬上就指出這點。

「如果把腳解開的話，反而得花更多時間才能恢復原狀，所以根本不需要把腳解開呢！」

「但如果只有雙手得到自由，還是碰不到自動筆記板啊！」

「所以才會連椅子一起移動啊！」

「咦？……」

「這麼一來，眼前那個擺放著紅色箱子的台子就很擋路了。葦子夫人先趁著燈還亮著的時候記住台子的位置，當房間裡變成一片黑暗的時候，她也同時掙脫綁住兩隻手的繩子，摸索著把台子水平地往左邊或右邊移動。」

「然後連人帶椅地靠近圓桌嗎？可是這麼一來不是會發出聲音嗎？」

「之所以要鋪上地毯，就是這個緣故。」

「啊……」

「如果是原來的榻榻米，再怎麼小心都會發出摩擦的聲音呢！」

「請等一下。」敏之打岔。「一開始是她自己說要用到紅色箱子的。會有人故意把那麼礙事的東西放在自己和桌子之間嗎？」

「那是一種心理戰術。」

「什麼意思？」

「葦子夫人故意製造出『自己和圓桌之間存在著放有紅色箱子的台子』這個事實，藉此讓大家產生『她不容易靠近圓桌』的心理。」

「……」

「只不過，想當然耳，台子肯定是可以移動的。」

「在那之前，我們已經先入為主地認定她被綁在椅子上，應該是動彈不得的呢！」

「沒錯，這是雙重戰術。」

「好吧！就算她可以連人帶椅地靠近圓桌好了，但我可以保證，她並沒有對自動筆記板動手腳。我不想幫她說話，只是覺得要站在公平的角度上罷了。」

「在板子動了的時候，周圍的確是有一股微妙的動靜呢！」徹太郎有點不好意思地說：「我一開始還以為是狐狗狸大人，嚇了一大跳，結果原來是小松納兄的手。」

「沒錯，我是在確認是不是除了我們兩個以外就沒有人去碰自動筆記板了。」

「所以『大師』的意思是，那個女人還是動了板子？」

「是的。」

「她是怎麼辦到的？」

「她並不是移動自動筆記板，而是動了放著自動筆記板的圓桌……」

「什麼……」

「我是聽巖君說的，他說小松納先生在召喚狐狗狸大人的儀式結束之後告訴過他，自動筆記板在動的時候，從指尖傳來了些許的浮游感……」

「啊！」被點到名的敏之發出了驚呼聲。

「不好意思，小松納先生是不是不擅長勞力工作啊？」

敏之不懂言耶這個問題的意圖，雖然有些困惑，但還是回答了：「應該是吧……畢竟我是從事寫作的人，所以對於那一類的工作……」

「可是你卻可以一次就從庫房裡把圓桌和椅子搬出來，表示圓桌和椅子都沒有很重對吧？」

「沒、沒錯。」

「而且是葦子夫人選了那張單腳圓桌。」

「也就是說，從一開始……」

「她就選了自己用兩隻手就可以搬動，而且很容易操控的桌子。」

「可是『大師』，在那樣的狀態下可以在粗紙上寫下平假名嗎？」

徹太郎似乎怎麼都無法接受的樣子。

「我聽說在把粗紙放在圓桌上的時候，紙就像是被桌面吸住一樣，緊緊貼了上去。」

「對呀！難不成……」

「我是不曉得葦子夫人對桌子的選擇是不是有講究到那個地步啦！不過只要利用這個方法，對她就成了極為有利的要素。」

「可以這麼說呢！」

「再加上寫在粗紙上的線簡直像是蚯蚓在亂爬，所以葦子夫人本人也加入了解讀文字的行列。」

「也就是說……多的是可以誘導的機會呢！」

看來，敏之已經接受言耶的解釋了。

「刀城先生，她之所以會有這樣的技術，當然是因為在過去的生活中做過同樣的事對吧？」

「我想是吧……」

言耶的肯定讓岩男的身體大大震動了一下，但結果還是什麼也沒說。

「可是啊，『大師』……」徹太郎還是一臉不信地說：「那個女人問問題的聲音一直是從桌子對面傳來的喔！這不就是個證據，顯示那女人一直沒有從她被綁在椅子上的位置離開嗎？」

「因為是問一個問題，自動筆記板才動一下，如此反覆進行著。所以從板子停止震動到提出下一個問題之前，其實隔著一定的時間差對吧？」

「咦……所以她就趁那個時間回到座位上嗎？」
「再不然也還有腹語術這一招。」
「唔……」
「因為在葦子夫人對狐狗狸大人說：『請您出來吧……如果您已經降臨的話，請務必賜予我們一個記號……』的時候，自動筆記板似乎馬上就動了，所以那個時候用的是腹語術也說不定。」
「分開來使用嗎……」
「……如此一來，就可以給狐狗狸大人一個合理的解釋了。」
聽完言耶的結論，岩男繃著一張臉開口了。
「刀城大師，照您這麼說，是不是已經可以確定葦子在過去是崇拜狐狗狸大人、或是類似存在的祈禱師，藉此營生呢？」
「這個嘛……」
「而葦子那樣的過去也就是她在儲藏室死得不明不白的主要原因之一嗎？」
「……就是這樣呢！」
或許是因為流動在岩男與言耶之間的空氣實在是太沉重了，敏之不再插嘴，就連徹太郎也沒有再亂開玩笑。
「我一開始還以為只要解開了密室之謎，就可以了解葦子夫人死亡的真相。」
「因為您認為一定不出那三個分類嘛！」
「是的，這點絕對沒錯。」
「可是明明就……」

「（1）案發當時，室內只有被害人，犯人不在室內。這正是葦子夫人進入儲藏室時的狀況。可是我們已經知道，不管是在室內安裝殺人裝置，還是把機關設置在室外的隔空殺人都是不可能的。剩下的就只有把葦子夫人逼到自殺的方法。」

「我不認為世上會有這麼正中兇手下懷的事。」

「（2）案發當時，犯人和被害人都在室內。這只要想成是葦子夫人曾經從儲藏室裡出來過，再跟犯人一起進去就說得通了。只是，當犯人從門口出來之後，要怎麼從裡面把勾環放下來呢？這個方法至今無解。」

「這不就證明了真相並不是（2）嗎？」

「也許是這樣也說不定。」

言耶很老實地坦承。

「（3）案發當時，犯人和被害人都不在室內。這點因為在座的各位有看見葦子夫人進入儲藏室的瞬間，因此可以毫不猶豫地排除在外。」

「這麼一來……」

「是的……」

言耶和岩男面面相覷，於是徹太郎難得用客容氣氣的態度問：「岩男兄還有『大師』，她果然還是自殺的對吧？」

「可是義兄，動機呢……」

「是還找不到動機啦……可是從『大師』說的話聽來，我還是覺得以那間儲藏室的狀況來看，實在不可能是什麼密室殺人。」

「而且在那三個分類裡也完全找不到一致的項目，所以……」

「所以研判為自殺不是最自然的嗎？」

「我也這麼認為。」

敏之難得贊同徹太郎的意見，但岩男還是重複著同一句話：「可是沒有動機……」

「刀城先生呢？你怎麼認為？」

對於敏之的問題，言耶一句話也沒說。

「喂！『大師』？你怎麼了？」

就連徹太郎叫他，他也置若罔聞。

這個時候，刀城言耶只是全神貫注地在思考一件事情。那樣的事情真的有可能發生嗎？他陷入了漫長的沉思。

眾人看到他低著頭的嚴肅表情，也沉默了下來。會客室被完全的靜寂支配了好長一段時間。

終於……

「有可能……」

言耶抬起頭來，喃喃地說。

第十三章　眞相

「豬丸先生，不好意思，可以借一步說話嗎？」

刀城言耶向岩男表示有些話想私下跟他說。小松納敏之比誰都先察覺到這一點，便準備把大家都趕出會客室。

「不用，大家請待在這裡。我們出去……對了，可以去儲藏室的一樓聊聊嗎？」

「哦？我倒是無所謂。」

岩男雖然露出一臉不安的表情，但還是乖乖跟言耶走了出去。

在那之後，言耶大約花了二十分鐘的時間說明自己的推理和想法，岩男不但非常錯愕，同時也感到非常悲傷。

「……你意下如何？」

「……就這樣告訴大家吧！」

「我知道了。」

兩人回到會客室之後，原本躁動不已的氣氛突然一瞬間安靜下來。只不過，當眾人看到一瞬間老了十歲的岩男時，就連室內的空氣也為之一震，因為大家全都不由自主地倒抽了一口涼氣。

「我已經得到豬丸先生的首肯，接下來就要向各位報告事件的真相……不，是我認為可能是真相的解釋。」

「之所以沒有辦法說得很肯定，是因為沒有具體的證據嗎？」

敏之字斟句酌地問。

「是的。不僅全都只是間接證據，就算接下來想要調查，可能也無從查起……」

「總之先說來聽聽吧！」

川村徹太郎輕率的語氣讓言耶以嚴肅的表情鄭重搖頭。

「在那之前，我想請大家答應我一件事。」

「什麼事？」

「關於接下來我所說的真相，絕對不可以告訴別人。」

「什、什麼？」

「如果沒有自信可以守住這個祕密的話，請馬上離開這個房間。」

「等一下，哪有這種事……」

「豬丸先生已經決定了，無論有什麼樣的理由，只要洩露出去，就要請那個人離開豬丸家。」

言耶的態度不像是在開玩笑，再加上岩男說是悲壯也不為過的表情，所有人似乎終於明白此事非同小可，面面相覷了一番，全都露出丈二金剛摸不著頭腦的樣子。

在這樣的情況下，率先反應過來的還是敏之。

「那麼就用舉手的方式表示吧！願意接受岩男先生和刀城先生提出來的條件『洩密的話就離開豬丸家』的人，請把手舉起來。」

巖、敏之和園田泰史幾乎是同時舉手，接著是竹芝染，最後是徹太郎，大家都把右手舉了起來。
「所有人都答應不說出去，現在可以請你說清楚、講明白了嗎？」
言耶向岩男請示最後的確認，只見岩男閉上雙眼，無言地點了點頭。
「那麼……」言耶重新把每個人的臉輪流地看了一遍說：「我想各位很快就會明白，為什麼我會要求大家不要說出去了。」
「我想也是。」
敏之回答的語氣也頗為嚴肅。
「我剛才也說過了，不管葦子夫人的死是自殺還是他殺，動機都是從她站在儲藏室的門口回頭張望的那一瞬間產生的……」
「沒錯，你是說過。」
「我們雖然從人和物兩方面來逐一探討她當時究竟看到了什麼，但頂多只能聯想到川村先生所指出的畸形秀小屋而已，並沒有太大的收穫。」
「我早就說過那個女人是從畸形秀小屋裡出來的，所以這也不算是什麼嶄新的發現。」
徹太郎插嘴，言耶也跟著點頭。
「所以我不認為葦子夫人會因此受到衝擊。」
「這麼說也不無道理。」
「我曾經說過，關於葦子夫人第一次召喚的狐狗狸大人，只要改變角度，就可以得到合理的解釋。」
「也就是把思考轉換成並不是自動筆記板在動，而是圓桌動了對吧？」
「在討論這件事的時候，我突然想到，說不定我一直以來都只從一個角度去思考，說不定其實還有完全不同的思考模式。」

「有嗎？」

敏之迫不及待地追問。

「有的。因為我發現還有另外一種可能性，不是去思考葦子夫人回頭看到的畫面中是否存在著動機之類的，而是**整個畫面構成了動機**。」

「整個畫面嗎？……」

「也就是我們所有人，再加上當時出現在那裡的東西，必須全部加起來才有意義嗎？」

敏之和徹太郎的語氣都充滿了不可置信的驚訝錯愕。

「問題就出在豬丸先生、小松納先生、川村先生你們三個人一起搬來的那些東西裡。」

「四支腳的桌子和蛇的裝飾品嗎？這些東西究竟對她造成什麼衝擊呢？」

「我想是讓她記起了自己來自畸形秀小屋的出身。」

「喂、喂、喂！所以我說的話都是真的囉！」

「可是刀城先生，這件事川村君之前早就已經說過了，哪有現在才……」

言耶以眼神委婉地制止了正想要反駁的敏之。

「沒錯，如果認為葦子夫人是在那個時候突然想起來的，未免有些太不自然。但是，如果當時還有其他刺激到她的記憶的人物在場的話，又會怎麼樣呢？」

「那個人是誰？」

「園田泰史先生。」

「啥？我、我嗎？……」

泰史似乎打從心底嚇了一大跳的樣子，兩隻眼睛和嘴巴都張得大大的，注視著言耶。

「當時葦子夫人是第一次親眼看到園田先生。在那之前她先看到的是桌子上的鳥獸人物戲物和蛇的裝飾品。把這些東西加起來，便讓她想起了某件事。」

「什、什麼事……」

「站在會客室裡面的人物，就是以前去自己待過的畸形秀小屋購買川村先生手上拿的那個蛇形裝飾品的人。」

「天底下哪有這麼巧的事……」

「也許因為這個導火線，讓她把以前待在畸形秀小屋時的大部分記憶一口氣全部回想起來了吧！」

「嗯……」徹太郎大聲地沉吟著。「『大師』，你說我的猜測是正確的，我是很高興啦……可是你不也說過，單是恢復過去的記憶應該不足以讓她露出那麼驚恐的表情，最後還躲進儲藏室裡嗎？」

「因為令人跌破眼鏡的巧合還不止是那樣而已。」

「什麼？……」

「在她想起畸形秀小屋的事情時，對她來說恐怖到極點、忌憚到極點的記憶也跟著甦醒了……當時的畫面中還藏著這樣的玄機。」

敏之以興奮的語氣從一旁插嘴：「所以刀城先生才說她眼中看到的所有畫面要全部加起來才會是有意義的……就是這麼回事對吧？」

「是的。」

「剩下的只有躲在紙門後面看著她的巖君和正在收拾會客室的染嫂了……」

「巖君的姿勢讓葦子夫人聯想到『偷窺』的行為。而且存在於他身後的光景，正好跟她過去從紙門的縫隙裡偷看到的光景一模一樣。」

「什、什麼意思？」

「染嫂全家被葦子夫人那一家子強盜殺人的兇手殺死的時候，染嫂正在隔壁房間收拾東西的畫面被葦子夫人從門縫裡看到了。這記憶全部在她的腦中甦醒了。這才是在那一瞬間讓葦子夫人受到的真正衝擊，足以讓她臉上表情僵住的衝擊。」

會客室裡靜悄悄的，誰也說不出話來。

自從和言耶一起回來之後就一直低著頭的岩男，姿勢由始至終沒有改變過，看起來就像是拚命忍耐著。巖以悲傷的表情、染以驚愕的樣子、泰史以沉痛的眼神注視著岩男。敏之和徹太郎雖然想要開口，但似乎又不知道該說什麼才好，結果還是只能沉默以對。

「可、可是……」敏之終於發出了聲音。「那樣的巧合……那麼巧合的巧合……真的有可能發生嗎？」

「說得也是……」徹太郎也在一旁敲邊鼓。不過他的語氣聽來似乎已經有點被這個令人難以置信的巧合說服了。「『大師』，你的意思是說，那一家子殺人犯是喬裝成畸形秀小屋來隱藏自己的身分嗎？」

言耶點頭。這次換敏之發問了：「刀城先生，也就是說那個密室之謎的真相……」

「在討論密室的時候，最後只剩下（1）案發當時，室內只有被害人，犯人不在室內的這個分類底下，把被害人逼到自殺的方法。」

「的確是這樣呢！」

「只不過，以葦子夫人的情況來說，犯人其實是不存在的。是她甦醒的記憶把她自己逼上絕路的。」

「可是這麼一來的話，現場那些不可思議的狀況呢？」
「我想那都是葦子夫人在複雜的心理狀態下造成的。」
「這是怎麼一回事？」
「當葦子夫人想起自己不可告人的過去時，精神上肯定是被逼到了瀕臨崩潰的絕境，或許已經進入了半瘋狂的狀態也說不定。可是如果就連她自己也不知道該怎麼辦才好的話，那又會如何呢？」
「你是說……可能會想不開自殺嗎？」
「當然那只是我的想像而已，不過這麼一來一切就都說得通了。」
「說得通什麼？」
「葦子夫人為什麼要召喚狐狗狸大人呢？」
「咦？……」
「在她進入儲藏室之前，為什麼會說『得趕緊召喚狐狗狸大人才行』呢？」
「也就是說……」
「她其實是想**請示狐狗狸大人**，自己到底該怎麼辦才好。」
「啊……」
敏之情不自禁地驚呼一聲，徹太郎趁機從旁打岔。
「請示的結果是『いる』和『きず』對吧？可是這跟她下定決心要自殺又有什麼關係呢？」
「如果真是這兩個字的話，當然是這樣沒錯。」
「什麼意思？」

言耶從上衣內側的口袋裡拿出筆記本，看著事先照粗紙描在上面的文字說：

「其中一張的第一個字是宛如把菱形從正中央切開的兩條線，所以才會讀作『い』，但是如果把右側的曲線拿掉的話，就成了『く』。」

言耶把筆記本攤開來給大家看。

「第二個字『る』如果把下面的『○』拿掉就成了『ろ』，把兩個字連起來就成了『くろ』。」

「不是『いる』而是『くろ』嗎？」

「沒錯。另一張的第一個字『き』如果把其中一條橫線拿掉，就成了『さ』。第二個字『ず』如果把濁音的那兩點拿掉，就成了『す』，把兩個字連起來就成了『さす』。」

「『くろ』和『さす』……」

「在儲藏室裡一提到『くろ』，第一個想到的就是那把黑色小刀。這麼一來，就可以把『さす』解讀成用那把小刀刺向自己。」

「可、可是她用的不是那把白色的小刀嗎？」

敏之的質疑讓言耶的臉上浮現出非常嚴肅的表情。

「我想葦子夫人恐怕是遵照狐狗狸大人的指示，衝動地把黑色小刀刺進自己的腹部。只不過，這時候她才注意到一件事，那就是這樣一來會被當成是自殺。這麼一來動機就會被追究，再加上她把自己關在儲藏室的狀況，她做出決定的瞬間絕對會被提出來討論。」

「事實上也真的演變成這樣了呢！」

「到時候，被徹太郎先生暗諷過好幾次的畸形秀小屋一事可能又會浮上檯面了吧！一個弄不好，自己最不想被人知道的過去可能會一口氣全被挖出來也說不定……這樣的不安肯定在葦子夫人的心裡滋長著。搞不好她也知道我這個名叫刀城言耶的人物是在從事偵探活動的，所以我的存在可能也加深了她的不安。」

「肯定是這樣的吧！」

「所以葦子夫人便拚命地想要消除掉自殺的痕跡。」

「現場亂成那種不自然的狀態，就是因為這個緣故嗎？」

「鉛筆應該是被她從自動筆記板上拔起來的吧？因為兩者之間的距離實在是太遠了。葦子夫人用鉛筆把『くろ』改成『いる』、把『さす』改成了『きず』。」

「這點我可以理解……但是她用來自殺的不是黑色小刀，而是白色的小刀不是嗎？」

「只是改掉狐狗狸大人的指示或許還不足以令她安心吧！所以她連用來自殺的刀子本身都換掉了。」

「之所以把血跡擦掉，也是因為這樣嗎……」

「因為兩把刀子看起來一模一樣，所以都會跟傷口吻合。當然，我猜葦子夫人應該沒有想到這麼深入就是了。」

「請等一下。儲藏室裡到處都找不到關鍵的黑色小刀不是嗎？她到底是怎麼處理掉的？」

「最快的方法無非是從二樓的窗口扔進中庭裡，不過巖君當時可能正好人在橡樹上。同理，也不能從一樓的窗戶扔出去，當然更不可能從門口丟出去。這麼一來，就只有可能藏在屋子裡了。」

「藏在哪裡？」

「我想或許是藏在位於一樓房間的火盆灰燼裡吧！因為那裡據說有人出入過的痕跡。可是由於警方將葦子夫人的死視為自殺，白色小刀和腹部的傷口也吻合，所以就沒有搜索得那麼仔細了吧！」

「也、也就是說她……」

「先把黑色的小刀刺進肚子裡，把二樓的房間弄亂，改寫狐狗狸大人的指示，再把小刀拔出來，用手巾按住傷口，再用粗紙把血跡擦掉，走到一樓把黑色小刀藏進火盆裡，然後再回到二樓，把白色小刀和紅色箱子放在手邊，就這麼倒在地上。」

「那紅色箱子又是做什麼用的？」

「葦子夫人也知道纏繞在那口箱子上的女性兇死的傳說，所以她以為只要把紅色箱子放在身邊，就比較不容易被認為是自殺吧！」

「嗯……有必要做到這種地步，把自殺偽裝成他殺嗎……」

「不，不是這樣的。」

「咦？不是這樣的？可是刀城先生，是你自己說……」

「葦子夫人絕不是想要把自己的死偽裝成他殺，但也不想讓人以為她是自殺的。」

「這不是換湯不換藥嗎？」

「如果她想偽裝成他殺，不是應該把門上的勾環打開嗎？」

「這個嘛……」

「可是她並沒有這麼做。那是因為她不想害豬丸家的任何一個人受到懷疑。」

「咦？……」

「葦子夫人在日常生活中表現出各種奇妙的言行舉止，讓自己受到很多的誤解。但是從大家的話綜合起來，我覺得那是因為她失去記憶的關係，她還很不習慣極為普通的家庭生活，所以才會在各位心中留下獨行的印象。」

「哪、哪、哪會有這種事……」

「她之所以會直勾勾地盯著巖君和月代君看，也是因為不知道該怎麼跟他們相處才好……可是又想跟他們處得好一點，所以才會不知所措吧！」

「……」

「證據就是，月代君可以跟葦子夫人一起待在儲藏室裡的事實。雖然我不清楚本人意識到什麼程度，但姑且不論他幫忙召喚狐狗狸大人的行為，光看那兩個人的樣子，也可以看出他開始喜歡上這個新來的繼母了。」

敏之和徹太郎看了染一眼，只見她低著頭一句話也不說。

「所以葦子夫人無論如何都想避免事情演變成自己的家人可能會受到懷疑的狀態。」

「……」

「搞不好原來那個畸形秀小屋的人也不是她真正的家人，所以她除了要保護自己第一次擁有的家人之外，也想把自己不堪回首的過去封印起來，不想讓任何人知道。這個想法促使葦子夫人做出了那樣的行為。」

「刀城先生，這樣不是很矛盾嗎？」

敏之雖然表示出不贊同的意見，但語調卻有些中氣不足。

「沒錯。她既不想讓人知道她是自殺的，但是也不希望看起來是他殺的，給家人造成困擾。就是**這種矛盾的心理讓儲藏室成了一個密室**。」

會客室裡又陷入了一片寂靜。如果剛才的沉默充滿了悲慘的重量，那麼這次就再加上了一些哀愁的重量。

敏之在陷入一番長考之後說：「實在很難相信在那一瞬間居然發生了這麼多的巧合……」

「的確是這樣呢！不過……」

「不對，請等一下。不管怎樣，我都覺得刀城先生的推理幾乎已經把所有的問題點都解釋清楚了。」

「謝謝。」

「只不過還剩下一個問題，那就是月代君聽到她說的話。『打開那個箱子』或者是『不打開不行』到底是什麼意思呢？這句話可是她在看到那決定性的一幕之前說的。」

「其實我一直到最後都還想不通的，就是葦子夫人說這句話的意思。這句話可能會讓我剛才講的那些解釋全都被推翻也說不定。不過就像小松納先生說的，我剛才的推理已經對所有的事情都做出了合理的解釋。」

「沒錯，我真的是這麼想的喔！」

「嗯，這點我也同意。」不光是敏之，就連徹太郎也點了點頭。

「那到底是怎麼回事呢？就在我快要想破頭的時候，突然發現到一件事。」

「什麼事？」

「事實上，根本沒有人從月代君口中直接聽到這句話。」

「咦……也就是說，難不成……」

「我試著假設這可能是染嫂在說謊。」

「說謊？……」

「她這麼做是有理由的。當染嫂去廁所找到月代君，並把他帶回來的時候，心慌意亂的豬丸先生便開始逼問月代君，而且感覺上似乎已經一口咬定月代君知道葦子夫人不尋常舉動背後的一些內幕，所以染嫂便拿出紅色箱子的話題做為擋箭牌，企圖轉移豬丸先生的注意力，故意要誘導豬丸先生認定葦子夫人是基於個人的理由，而且還是跟其他人無法理解的紅色箱子相關的理由，才進入儲藏室的。」

「不管是多麼雞毛蒜皮的小事，只要是跟月代扯上關係，這個人就是有辦法小題大作呢……」

「老實說，剛好我又聽見葦子夫人說的那句『得趕緊召喚狐狗狸大人才行』，所以就更提高了染嫂那句證詞的可信度。」

「染嫂，刀城先生說的是不是真的……」

敏之的話只講到一半就卡住了，似乎是看到染在他的視線下抬起頭來，卻一瞬也不瞬地緊盯著岩男的樣子，所以便一時語塞。

「老、老爺……」染從聲帶裡擠出聲音來：「這、這到底是……怎麼回事……」

岩男還是低著頭，閉著眼睛，然後慢慢抬起頭來，張開眼睛，同樣一瞬也不瞬地凝視著染好一會兒才說：「就是這麼回事，請妳明鑑。」

岩男深深低下頭去，幾乎都要一頭磕在桌子上了。

「如果妳願意的話，希望妳能繼續留下來照顧月代。但如果妳不想繼續待在這個家的話，我也會給妳應有的補償……」

「老爺……請把頭抬起來。這一切根本不是老爺的錯啊！」

「不，問題不在這裡。我知道這不是我一個人道歉就能解決的問題……」

曾幾何時，岩男和染都流下了眼淚。

「只要我派得上用場的話，請讓我一直在這裡工作。」

「謝謝妳……」

儘管如此，岩男還是表示改天會再找機會跟染單獨討論一下今後的事。敏之和徹太郎也很難得地以贊同的語氣表示那麼做比較好。

「各位……」所有的紛紛擾擾終於告一段落之後，言耶又向所有人強調一次：「請不要忘了一開始答應過我的事。請大家千萬不要把剛才聽到的事情告訴別人，就讓世人都認為葦子夫人的死是離奇的自殺吧！」

看到所有人雖然無言，卻都肯定地點頭之後，刀城言耶終於放下心中的大石。

這麼一來，環繞豬丸家紅色箱子的媳婦離奇死亡怪談又添了一樁。只不過，那也是最後的一樁。

終章

（前略）好久不見，你好嗎？

當我在豬丸家作客的時候，受到巖君諸多關照，真的非常感激。

突然收到我的來信，想必把你嚇了一跳吧！但是，我想以巖君的聰明才智，一定已經隱隱約約地察覺到我為什麼會寫信給你吧！

沒錯，你繼母並不是自殺死的。當時在會客室裡講的那番推理，其實是跟你父親商量之後，為了保護你才撒下的漫天大謊。

我之所以會發掘出真相，其實是拜江戶川亂步老師的密室分類所賜。你還記得我基於他的分類所做的那三個分類嗎？

（1）案發當時，室內只有被害人，犯人不在室內。

（2）案發當時，犯人和被害人都在室內。

（3）案發當時，犯人和被害人都不在室內。

然而你繼母的死卻完全不符合其中任何一項，最多最多只剩下分類（1）底下「把被害人逼到自殺的方法」而已。

但是我無論如何也無法被這個解釋說服，一直在想儲藏室的密室之謎是不是還有其他的解釋。可是即便我想破了頭，也無法找到符合亂步老師的分類手法。這個矛盾究竟是從何處產生的呢？

這時我開始感到疑惑……該不會密室的分類其實不止這三種吧？結果還真的讓我想到了。其實只要把犯人、被害人、密室這三個要素的排列組合從更單純的角度去思考，第四個分類就昭然若揭了。

那就是——

（4）案發當時，室內只有犯人，沒有被害人。

也就是說，犯罪行為發生的那一刻，犯人——也就是月代君，是在門的內側，而被害人——也就是你繼母，是在門的外側。

我雖然以犯人、犯罪行為來表示，但月代君當然是沒有殺意的。另外，我雖然說我在會客室裡所進行的推理是騙人的，但是只要把你繼母的角色換成月代君，再把你繼母的動機換成別的理由，其他就都一模一樣了。

當時召喚狐狗狸大人的其實是月代君，而他請示的問題則是**如何把身為魔物的繼母變成人類的方法**——我是這麼想的，你又是怎麼想的呢？

月代君開始喜歡上繼母了，可是染嫂卻老是灌輸他「那女人是魔物」的觀念，或許是因此才害他對你繼母的感情在心裡被切割成兩半吧！

煩惱的月代君便決定要請示狐狗狸大人，結果出現了**看起來像是**「くろ」和「さす」的答案，所以他以為只要用黑色小刀刺下去就好了。另外，我想當時在他腦海中應該同時浮現出染嫂和你繼母的話。

染嫂曾經跟你父親說過，你繼母是從「外面」來的存在，所以絕對不可以讓她進到「裡面」來，如果無論如何都一定要搭理她的話，就要在「外面和裡面的中間」才行對吧！

面對月代君時，染嫂也一定常常告誡他，那兩把小刀是用來封印住紅色箱子的邪氣，是很神聖的刀子，所以不能隨便亂碰吧！

大家也說，當你繼母在召喚狐狗狸大人的時候，儲藏室就會成為一個很神聖的空間對吧！所以我的猜測是，月代君會不會是把狐狗狸大人的指示解讀成：只要趁你繼母進入神聖的空間，也就是儲藏室的「裡面」之前，把神聖的黑色小刀刺入人還在「外面」的她體內，她就一定可以在「裡面」擺脫掉魔物，變成如假包換的人吧？

那一瞬間，也難怪你繼母會出現僵住似的表情了，只是她馬上就想到一定要保護月代君才行。所以我才會聽到「得趕緊召喚狐狗狸大人才行」這句話，她可能是為了要讓我誤以為她是在召喚完狐狗狸大人之後才被刺殺的吧！

明明兇案就在眼前發生，可是我卻沒有注意到月代君的犯行，恐怕也是因為兇器的刀柄是黑色的緣故，而你繼母穿的黑色教士長袍剛好成了保護色，所以才沒被看到吧！話雖如此，我還是太大意了，真的非常抱歉。

當你繼母把自己關進儲藏室之後，看到狐狗狸大人的開示，了解整件事情的來龍去脈。我不曉得她有沒有像我推理的那樣明白掌握月代君的動機，總之當她看到那張粗紙的時候，就猜出月代君是依照狐狗狸大人的指示行動了。所以才對文字加工，甚至還把兇器偷天換日。

我猜染嫂在廁所裡找到月代君的時候，月代君可能問過她：「這麼一來繼母就能從魔物變成人類了，對吧？」她當然嚇壞了，但是也立刻決定要隱匿月代君的罪行。

假設我在會客室裡說你繼母是自殺死的解釋都是真的，你父親等於是娶了在強盜窩裡長大的女人為妻，而染嫂則成了被害人的家屬。然而你父親卻對染嫂說：「就是這麼回事，請妳明鑑。」從那個時候兩個人的關係來看，這句話很明顯有古怪，所以我內心其實捏了一把冷汗。還好你兩位伯父似乎都沒有起疑，於是我也鬆了一口氣……

回顧這整件事，月代君並沒有殺意。話雖如此，但他殺了你繼母卻也是事實。他現在可能還不能理解，但是隨著他慢慢長大，或許總有一天要面對自己的罪孽也說不定。他也有可能在無意識的自我防衛機制運作之下，把一切都封印在記憶的最底層。現階段我只能說一切都還很難預測。

可是，如果那一天真的來臨，我希望巖君可以助你同父異母的弟弟一臂之力。

沒有把月代君做的事公諸於世，除了考慮到他本人還小之外，也是考慮到你的將來。一旦他做的事曝了光，小松納敏之先生一定會強力主張要讓你繼承豬丸家，想當然耳，川村徹太郎先生一定會反對吧！一旦事情演變成那個地步，染嫂也會不知所措。不過明眼人一看就知道，情勢對川村先生和染嫂是很不利的。

我說的可能有點太過於露骨，但是像這種繼承權的騷動，有時候可能會威脅到當事人的生命安全也說不定。我擔心的是這一點。

當然，我想只要你父親在的話就不用怕了。但如果他又娶了第四任妻子，又為你和月代君生下一個弟弟的話，可能就另當別論也說不定……不過，經過這次的事件，你父親似乎也想了很多，巖君不妨也和你父親多聊聊。

洋洋灑灑地寫了一大堆，當你看完這封信之後，請一定要把它燒得一乾二淨。

將來……不對，從這一刻開始，只要發生任何跟這件事有關，令你感到困擾的事，不用客氣，儘管來找我商量。雖然我的力量很微薄，但還是想要為巖君跟月代君盡一分心力。

若想跟我聯絡，最確實的方法是把信寄到位於神保町的一家叫作怪想舍的出版社，給一位名叫祖父江偲的編輯，地址我寫在另一張紙上了。屆時她可能會問你一堆有的沒有的問題，你什麼都不用回答，當她不存在就好了。

最後，我由衷地祝福巖君一天一天成長茁壯。

以上

昭和二十×年三月吉日

刀城言耶

豬丸巖收

附註：不管發生什麼事都不要靠近後面的雜木林。這跟你繼母的事沒關係，只是為了安全起見。

主要參考文獻

・柳田國男《謎語與諺語》（なぞとことわざ）講談社學術文庫
・野本寛一《神與自然的景觀論　解讀信仰環境》（神と自然の景観論　信仰環境を読む）講談社學術文庫
・佐藤康行《解毒劑小販的社會史　女性・家・村》（毒消し売りの社会史　女性・家・村）日本經濟評論社
・伊藤正一《黑部的山賊》（黒部の山賊）實業之日本社
・今和次郎《日本的民家》（日本の民家）岩波文庫
・山中恆《吾等國民》（御民ワレ）邊境社
・廣島和平教育研究所編《戰前的教育與我》（戦前の教育と私）朝日新聞社
・和田多七郎《我們這些被墨紋身的少年國民》（ぼくら墨ぬり少国民）太平出版社
・一柳廣孝《〈狐狗狸大人〉與〈千里眼〉日本近代與心靈學》（〈こっくりさん〉と〈千里眼〉日本近代と心霊学）講談社選書專家
・志賀市子《中國的狐狗狸大人　扶鸞信仰與華人社會》（中国のこっくりさん　扶鸞信仰と華人社会）大修館書店
・上田篤、野口美智子編《數寄町家　文化研究》（数寄町家　文化研究）庇島出版社

・江戶川亂步《江戶川亂步全集　第十九集　續・幻影城》（江戸川乱歩全集　第十九　続・幻影城）講談社

・H・海克拉夫編／鈴木幸夫譯《推理小說的美學》（推理小説の美学）研究社出版

☐集滿4個印花贈品（二款任選其一）：

A：【推理謎】LOGO皮質燙銀典藏書套一個

（黑色，25開本適用，限量1000個）

B：【推理謎】吉祥物『獨角獸』圖案皮質燙金典藏書套一個

（咖啡色，25開本適用，限量1000個）

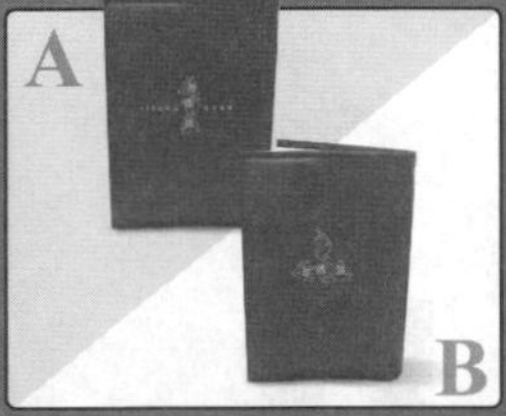

☐集滿8個印花贈品（二款任選其一）：

C：【推理謎】LOGO皮質燙金證件名片夾一個

（紅色，11.5cm x 8.6cm，限量500個）

D：【推理謎】吉祥物『獨角獸』圖案環保購物袋一個

（米色，不織布材質，41.5cm x 38.6cm，限量1000個）

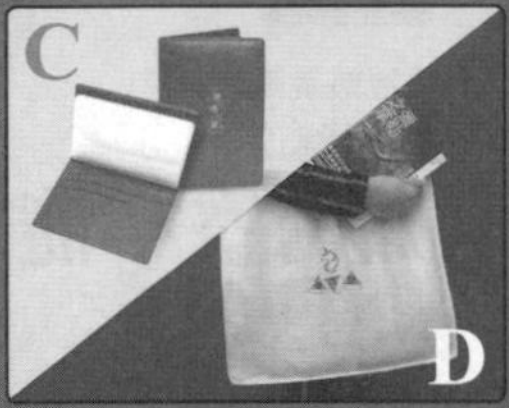

☐集滿12個印花贈品（二款任選其一）：

E：【推理謎】LOGO不鏽鋼繩鑰匙圈一個

（限量500個）

F：【推理謎】吉祥物『獨角獸』圖案馬克杯一個

（白色，320cc容量，限量500個）

謎人俱樂部會不定期推出最新限量贈品提供兌換，請密切注意活動官網和粉絲專頁。

?

【注意事項】

◎本活動僅限台灣地區讀者參加。

◎贈品兌換期限自即日起至2023年12月31日止（以郵戳為憑）。

◎贈品圖片僅供參考，所有贈品應以實物為準。

◎所有贈品數量有限，送完為止。如讀者欲兌換的贈品已送完，皇冠文化集團有權直接改換其他贈品，不另徵求同意和通知。贈品存量將定期在【謎人俱樂部】活動官網上公佈，請讀者在兌換前先行查閱或直接致電：（02）27168888分機114、303讀者服務部確認。

◎皇冠文化集團保留修改或取消謎人俱樂部活動辦法的權利。辦法如有更動，將隨時在【謎人俱樂部】活動官網上公佈。

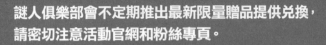

國家圖書館出版品預行編目資料

如密室牢籠之物 / 三津田信三著；緋華璃譯. -- 初版. -- 臺北市：皇冠, 2011.7　面；公分. --（皇冠叢書；第4139種)(推理謎；27)

譯自：密室の如き籠るもの
ISBN 978-957-33-2816-2（平裝）

861.57　　　　100010182

皇冠叢書第4139種
推理謎 27

如密室牢籠之物

密室の如き籠るもの

作　者—三津田信三
譯　者—緋華璃
發 行 人—平雲
出版發行—皇冠文化出版有限公司
台北市敦化北路120巷50號
電話◎02-27168888
郵撥帳號◎15261516號
皇冠出版社(香港)有限公司
香港銅鑼灣道180號百樂商業中心
19字樓1903室
電話◎2529-1778　傳真◎2527-0904
總 編 輯—許婷婷
美術設計—許惠芳
著作完成日期—2009年
初版一刷日期—2011年7月
初版二刷日期—2022年3月
法律顧問—王惠光律師

讀者服務傳真專線◎02-27150507
電腦編號◎511027
ISBN◎978-957-33-2816-2
Printed in Taiwan
本書定價◎新台幣350元/港幣117元

謎人俱樂部贈品兌換卡

我要選擇以下贈品（須符合印花數量）：☐A ☐B ☐C ☐D ☐E ☐F

1	2	3	4
5	6	7	8
9	10	11	12

【個人資料蒐集、利用及處理同意條款】

您所填寫的個人資料，依個人資料保護法之規定，皇冠文化集團將對您的個人資料予以保密，並採取必要之安全措施以免資料外洩。您對於您的個人資料可隨時查詢、補充、更正，並得要求將您的個人資料刪除或停止使用。

本人同意皇冠文化集團得使用以下本人之個人資料建立該集團旗下各事業單位之讀者資料庫，做為寄送出版或活動相關資訊、相關廣告，以及與本人連繫之用。本人並同意皇冠文化集團可依據本人之個人資料做成讀者統計資料，在不涉及揭露本人之個人資料下，皇冠文化集團可就該統計資料進行合法地使用以及公布。

☐同意　　☐不同意

我的基本資料

姓名：＿＿＿＿＿＿＿＿＿＿

出生：＿＿＿＿年＿＿＿＿月＿＿＿＿日　　性別：☐男 ☐女

職業：☐學生 ☐軍公教 ☐工 ☐商 ☐服務業

☐家管 ☐自由業 ☐其他＿＿＿＿＿＿＿＿

地址：☐☐☐☐☐＿＿＿＿＿＿＿＿＿＿

電話：（家）＿＿＿＿＿＿＿＿（公司）＿＿＿＿＿＿＿＿

手機：＿＿＿＿＿＿＿＿＿＿

e-mail：＿＿＿＿＿＿＿＿＿＿

我對【如密室牢籠之物】的建議：

寄件人：

地址：□□□□□

北區郵政管理局登

記證北台字1648號

免 貼 郵 票

〔限國內讀者使用〕

10547

台北市敦化北路120巷50號

皇冠文化出版有限公司 收